여왕이 아니면 집시처럼

여왕이 아니면 집시처럼

이기희 자전에세이

Human & Books

먼 길을 떠나는 딸에게

아파트 열쇠를 네 손에 넘겨주고 나오면서 엄마는 울었다. 너는 즐거운 대학생활과 새로운 시작에 들떠 있었지만 멀고 힘든 길을 너 홀로 보내는 것 같아 가슴이 미어졌다.

자식은 어미 품으로부터 두 번 탯줄을 잘라야 한다고 했다. 태어 나자마자 자른 그 탯줄은 육체적인 나눔이었지만 내 품에 네가 있었 기에 조금도 아프지 않았다. 그런데 지금, 그동안 너와 나를 동여매 고 있던 그 보이지 않는 줄을 자르면서 가슴속으로 눈물이 방울져 내린다. 그러나 엄마는 알고 있다. 아무리 아파도 그 줄을 잘라야 한 다는 것을. 할머니가 눈물 삭이며 머나먼 이국으로 엄마를 보냈을 때처럼, 엄마도 너를 내 삶에서 떠나보내야 한다는 것을. 그래서 네 가 행복해지고 자유로워질 수만 있다면.

너는 정말 예쁘고 귀한 딸이었다. 엄마의 착한 길동무였다. 고사리 같은 손으로 내 눈물을 닦아주기도 하고 해바라기처럼 내 삶을 밝혀주었다.

딸아, 사랑하는 딸아.

이제 비록 네 삶의 곳곳에서 파수꾼처럼 너를 지켜주지 못한다 해도, 힘든 생의 골목골목을 지날 때마다 네가 사랑했던 엄마는 영원히 네 속에 살아 있을 것이다.

두려워하지 말아라. 방황과 고뇌로 흔들리더라도 쓰러지지 말아라. 패배와 절망의 날들이 앞을 가로막으면 겁먹지 말고 대들어야 한다. 어떤 고통과 슬픔도 네 스스로 올가미를 씌우지 않는 한 너를 불행에 빠뜨릴 수 없을 것이다. 고난의 시간 속에 진정한 기쁨이 있고 어떤 참혹한 절망도 희망의 뿌리를 자를 수 없다.

떠올라라. 멈추지 않는 태양처럼 어둠을 이기고 푸른 하늘로 힘차게 솟아올라라. 네 운명 속에 담긴 모든 사슬을 잘라버려라. 그리고 영원히 빛날 내일을 꿈꾸어라. 꿈은 늘 꿈꾸는 자의 몫이다. 옷은 바겐세일로 사 입더라도, 꿈은 절대로 헐값에 사서는 안 된다. 네 아름다운 꿈을, 너의 빛나는 내일을 가로막는 어떤 것들과도 타협해선 안 된다.

사랑에 빠지거라. 스쳐가는 눈길로 억 겁의 시간을 초월하고 지구 끝까지 함께 가도 지치지 않을 사랑을 찾아 헤매거라. 죽는 날까지 가슴속에 새길 눈꽃처럼 아름답고 정결한 사랑에 목숨 바치거라. 하지만 사랑이 족쇄가 되어서는 안 된다. 사랑은 구속이 아니라 한 인간을 자유롭게 하는 것이다. 참사랑은 모든 구속으로부터 너를 해방시켜줄 것이다.

관습과 이기심에서 벗어나, 있는 모습 그대로 너를 사랑하는 사람을 만날 때까지 사랑하고 또 사랑하여라. 독약 같은 사랑 때문에 잠시 눈이 멀더라도 용기 있게 훌훌 털어버리고 다시 일어나거라. 사랑은 영원하지만 순간이고, 하나뿐인 것 같지만 청춘의 꽃밭에서 너의 눈물을 닦아줄 용사는 많을 것이다.

딸아, 멀고 험한 길 떠나는 딸아,

지치고 힘들더라도 용기 잃지 말고 견뎌내야 한다. 이제 아무도 너를 대신해서 울어주지 않는다. 흐르는 눈물은 네 손으로 닦고 깨진 무릎에도 네 손으로 반창고를 발라야 한다. 이제 너는 네 인생의 주인이 되었고 그 운명의 열쇠를 아무에게도 넘겨주어서는 안 된다. 성실하게 네 인생을 책임져야 한다.

엄마는 여왕은 아니었지만 여왕처럼 당당하게 살아왔다. 두 번이나 눈먼 사랑을 했지만 그 사랑을 책임지려고 노력했다. 여왕처럼 화려해 보였지만 가시관을 쓰고 묵묵히 내 길을 걸어왔다. 나는 내 운명의 주인공이었다. 집시처럼 자유를 꿈꾸었지만 내게 지워진 책무의 왕관을 내려놓을 수 없었다.

사랑하는 딸아, 먼 길 떠나는 너에게 엄마가 힘겹게 쓰고 살아왔던 가시왕관 대신 안개꽃 한 다발을 안겨주고 싶다.

딸아, 사랑하는 내 딸아.
이제 나는 너를 떠나보낸다. 그러나 혼자 길을 가더라도 홀로 가는 것이 아님을 잊지 말아라. 쓸쓸하면 네 배꼽을 만져보아라. 그러면 알게 될 것이다. 우리가 한 몸이었다는 것을, 너는 내 속에서 솟아난 찬란한 축복이었다는 것을. 내가 작은 배꼽의 흉터로 네 몸에 남았듯이, 내 가슴에 심어준 네 사랑의 흔적을 만지면서 너를 세상 속으로 밀어 보낸다.

훨훨 날아가거라. 하늘 끝까지, 네 꿈과 사랑이 넘치는 곳으로 날아가거라. 그곳이 어디든 꿈이 있는 곳이라면 하늘 끝까지 비상하여라. 그리고 사랑이 있는 곳이라면 땅 끝까지 좇아가거라.

오하이오 주 데이튼에서

이 기 희

차 례

1부
슬픈 축제

축 복

비행기는 장엄한 소리를 내며 활주로에 내려앉았다. 푸른 눈의 특무상사가 블라인드를 걷어 올리자 맑고 부드러운 빛이 한꺼번에 쏟아져 들어왔다. 안전벨트를 풀고 밖을 내다보았다. 하늘에 떠 있는 몇 점의 구름이 갓 피어난 목화꽃 같았다. 하지만 이곳의 하늘도 서울에서 늘 보았던 것과 별반 다르지 않았다.

나는 숨을 크게 들이쉬고 잠시 손질이 잘 되어 있는 초록빛 잔디를 바라보았다. 살아 있는 모든 것들이 감미로운 태양 아래 무한한 생명력으로 반짝이는 듯했다.

김포에서 하와이까지는 일반 여객기의 특실을 이용했다. 하와이에 있는 트리플러 공군 병원에서 간단한 건강 진단을 마친 후에 군용기로 바꿔 타고 워싱턴에 도착했다.

우리는 펜타곤 귀빈 숙소에 여장을 풀었다. 다음날은 미 육군 보급사령부 총사령관이었던 싱글러브 장군에게 새로 부임하게 될 곳의 임명장을 받기로 되어 있었다. 싱글러브 장군은 남편의 직속상관이었기 때문에 그와는 한국에서도 자주 만났던 터였다. 그는 우리 집에서 만찬이 있을 때면 갓 구워낸 '김'을 '킴'이라고 부르며 포테이토칩을 먹는 아이마냥 즐거워했다. '기희'라는 내 이름을 발음하기가 힘이 들었는지 장군은 나를 '키위'라고 불렀다.

남편이 임명장을 받는 날, 나는 취임식을 하는 동안 숨도 제대로 못 쉬고 조각처럼 남편 곁에 서 있었다. 남편은 미국 국방성 전자통신 사령부의 업무를 총괄하는 디렉터로 임명되었다. 사실 남편이 이런 직책을 맡게 된 것은 상당히 파격적인 일이었다. 후방에서 보급을 담당하는 군인들은 전투를 직접 수행하는 일반 육군에 비해 그 수가 많지 않아, 일반적으로 진급이 늦거나 제한되어 있었다. 하지만 남편은 MIT 대학을 우수한 성적으로 졸업한 데다, 툴레인 대학에서 비즈니스 석사 학위를 받았기 때문에 진급이 순조롭고 빠른 편이었다. 한국에 있을 때에도 남편은 계급에 비해 중요한 직책을 맡아왔다. '주한 미군 보급사령관 제임스 버드윌스 대령', 한국에 체류하는 동안 남편에게 붙여진 직함이다.

취임식 내내 잔뜩 긴장하고 있는 내가 걱정스러웠는지 남편이 내 손을 살며시 잡아주었다. 그제야 생명 없는 인형에 따뜻한 피가 감돌듯 몸속으로 온기가 흐르는 것 같았다.

'United States of America(미합중국).'

임명장에 적혀 있는 검은색 글씨가 무섭게 다가왔다. 그랬다, 그때 나의 두 발은 낯설디낯선 미국 땅을 밟고 있었다.

"축하합니다, 버드윌스 대령 부인. 다음은 당신 차례입니다."

한 장교가 검은색 철제 액자에 끼워 넣은 증서를 내게 건넸다.

"부인, 미국에 오신 것을 진심으로 환영합니다."

펄럭이는 성조기와 금박으로 새긴 독수리 무늬가 액자 속에서 빛을 발하고 있었다.

"이 증서는 기희 버드윌스 여사가 미군 장교의 아내로서 맡은바 본분을 훌륭히 해내셨기에, 이를 치하하기 위해 드리는 것입니다."

내게 준 증서는 시민권에 해당하는 특별한 양식의 증서였다. 외국 국적을 가진 사람이 미국 시민이 되려면 통상 5년 이상 미국에 거주해야 했지만, 나는 남편의 직업 덕분에 임시 시민권을 받게 된 것이었다. 그러나 남편의 직업이 항상 든든한 배경이 되어주었던 것만은 아니다. 한국에 있는 동안 남편은 보급 및 운송을 담당하는 총사령관이었기 때문에 나는 늘 감시 대상이었다. 내가 누구와 어디서 언제 만나는지까지 그들은 일일이 CIA에 보고했다. 더욱이 이번에 맡은 보직은 국가 기밀을 다루는 전자통신 부문이라 미국에 오기 전 다시 철저히 뒷조사를 받아야 했다.

"오늘 드리는 이 성조기는 부인이 미국에 입국하신 것을 기념하는 뜻으로 국회의사당에 게양되었던 국기입니다. 앞으로도 미합중국의 영광과 번영을 위해 계속 애써주시길 바랍니다. 입국하신 것을 자유와 평화의 이름으로, 진심으로 축하드립니다."

싱글러브 장군이 삼각형으로 접은 국기를 내게 건네주었다. 빨간색과 흰색 줄, 그리고 50개의 별이 새겨진 성조기였다. 우리나라와 달리 미국 국회의사당에서는 매일 새로운 깃발을 단다. 일단 게양되었던 성조기는 국회의 허락을 받아 국가를 위해 공헌하거나 목숨을 바친 사람들에게 수여된다. 내가 받은 증서에는 "이 성조기는 기희 버드월스를 위하여 미국 국회의사당에 게양되었다."라는 말과 함께 대통령의 사인이 들어 있었다. 나중에 안 일이지만 내가 그 국기를 받게 된 것은 아내를 기쁘게 해주려고 제임스가 동분서주하며 로비를 한 덕분이었다고 한다. 그로부터 3년 후 결국 나는 남편의 진급을 위해 한국 국적을 포기하고 미국 시민이 되었다.

"부인, 미국 입국을 진심으로 축하드립니다."

잠시 이런저런 상념에 잠겨 있는데 곁에 있던 장교가 장미꽃 한 다발을 선사했다. 나는 미리 연습한 대로 짤막하게 인사했다.

"미국 시민이 된 것을 영광으로 생각합니다. 미합중국의 영광과 남편을 위해 헌신할 것을 맹세합니다."

성조기를 들고 있는 손이 파르르 떨려왔다. 떨림은 곧이어 온몸을 송곳으로 찌를 때처럼 피부 속으로 파고들었다. 그리고 이내 무거운 돌덩이가 되어 가슴에 내려앉았다.

"Take it easy. You will be all right.(너무 힘들어 말고 편하게 생각해요. 모든 게 괜찮아질 테니까.)"

긴장으로 굳어진 내 손을 잡으며 싱글러브 장군이 나직이 말했다. 그리고는 조심스럽게 나를 껴안으며 등을 토닥여주었다.

펜타곤 육군본부에서 거행된 취임식과 귀국 환영 행사가 모두 끝났다. 금발의 젊은 장교 두 명이 성조기와 보급 사령부의 깃발을 들고 내 앞을 스쳐갔다. 순간, 해질녘 국기 하강식을 지켜볼 때처럼 서늘한 그 무언가가 가슴을 훑고 지나갔다. 텅 빈 운동장에서 온종일 하늘 높이 펄럭이다가 땅으로 내려오는 태극기를 혼자 바라볼 때처럼 슬픔이 목까지 차올랐다. 꾹 눌러 참고 있던 눈물이 떨어졌다. 기차를 타고 대구역을 떠날 때 마지막으로 보았던 어머니의 손사래가 눈물 끝에 어른거렸다.

"공항에서 비행기 타고 가는 니 뒷모습을 도저히 못 볼 것 같데이. 내일 대구역까지만 갈끼다. 내 걱정은 쪼끔도 하지 말거래이. 산 사람은 다 살아가기 마련인기라. 아무리 니가 보고 싶기로서니 설마 죽기사 하겠나. 세상 어디에 가서 산들 니 몸 하나 못 챙기겠냐만은 부디 잘 살거래이. 누구보다 행복하게 잘 살거래이. 나는 믿는데이. 니가 꼭 훌륭한 사람이 되어 돌아올 끼라꼬. 돌아와 어미의 맺힌 한을 풀어줄 끼라꼬. 설사 몸은 못 돌아오더라도 느그 아부지가 남긴 니 이름 석 자만은 훌륭하게 할 끼라꼬."

어머니는 청춘에 홀로 되어 애벌레 같은 두 목숨 제대로 키우려고 갖은 고생을 다하신 분이다. 희디흰 소복 더럽히지 않으시고 한 점 부끄러움 없이 정절을 지키셨다. 어머니를 생각하자 칼날에 벤 것처럼 마음이 아려왔다.

머루알 다래알처럼 한 가지에 붙어살던 오빠 생각도 났다. 제멋대로 저 혼자 좋은 남자 만나서 도망치듯 떠나는 누이를 말리지도 못하고 창 밖만 바라보며 괴로워하던 모습이 떠올랐다. 욕심 많고 제 몫만 챙기는 나를 오빠는 항상 아끼고 보살펴주었다. 저 하고 싶은 일만 하고 철없이 구는 나를 칠칠치 못하다고 구박하면서도 교복을 예쁘게 다려주곤 했다. 아마 오빠는 실망과 허탈감에 꼭지 떨어진 감꽃처럼 동성로를 헤매고 있지 않을까.

아, 그리고 내 작은 재주를 아끼며 꿈과 용기를 주었던 얼굴들. '문학'이라는 두 글자에 목숨 걸고 함께 뒹굴었던 친구들. 끝까지 내게 희망을 버리지 않았던 교수님과 선배들의 얼굴이 차례로 스쳐 지나갔다. 지금 생각하면 너무나 부끄러운 일이지만, 나는 계명대학교에서 국어국문학을 전공하며 대학 2학년 때 잡지 《시문학》으로 등단하여 제법 시인 행세를 하며 거들먹거리기도 했다. 그리고 졸업 후에는 곧 대구 계성고등학교에서 국어 선생 노릇을 했다. 그렇게 나름대로 자리를 잡고 있던 터라 내가 미국인과 결혼하게 되리라고는 아무도 상상하지 못했다. 나 자신까지도. 그래서였을 것이다. 나의 느닷없는 국제결혼은 주위 사람들에겐 충격이었다. 더욱이 대구라는 봉건적이고 보수적인 사회에서는 쉽게 받아들여지지 않는 일이라 따가운 눈총을 받기도 했다.

가슴 저리게 그리운 얼굴들을 하나하나 그리다 보니 미국으로 떠나온 결정이 갑자기 두려워졌다. 누구를 위하여, 무엇 때문에 그토록 많은 사람들과의 추억을 뒤로했던 것일까? 이제부터 내 앞에 펼쳐질 삶들은 어떤 것일까? 함께 손잡고 가던 길을 뿌리치듯 떠나온 결정이 두려워지기 시작했다. 그리고 이제 다시는 되돌릴 수 없다고 생각하니 슬퍼지기 시작했다. 가위 바위 보를 할 때처럼 무심코 내 민 손으로 너무나 많은 것들을 내 삶에서 잘라낸 것 같았다. 아무도 내 등을 떠밀지 않았는데, 어릴 적 땅따먹기를 할 때 동그라미에서 밀려나온 술래처럼 그저 막막하기만 했다. 다시는 그 정다운 얼굴 속으로, 함께 놀던 그 동그라미 속으로 돌아갈 수 없을 것 같았다.

다음날 남편과 내가 탄 비행기는 마지막 정착지인 라이트 패터슨 공군 기지로 날아갔다. 짙은 초록색에 독수리 무늬가 새겨진 공군 전용기는 단숨에 땅을 박차고 올랐다. 하늘은 더없이 푸르렀다. 독수리의 등에 올라탄 듯 우리가 탄 비행기는 한동안 하늘을 날았다. 창 밖은 여전히 맑고 아름다웠다. 유리알처럼 투명한 4월의 하늘 속이었다. 그것은 수정처럼 빛나고 단단해서 아무도 깨뜨릴 수 없을 것 같았다.

이 작은 축복을 위하여 그토록 소중하고 사랑하던 것들을 버려야 하는가? 비행기 속에서 나는 몇 번인가 내게 묻고 또 물었다. 하지만 내 선택에 대한 해명의 말 또한 가슴속에 남아 있었다. 오직 '사랑'이란 이름으로 내 선택의 정당성을 부여받고 싶었다. 사랑하는 많은 사람들의 가슴을 아프게 했지만, 내게는 숙명처럼 주어진 길이었기에 나의 선택을 스스로 '축복'이라 믿고 싶었다.

그리고 사랑과 죽음, 성공과 좌절, 천국과 지옥을 오가는 파란만장한 나의 미국 생활이 시작되었다.

살아 있다는 이 작은 기쁨

용수철처럼 튕겨 나와 침대 밑에 놓인 알람시계를 누른다. 매일 같은 시간에 알람시계는 비발디의 《사계》 중 〈봄〉을 연주한다. 밖은 아직 깜깜하다. 뒤뜰로 나가는 문을 열자 8월 말인데 벌써 서늘한 기운이 부엌으로 밀려들어온다. 바람은 밤새도록 창 밖에서 기다리고 있었을 것이다. 가까이 다가오기 위하여.

커피메이커에 물을 넣고 스위치를 누른다. 푸드득 푸드득 날개 스치는 소리를 내며 증기 속에 갇혀 있던 물이 유리잔 속으로 방울져 내린다. 작은 바늘 떨어지는 소리까지도 짚어낼 수 있는 이 고요함. 적막하다 못해 엄숙하기까지 한 이 평화로움을 위하여 나는 일찍 잠에서 깨어난다. 아침마다 거울 속 얼굴을 들여다보듯 영혼의 밑바닥까지 떨어지는 작은 물소리를 들을 수 있는 이 고즈넉함. 아무도 방해할 수 없는, 오로지 내 몫으로 할당된 이 완전한 자유로움을 위하여 나는 새벽보다 먼저 일어나 하루를 맞는다.

푸릇푸릇한 여명이 어둠을 털어내고 아침 햇살을 길어 올리면 아이들은 갓 부화한 병아리처럼 잠자리에서 기어나올 것이다. 잠이 덜 깬 채로 참새 새끼처럼 계단의 난간에 머리를 부딪치며 아이들이 내려오면 이 아늑한 평화로움도 끝장이 난다. 남편과 아이들은 크고 작은 목소리로 중요하거나 시시콜콜한 일들로, 자동차의 시동을 걸고 동네를 빠져나갈 때까지 내 이름을 불러댈 것이다.

점심 값 잊지 말고 두고 가요. 머리 깎을 때가 됐는데 예약 좀 해줄래? 치과에 가야 하는데 의사 전화번호 어디 있지? 엄마, 안경다리가 부러졌어. 콘택트렌즈 케이스가 도망갔어. 고양이 발톱 깎으러 가야 해. 한 차례 푸닥거리하듯 분주하게 움직이다 보면 썰물처럼 모두 빠져나가고, 일상의 삶은 자동차의 페달을 밟듯 톱니바퀴에 가속을 더할 것이다.

수첩의 일정표에 적힌 시간과 장소들을 대강 확인한 후 창 밖을 바라다본다. 아직도 8월이 닷새나 남아 있다. 여름이 조금 지루하다고 너무 서둘러 가을을 기다리는 것은 아닌가? 어제 저녁 달력의 다섯 칸을 껑충 뛰어서 9월로 넘겨놓았다.

찬란했지만 아팠으며 무성했지만 힘들었던 여름이 끝나고 있다.

창 밖의 나무들은 진초록의 기운을 조금씩 소멸시키며 그렇게 말하고 있는 듯했다. 계절이 바뀔 때마다 나무들은 팔을 벌리고 바싹 다가오기도 하고, 가지를 꺾은 채 외롭게 서 있기도 했다. 늘 익숙하던 뒤뜰의 풍경이 새삼 따스함으로 다가온다. 늘 존재하는 것에 대한 새로운 고마움.

보스턴 스타커 커피 끓는 향기가 난다. 그것은 행복의 냄새처럼 부엌 가득 넘친다. 철없는 강아지처럼 킁킁거리며 그 냄새를 들이마신다. 느낌으로 다가오는 행복의 예감은 언제 맡아도 즐겁다. 커피잔을 들고 있던 손가락을 펴본다. 손가락은 내가 원하는 방향으로 펴지고 굽혀진다. 살아 있다는 것에 대한 이 충만한 즐거움, 이 작은 살아 있음을 위하여 나는 지옥과 천국을 수없이 왔다 갔다 했다. 지옥은 무섭고도 떨렸지만 견딜 만했고, 천국은 아름답고 찬란했지만 위태롭고 외로웠다.

느긋한 기분으로 커피를 마신다. 아이들과 남편이 깰 때까지는 아직 두 시간이 남아 있다. 피카소의 비둘기 두 마리가 그려진 잔에는 아직 마시지 않은 반잔의 커피가 있다.

옛날 옛날에 헤이즐넛 커피 향을 좋아하던 사람이 있었다. 몇 가지 종류의 커피를 사와서 내 눈을 가리고 헤이즐넛 향이 나는 커피를 알아맞혀보라고 보채던 남자가 있었다. 방금 마셔버린 반잔의 커피처럼 그 남자를 다시는 볼 수 없다. 그때 함께 마시던 커피도 남자도, 이제 과거 속에 있다. 그러나 커피는 여전히 향기로 내 곁에 남아 있다. 갓 핀 꽃봉오리 속에, 식료품점의 선반 위에, 건강한 점원이 갈아주는 갈색 커피봉지에 그 향기는 오래오래 묻어 있다.

제임스는 그렇게 헤이즐넛 향기만 남기고 식도암으로 내 곁을 떠났다. 고통이 깊어진 마지막 삼 주일은 구멍을 뚫어 호스를 끼운 그의 위 속으로 하얀 가루의 진통제를 우유에 타서 넣어주었다. 커피조차도 끓여줄 수 없었던 그 무력함. 죽음이 무서워서가 아니라 죽음 앞에서 아무것도 할 수 없는 절망감이 두려워서 몸을 떨었다. 그때 알았다. 죽는 것이 사는 것보다 훨씬 힘들다는 것을. 살아 있는 자의 어떠한 불행도 죽음 앞에서는 한갓 사치스런 장난에 불과하다는 것을.

반쯤 뜨고 죽은 그의 눈을 감겨주면서 나는 작정했다. 꼭 살아남기로. 살아서 남아 있기로. 죽는다는 것이 얼마나 두려운 것인지를, 죽음이 얼마나 끔찍하고 무서운 건지를 두 눈으로 똑똑히 보았기에 꼭 살아남아야 한다고 생각했다. 죽은 사람은 아무것도 말할 수 없으니까, 아무것도 떠올릴 수 없을 테니까, 살아 있는 자가 무엇인가 기억해야 할 거라고 생각했다. 누군가 그의 죽음에 대하여, 죽음으로 끝난 그 처절한 사랑에 대하여 증거하고 기록해야 할 시간이 올지도 모른다고 생각했다. 마셔버린 반잔의 추억을 그리워하며 그 되새김에 충실해야 한다고.

그러나 나는 점차 알게 되었다. 내가 해야 할 일은 기억해내는 것이 아니라 기억을 떠나보내는 일이라는 것을. 서둘러 떠나면서 그가 미처 마시지 못한 반잔의 커피를 마저 삼키며 남은 시간들을 채워야 한다는 것을. 몸속으로 이미 스며든 커피 향기보다 앞에 남겨진 반잔의 커피가 더욱 중요하다는 것을 깨닫게 되었다. 어제가 아무리 화려하고 아름다워도 지친 오늘과 바꿀 수 없으며, 오늘이 힘들고 어려워도 내일의 희망을 꺾어버릴 수 없다는 것을 알게 되었다. 사랑의 추억이 공룡의 몸처럼 크고 아름다워도, 살을 맞대고 함께 바라보는 아침 햇살보다 눈부시지 않다는 것을 깨닫게 되었다.

커피를 마저 마신 뒤 가방을 열고 사업계획서와 함께 사무용 달력을 꼼꼼히 확인한 뒤 책상 위에 놓인 달력을 본다. 나는 큼지막하게 사각이 그어져 메모를 할 수 있는 여러 개의 달력을 가지고 있다. 달력이라기보다는 거의 일정표와 비슷한데 내가 움직이는 곳곳에 쉽게 볼 수 있도록 놓아두었다.

부엌에 있는 달력에는 나와 아이들의 개인적인 일, 예를 들면 생일파티, 결혼기념일, 리사의 요리 강습, 아이들 개인 지도 날짜나 학교 행사, 병원 예약, 학교 선생님 명단, 그리고 먹고 싶은 음식과 식단, 쓰레기 수거일, 회식 날짜 등이 적혀 있다. 사업용 달력에는 그 달 전체의 일정을 한눈에 볼 수 있는 큼직한 달력이 월별로 나누어져, 다음해 9월까지 참석해야 할 국제 아트쇼와 기획전 및 작가 이름 그리고 연락처가 적혀 있다.

커피 잔을 싱크대에 놓고 어제 저녁에 9월로 넘겼던 달력을 도로 돌려놓는다. 8월 27일이라는 날짜 위에 막내아들 크리스가 크게 동그라미를 쳐두었다. 새 학기 시작이라고 삐딱하게 적은 뒤 노란색으로 동그라미를 쳐놓고 그 안에 웃는 얼굴을 그려놓았다. 여름방학 내내 열심히 놀기만 하다가, 자칫 새 학기 등교하는 것을 깜박할까 봐 제 딴에는 크게 표시를 해두었을 것이다.

크리스가 제일 먼저 내 차를 타고 학교로 간다. 제과점에서 과자를 굽는 큰 딸 리사는 운전을 못해서 아빠가 직장까지 태워다준다. 골동품이라며 아이들이 처분을 조르는 구형 벤츠는 그런대로 내 몸무게를 잘 감당하며 집을 빠져나간다.

때를 맞춰 스프링클러에서 쏟아져 나오는 물살이 초록의 잔디 위에서 싱그럽게 빛난다. 모든 게 상쾌한 아침이다. 놀만디 길을 지나 48번 도로 쪽으로 달린다. 팻말에 스프링벨리(봄의 계곡)라고 적힌 길 쪽에서 신선한 바람이 불어온다. 캐슬 앤 애틱(궁전과 다락방)이라고 적힌 골동품 가게 앞에서 나무벤치에 앉아 있던 줄리아가 웃으며 내게 손을 흔든다. 그 아이는 언제나 그 시간, 그곳에 앉아서 버스를 기다린다. 줄리아는 리사처럼 장애아이다. 창문을 열고 좋은 하루를 보내라고 그녀에게 손짓을 한다.

오빌(Orville)과 윌버(Wilbur) 형제가 비행기 모형을 만들며 최초로 자전거 상점을 했던 라이트 형제 박물관 터를 지난다. 화랑이 가까워온다. 하얀 벽돌의 이층 건물에 큼직하게 난 창문으로 아름다운 그림들이 보인다. 그때. 허연 정강이를 완전히 드러낸 맥아천 씨가 하늘색 운동복을 입고 자전거를 탄 채 앞을 지나간다. 맥아천 씨는 우리 아이들 셋이 피아노, 플루트, 기타와 드럼을 배운 음악학교의 교장이다. 그는 작곡도 하고 클래식 기타를 가르치는, 이곳에서 제법 이름이 알려진 연주자다. 그의 유니폼이 하늘색과 너무 비슷해서 자전거가 공중으로 날아가는 것 같다.

멈추지 않고 굴러가는 바퀴처럼 끊임없이 흐르는 시간. 퇴색되고 정지된 어제가 아니라 내일로, 미래로 다가가고 있는 미지의 시간이 가슴 설레게 한다. 밟히더라도 결코 가볍게 생명 줄을 놓지 않는 풀잎처럼, 살아 있는 시간 속에 끼어 생동하고 있다는 이 작은 희열.

아! 살아 있다는 이 충만한 기쁨. 꿈인가 싶어 꼬집어보면 기특하게도 세포들은 금방 아픔을 호소해온다. 살아 있다는 것은 어떤 존재의 의미보다도 절실하다. 살아 있다는 것에 대한 이 경건한 고마움. 가슴이 벅차서 목젖까지 젖어오는 시간이다. 이 고맙고 행복한 순간이 있기까지 수없는 고통과 슬픔의 언덕들을 나는 용케도 넘고 또 넘었다. 이제 가슴 저미고 아픈 어제의 추억들을 내 일기장에서 지우며, 그 사람이 내 곁을 떠났듯이 그렇게 흐르는 세월 속에 떠나보내려 한다.

꽃잎 송별

나는 1953년 전주 이씨 효령대군(孝寧大君)파의 16대 손인 이관의 (李寬儀) ─ 본명 춘관(春寬) ─ 씨와 경주 김씨인 김해연(金海蓮) 씨의 외동딸로 태어났다. 청춘에 홀로 되신 어머니의 지극한 보살핌을 받으며 네 살 터울의 오빠 기원과 함께 쓸쓸하지만 아름다운 유년 시절을 보냈다. 내가 세상으로 나온 지 얼마 되지 않아 뇌일혈로 쓰러진 아버지는 근 1년을 식물인간처럼 지내다가 내가 두 살이 되던 해 세상을 떠나셨다. 나는 아버지의 얼굴을 모른다. 아버지란 이름을 한 번도 불러본 적이 없고 그에 대한 기억조차 없다.

내가 떠올릴 수 있는 유년의 기억은 아마 다섯 살 전후가 아닐까 한다. 그 이전의 일들은 흡사 내 운명 속에서 실제로 일어나지 않은 일처럼 캄캄하다. 그 캄캄한 어둠 속에서 아버지는 내 곁을 떠났다.

그래서 내가 알고 있는 아버지에 대한 기억마저도 유년의 뜰에서 유추해낸 상상에 지나지 않을지도 모른다. 혹은 아버지가 그리울 적마다 등잔불을 돋우고 어머니가 들려주신 이끼 낀 기억의 편린이었을 것이다. 오빠와 나는 그 슬픈 환상을 깨우지 않기 위하여 사슴처럼 두 귀를 쫑긋 세우고 어머니의 이야기에 귀를 기울였다. 가끔은 어머니의 빛바랜 추억의 사진첩 속으로 들어가 돌아갈 수 없는 시간들에게 띄우는 증거가 되기도 했다. 때문에 내 유년의 기억은 먹물 같은 어둠 속에서 어머니가 뿌려주는 은하수처럼 아름다웠다. 어머니의 기억을 통해서 내게 심어진 아버지의 모습은 신화에 나오는 주인공처럼 씩씩하고 신비스러웠다.

유가초등학교 시절은 수채화 물감처럼 아름답지만 아련한 슬픔으로 젖어온다. 나는 동지미[童店里]에서 우물이 가장 깊고 마당이 누렁이의 털처럼 부드러운 집에서 살았다. 그 집에서 용이 오빠, 옥이 언니라고 불렀던 현풍할매곰탕집의 두 형제와 친동기처럼 의지하며 아비 없는 외로움을 달랬다. 대나무로 엮은 사립문 밖에는 허리 굽은 수양버들이 있었다. 수양버들에 매여 있는 앉은뱅이 그네에 앉아 누군가를 기다리며 어렴풋이나마 아버지의 부재를 깨달았다. 떠나간 사람들은 돌아오지 않고 그냥 막연히 그리워해야 한다는 것도 알게 되었다. 아버지의 부재로 인한 고통과 불이익은 없었지만, 명절이나 제사 때마다 돌아서서 흐느끼던 어머니의 모습을 통해서 슬픔의 모습을 알게 되었다. 나는 아직도 여백이 많이 남아 있는 화선지를 보면 알지 못할 슬픔을 느낀다. 비어 있는 것은 차 있는 것보다 허전하다.

아홉 살이 되던 해 자식들을 더 좋은 환경에서 교육시키겠다는 어머니의 뜻에 따라 대구로 이사해서 명덕초등학교를 졸업했다. 초등학교 6학년 때 장질부사에 걸려 근 여덟 달을 누워 지내며 의식조차 들락날락하여 어머니의 애간장을 태웠다. 온갖 약을 먹여도 효험이 없고 중학교 입학시험이 임박해오자, 어머니는 어떤 노인의 말을 듣고 흰 개똥을 달여 먹여 내 생명을 구했다. 어머니는 흰 개똥을 줍기 위하여 새벽이면 골목골목을 누비고 다니셨다. 오빠는 한동안 '개똥 먹고 살아난 가시나'라고 나를 놀렸다. 개똥 덕분이었는지 아니면 어머니의 정성 덕분이었는지, 나는 이종사촌 오빠의 등에 업혀가서 겨우 입학시험을 치렀고, 턱걸이로 경북여자중학교에 간신히 합격할 수 있었다.

중·고등학교 시절은 파스텔화처럼 부드럽고 아름다운 시간이었다. 뭉게구름처럼 솟아오르는 꿈의 자락을 마음껏 펼칠 수 있었다. 가슴속에서 꼬물거리며 어디론가 뛰쳐나가고 싶어하던 언어들을 불러 모아 종이에 옮겨 적는 법도 알게 되었다. 눈부신 태양과 검푸른 초록의 나무들을 화폭에 그리기도 했다. 문예반과 미술반을 들락날락했고, 배구공 하나 제대로 못 던지고 팔굽혀펴기조차 못해서 체육 선생에게 꿀밤을 맞았지만 친구들의 불같은 지원 속에서 체육부장으로 뽑히기도 했다.

체육부장으로서 내 임무는 선생님을 잘 설득해 더운 여름에 나무 그늘 아래서 도둑 구경 간 영화 이야기나 당시에 인기 절정이던 '남진 쇼' 등을 재현해 보이는 것이었다. 나는 임무를 충실히 수행했고, 덕분에 우리 반은 나무그늘 아래서 제일 많이 놀면서 수업 시간을 보냈다. 또한 친구들의 인기에 보답하기 위하여 자료 보충을 한답시고 목숨 걸고—그때만 해도 영화관에서 붙잡히면 정학 처분을 받았다—그 당시 학생 입장 불가였던 영화관을 들락거렸다. 소풍 때 나와 함께 사회를 보며 요란을 떨었던 친구 중에 지금은 17대 국회의원이 된 송영선이라는 친구도 있었다. 둘 다 좀 별나기는 했지만 내가 건달기가 있었던 데 비해 영선이는 나보다 공부도 훨씬 잘하는 모범생이었다.

나는 그때까지도 장래 내 꿈이 무엇인가를 알지 못했다. 아니, 꿈이 너무 많아서 어떻게 하면 그 많은 꿈들을 다 이룰 수 있을까 걱정스러웠다. 신데렐라처럼 유리 구두를 신었다 벗었다 하며 꿈의 색깔들을 채색했다. 앵커우먼, 스튜어디스, 화가, 교수, 변호사, 신문기자, 극작가, 영화감독, 국회의원, 유치원 보모, 외교관, 그리고 패티 김 같은 가수가 되고 싶었다. 그러나 아무도 없는 교정을 혼자 거닐 때 나는 시인이 되고 싶었다. 전국 여고생 백일장에서 여러 차례 상을 타면서 내 결심은 조금씩 굳어갔다. 한국이 낳은 세계적인 시인. 나의 꿈은 단단하고 야무졌다. 아무도 내 꿈을 깰 수 없을 것 같았다.

아름답고 꿈 많던 소녀 시절도 어머니가 토지 사기 사건에 휘말리면서 끝장이 났다. 토지 사기꾼에게 속아서 인감도장을 건네주는 바람에 경북여고 2학년 때 우리는 졸지에 길바닥으로 내몰렸다. 어머니가 먹고 싶은 것 아껴가며 자식들의 학비로 쓰려 했던 아버지의 토지는, 사기꾼이 구속되자 모두 남의 손으로 넘어갔다. 그때만 해도 보기 드물게 예뻤던 양옥집도 법원에서 보낸 집달리에 의해 빼앗겼다. 어머니는 그 충격으로 쓰러져 거동이 불편하게 되었다.

당장 거처할 곳마저 잃은 우리 식구는 그때부터 전셋집을 전전해야만 했다. 노란 국화꽃이 있는 정물화를 그리고 시를 읊조리며 꿈 많은 장래를 설계하던 나는 갑자기 닥친 암울한 현실에 눈앞이 깜깜해졌다. 우리 세 식구는 흡사 소금을 뒤집어쓴 미꾸라지처럼 살기 위해 나름대로 버둥거렸다. 나는 그때 깨달았다. 행복은 나누어 가질 수 있지만 불행은 홀로 맞아야 한다는 것을. 행복했던 시간들은 함께 기뻐하고 껴안을 수 있지만 불행한 날들은 혼자 슬퍼하고 고통 속을 헤매며 슬퍼해야 한다는 것을. 슬픔과 고통의 종목들은 스스로 삼키며 빠져나와야 한다는 것을 깨달았다.

안지랑이 근처에 사글세방을 얻어 세간을 옮기니 다리 뻗고 두 식구가 잠을 자기도 힘들었다. 셋방살이가 부끄러웠던 오빠는 신문사 뒷방에서 스스로 끼니를 해결하며 집으로 들어오지 않았다. 그래도 나는 좋은 학교에 다닌다는 이유로 월급 없이 밥만 먹여주는 가정교사 자리를 구할 수 있었다. 아침저녁으로 주인 식구와 얼굴 마주치며 자존심 다치는 것보다는 그게 훨씬 편했다. 학교에서는 친구들을 철저하게 속이고 여전히 명랑하게 굴어 아무도 집이 망했다는 사실을 눈치 채지 못하게 했다. 친구들이 집으로 놀러 오려고 하면 이런저런 거짓말로 따돌렸다. 서울에 가면 지금도 동창인 강경숙과 그때

일을 회상하며 웃는다.

"아이구 그때 내가 너거 집 한번 알아낼라꼬 무진 애를 안 썼나. 가시나가 같이 집으로 가다가도 반월당 근처만 가면 안개같이 사라지는 기라."

어머니가 거처하고 있는 셋집으로 들어갈 때면 도둑고양이처럼 주변을 두리번거리며 아는 사람들 눈에 띌까봐 전전긍긍했다. 물론 학교에서 담임선생님까지 감쪽같이 속여 나는 여전히 여유 있는 집안의 딸 노릇을 했다. 하지만 모든 사람에게 나를 위장해서 내보일 수는 있었지만 내 자신까지 속일 수는 없었다.

앞날에 대한 희망이 사라진 밤이면 두려움에 떨며 새벽을 맞았다. 현실을 있는 그대로 받아들이고 체념하기에는 어린 내게 닥친 충격과 갈등이 너무 잔인했다. 언제까지 주변 사람들을 속이면서 버텨낼 수 있을 것 같지 않았다. 괜찮던 성적마저 쭉쭉 떨어지자 나는 차라리 문제아가 되고 싶은 충동에 휩싸이곤 했다. 그때 나는 한 인간의 생애에서 가장 아름답고 격렬한 사춘기의 소용돌이에 있었다. 변명의 여지도 없이 내게 가해진 수모와 불행을 도저히 감당할 수 없을 것 같아 하느님을 원망하고 재산을 모두 날려버린 어머니를 책망했다. 운명의 수레바퀴에 매달린 삶을 저주하며 밤이면 이불을 뒤집어쓰고 암담해진 앞날에 진저리를 쳤다. 홀로 불행하고 혼자 상처받는 것이 억울했다. 지구가 파괴되어 다 함께 몰락하기를 바랐지만 아침에 눈을 뜨면 지구는 공전을 계속했고 나를 제외한 모든 사람들은 행복한 것만 같았다.

친구들이 서울에 있는 명문 대학으로 원서를 쓸 때 몇 번인가 가방 속에 들어 있는 수면제 병을 만지작거렸다. 백일장에서 여러 차례 수상한 경력과 졸업 때 문예공로상을 받았기 때문에 서울에 있는 여자대학에 장학금을 받고 진학할 수도 있었다. 그러나 입학시험을 치를 즈음 어머니의 몸이 나빠졌고 집안 사정은 더욱 악화되었다. 등록금은커녕 시험 치러 서울 갈 여비조차 마련할 길이 없었다. 대학을 가지 못하고 자존심까지 버리고 사느니 차라리 그냥 사라져버리는 것이 나을지도 모른다는 생각을 하루에도 수백 번을 더 했다.

나이가 들어갈수록 사람들은 최근에 일어난 일들은 잊어버리고 어릴 적 일부터 기억한다고 한다. 그러니까 사람의 두뇌는 재생이 불가능한 필름부터 현상이 가능하다는 이야기와 같다. 유년의 내 모습들은 아직도 빛바랜 일기장 속에 숨어 있다. 마른 꽃잎처럼 이지러지고 흩어졌다 할지라도 내가 존재하는 한 아득한 그리움으로 남아 있을 것이다. 떠나보내도 다시 다가오는 첫사랑의 기억처럼 작은 꽃잎의 추억으로 영원히 내 속에서 살아 있을 것이다.

안녕, 유년의 찬란했던 꿈이여 아름다움이여, 다시는 되돌아가서 너를 만날 수 없다 할지라도 너에게 송별의 인사를 보낸다.

남은 반잔의 추억

원하던 대학은 아니었지만 계명대학교에 다니면서 상처 난 자존심을 추스르기 시작했다. 붉은색 벽돌과 하얀색 기둥의 콜로니얼 빌딩을 바라보며 슬픔을 삭여갔다. 융단처럼 잘 손질된 푸른 잔디밭에 누워 내일을 설계했다. 꿈은 비록 부서져도 다시 꿈꿀 수 있는 가능성을 믿게 되었다. 다소 수정이 불가피했지만 여전히 내가 추구해야 할 꿈의 목록은 많았다.

등록금을 전액 면제받았고 가정교사로 번 돈으로 기숙사 비를 냈다. 친구들이 빌라도 광장 돌계단에 앉아 사랑을 속삭일 때 장사를 하는 집안의 장난꾸러기 두 아이를 하루도 빠짐없이 가르쳤다. 그렇다고 해서 내가 전혀 연애를 하지 않은 것은 아니다. 사랑이란 단어의 첫 음절만 들어도 가슴이 뛰던 시절이었으므로 자주 사랑에 빠졌고, 사랑이 주는 구속을 감당하지 못해 내 사랑놀음은 번번이 실패했다. 나는 비굴해지거나 설명이 필요한 사랑을 거부했다. 삼시세끼 밥을 먹는 것처럼 같은 동작만 되풀이하는 사랑의 몸짓을 흉내 내는 것도 지겨웠다. 단 한 번 스치는 눈길로 영원으로 이어지는 사랑. 아낌없이 타올라 한 점 재가 되어도 후회 없는 사랑을 찾아 헤매었다.

살아가는 것이 힘겹고 앞이 보이지 않는 암울한 시대였기 때문에 문학에 대한 내 집념은 더욱 굳어만 갔다. 비록 학보사 주최이긴 했지만 신춘문예에 두 번이나 당선되었고 노천강당에 앉아 열심히 시를 썼다. 가난할망정 아름다운 영혼으로 남아 있을 여류시인의 모습을 그리며 위안을 삼았다.

대학 1학년 때부터 김원도, 안효일, 이창동 등과 함께 대구에 있는 대학생을 주축으로 '주변문학' 동인을 만들어 중앙 문단과는 다른 형태의 문학운동을 주도하려는 꿈에 부풀어 있었다. 맨주먹으로 용감하게 '주변문학동인지' 창간호를 발간했고, 다방을 빌려 관객도 없는 시화전을 열어서 문학에 대한 열정을 불태웠다. 그러나 꿈이 컸던 만큼 좌절의 뿌리 또한 깊었다. 밤늦도록 이조주촌과 대동강이라는 술집으로 몰려다니며 문학 전반에 관한 열띤 논쟁을 벌였다. 키르케고르에서부터 플라톤에 이르기까지 용감하게 떠들어댔지만 술값을 낼 때는 서로의 얼굴을 쳐다봐야 했다. 우리는 모두 지독하게 가난했다.

그 시절을 떠올리면 나는 아직도 배가 고프다. 술값이 넉넉하지 못하여 저녁을 한 번도 먹은 기억이 없다. 동인들 중의 누가 배가 고파 달걀프라이라도 시켜 먹을라치면, 부르주아 성향이 짙다고 지금은 고인이 된 원도 형이나 이재행 시인의 핀잔을 받았다. 지금도 그렇지만 그때도 나는 술을 먹지 못했다. 자존심이 세었던 덕분에 배가 고프다는 말을 못하고 뱃속에서 소리가 나면 주방 아저씨에게 물을 얻어 마셨다. 주린 배를 움켜쥐고 있었지만 '문학'이라는 꿈이 있었기에 우리들은 행복했다.

운명 속에 장치되어 있는 미래의 사건들은 전혀 예측이 불가능한 것일까? 작고 하찮은 일이 한 인간의 일생을 바꿀 수도 있기 때문이다. 운명의 물줄기는 아주 작은 흐름에서 시작되어 멈출 수 없는 강물이 되어 내 일생을 송두리째 휘몰아갔다.

나는 국어국문학을 전공하며 '한국이 낳은 세계적인 시인'이 되기를 꿈꾸는 문학도였다. 하지만 계명대가 장로교 재단이라 미국 유학을 보내줄 때를 대비해서 '블루스카이'라는 영어 회화 동아리에 가입했었다. 하지만 내 영어 실력은 "How are you?"라고 말하고 나면 다음 말이 생각나지 않을 정도로 형편없었다. 평화봉사단으로 한국에 와서 회화를 가르치는 푸른 눈의 선생을 호기심 어린 눈으로 바라보며 쑥스러워했다. 회화 연습을 시키면 아는 문장이 없어 앵무새같이 "하우 올드 아 유? 홧 이즈 유어 네임?"이라고 똑같은 질문을 해서 선생님을 당혹하게 했다. 그런 내게 획기적인 사건이 발생했다. 영어로 인사말조차 더듬거리던 내가 미국 공보원 원장이던 라우리 씨의 한국어 교사로 채용된 것이다.

당시 미국공보원은 'U.S.I.S.'라고 불렀는데 나중에 미국문화원으로 개명되었다. 그때 나의 영어 회화 실력은 내가 듣기에도 민망할 정도로 한심했는데 어인 영문인지 타 대학 영문과에서 추천한 쟁쟁한 경쟁자를 물리치고 내가 채용되었던 것이다. 나중에 알게 된 사실인데, 영어 실력은 비록 엉망이어도 처음부터 당당하게 한국말을 하는 내 모습이 마음에 들었다고 했다. 라우리 부인은 영어를 잘하는 사람보다는 우리말을 확실하게 구사할 수 있는 학생을 원했던 것이다. 어쨌든 운이 지독히도 좋았던 셈이다.

라우리 부인의 결정은 내 일생을 바꾸는 계기가 되었다. 그날 라우리 부인의 인터뷰에 응하지 않았더라면 내 앞날은 어떻게 전개되었을까? 운명에서 가정은 존재하지 않는다. 하지만 총장님이 나를 추천해주셨더라도 내가 인터뷰에 가지 않았더라면 운명의 물살은 다른 쪽으로 흘러갔을 것이다. 사실 나는 내 실력을 스스로 알고 있던 터라 애당초 그만두려고 하였다. 그런 나를 어머니가 다그쳤다. 시작도 안 해보고 왜 그만두느냐고. 어머니는 당신 딸보다 더 똑똑한 사람을 보면 기절하고 싶어하는 분이니까. 당신은 옳고 그름을 따지지 않고 언제나 내 편을 드는 나의 든든한 후원자였다.

내가 라우리 부인의 한국어 교사로 채용된 것은 가히 운명적인 일이었다고 말할 수 있다. 훗날 미국공보원에서 주최한 미국 독립기념 리셉션에서 첫 남편 제임스를 만났으니 말이다. 라우리 씨는 그후 영전되어 칠레 대사로 가게 되었다.

한국어 교사가 된 일은 내게 재정적으로 커다란 보탬이 되었다. 라우리 부인이 지불한 수업료는 그 당시만 해도 학생으로서는 감히

꿈도 꾸지 못할 어마어마한 액수였다. 하루도 거르지 않고 두 아이를 가르치던 가정교사의 한 달 월급이 7천 원이었는데, 일주일에 두 시간씩 세 번을 가르치면 주당 5천 원이라는 거금이 내게 주어졌다. 이미 가정교사를 해서 기본 생활비를 벌고 있었기 때문에 나는 단번에 가난으로부터 해방되었다. 기숙사 한 달 식비가 6천 원 정도였으니, 두 군데 아르바이트를 한 덕분에 가난한 문우들 사이에서 졸지에 부자로 행세할 수 있게 되었다. 시골에서 보내주는 생활비를 제때 공수 받지 못하는 친구들에게 기숙사 비를 빌려주며 제법 부자 행세를 하기도 하고 커피 값과 술값도 자주 낼 수 있었다. 철이 바뀔 때마다 어머니에게 블라우스를 사 드렸고 오빠와 좋아하는 고기만두와 자장면을 시켜 먹으며 행복해지기도 했다. 결혼 후 알고 보니 내가 받은 월급은 미국의 최저 임금 수준에 불과했다. 그 당시 한국과 미국의 임금 격차는 그렇게 차이가 많이 났다.

대학 2학년 때 문덕수, 신동집 두 분 선생님의 도움으로 나의 시 〈가을이 지나간 풍경〉과 〈파도〉가 《시문학》지의 추천을 받았다. 그때부터 나는 제법 시인 티를 내며 살았다. 가난해도 사슴처럼 향기로운 관을 가진 여류시인이 되리라 결심했다. 닥치는 대로 책을 읽고 부지런히 글을 쓰며 대학 2학년 시절을 보냈다. 원고료를 벌기 위하여 각종 잡지에 원고를 보내기도 했다. 원고가 당선되거나 게재되어도 시 한 편 원고료가 1500원 정도여서 돈이 되기는커녕 축하하는 문우들의 막걸리 값도 내주지 못했다. 그래도 나는 《계명》지 편집위원을 하고 국문과 다섯 교수님의 방을 드나들며 조교 노릇을 했다. '조교'라고 스스로 이름을 붙였지만 시험지 채점을 돕거나 방 청소를 하고 커피를 사다 끓여 드리는 게 고작이었다. 정식으로 채 용된 것이 아니라서 월급은 없었지만, 점심도 얻어먹고 책도 마음대 로 가져다 볼 수 있어서 좋았다. 그리고 무엇보다도 교수님들 틈에 서 학문에 관한 토론과 논쟁을 엿듣는 것이 좋았다. 때가 오면 한국 학의 대가가 되어 세계에 우리말을 알리겠다는 포부가 끓어올라 부 지런을 떨며 교수 연구실을 들락날락했다.

중앙 문단에 머리 조아리지 않고 '주변'에 있더라도 나름대로 독 자적인 문학의 길을 가겠다고 기염을 토하며 창설한 동인회도 원도 형이 동해안으로 떠돌며 유랑생활을 하자 풍비박산이 되었다. 나와 함께 동인회 부회장을 지냈던 안효일 씨는 현재 교직에 몸담고 있 고, 동인 중에서 유일하게 고등학생이었던 이창동 씨는 동아일보에 신춘문예로 등단해서 지금은 한국의 대표적인 영화감독으로 활동하 고 있다.

김춘수 시인께서 나의 시 〈백목련〉을 전국 여고생 백일장에서 당 선작으로 뽑아주시면서 '대구에서 노천명 같은 여류시인이 또 한 명 나올 것'이라고 칭찬해주셨다. 이를 계기로 선생님은 여고 시절 부터 나의 멘토(mentor)가 되었다. 멘토는 지혜와 신뢰로 다른 이의 인생을 이끌어주고 삶의 지표가 되어주는 동반자라는 의미를 가지 고 있다. 이 말은 고대 그리스 이타이카 왕국의 오딧세이가 트로이 전쟁에 참전하면서 자신의 아들을 친구인 멘토에게 맡긴 데서 유래 되었다고 한다. 선생님의 그 한마디는 일생 동안 내 삶을 통제하였고, 비록 여류시인이 되지는 못했다 해도 나를 '아름다운 말과 언어'가 있는 곳에 머물게 했다.

내가 시인이 되었는가 아닌가는 그리 중요한 것이 못 된다. 이루지 못한 꿈은 나에게 다가오라고 손짓하며 남은 삶을 더욱 치열하게 만든다. 나는 여태까지 그 꿈을 포기하지 않았다. 시인의 꿈은 이루어지지 않았지만 내가 이룩한 다른 많은 것들 속에서 그 꿈은 늘 청명한 단어로 숨어 있었다. 때론 지치고 고단하게 하는 낯선 이국의 문자들 속에서 반딧불처럼 반짝이며 용기가 되었다. 몰래 숨겨놓은 보석을 꺼내볼 때처럼 내 속 깊이 간직한 꿈의 언어들을 지켜보며 슬프고 아픈 시간들을 견뎌낼 수 있었다.

대학 3학년이 되자 유신 체제로 인하여 언론 탄압이 심해지고, 얼어붙은 교정에도 사복을 한 형사가 들락거렸다. 그해 김대중 씨가 동경에서 실종되었고 유신 체제를 반대하는 학생들의 데모가 전국적으로 확산되었다. 데모에 직접 가담하지는 않았지만 내가 쓴 몇 편의 시와 학생회 활동으로 인해 나도 중앙정보부의 감시 대상이 되었다. 사복을 한 형사가 내 뒤를 따라 다녔다. 학교는 문을 닫는 날이 많아졌다. 양희은의 〈아침이슬〉이 금지곡이 되었고, 내가 즐겨 부르던 〈이루어질 수 없는 사랑〉도 부르지 않게 되었다. 애창곡 때문이었는지 내 사랑도 번번이 깨어져 부를 수 없는 이름이 되었다.

운명의 날들

대학 시절의 마지막 해였던 6월이 끝나가고 있었다. 4학년 2학기에 모교로 돌아가 한 달 동안 교생 실습만 받으면 수강 과목도 모두 이수한 셈이었다. 기말 고사를 치르고 졸업식 전에 친구들과 약속한 동해안 여행만 다녀오면 화려하고 꿈 많은 학창 시절도 끝날 터였다. 그러나 남들이 기대하는 것처럼 내 앞길은 그리 탄탄해 보이지 않았다. 막연하게 그려오던 앞날에 대한 설계가 취업이라는 구체적인 목표로 다가와 목을 조르기 시작했다. 앞날에 대한 회의감으로 불안한 날들을 보냈다.

그동안 나는 총학생회 여학생 대표로 활동하면서 육영수 여사를 개교 20주년 기념행사에 초대하는 편지를 썼고, 그 편지를 읽은 여사께서 흔쾌히 행사에 참석해주셨다. 덕분에 청와대에 초청되어 영부인과 만찬을 가지는 영광을 누리기도 했다. 영부인은 '서울에 와서 일하지 않겠느냐'는 언질을 주었지만 실제로 그 일은 무산되었다. 그해 8월 15일 육영수 여사가 문세광에게 저격당했기 때문이다.

청와대를 왔다 갔다 하고 화제의 인물이 되어도 정작 달라진 것은 아무것도 없었다. 늘 그렇듯이 축제가 끝난 마당에는 빈 병과 휴지만이 흩어져 뒹굴었다. 하늘로 향하여 매달려 있다가 터져버린 풍선마냥 가슴은 구멍이 뚫린 것처럼 찬바람이 들락거렸다. 우리는 여전히 안지랭이 셋집에 방 두 칸을 얻어 살았고, 나 역시 만원 버스를 타고 다니며 가정교사 노릇을 계속해야 했다.

빈곤과 결핍은 풍요와 대조될 때 더욱 극명해지는 것일까? '무지는 축복이다(Ignorance is blessing)'라는 말을 인용하면 그때의 변질된 절망의 내용을 다소 표현할 수 있을 것이다. 비교할 대상이 없을 때는 견디기가 수월했다. 붉은 카펫 위에서 빛나는 크리스털 샹들리에의 황홀함을 맛보지 않았더라면 잔디밭에 누워 새털구름을 바라보며 행복했을지도 모른다. 가난할지언정 빛나는 월계관을 쓴 여류시인이 되어 소박한 내일을 꿈꾸었을 것이다. 권력은 아편과 같아서 한번 맛을 들이면 빠져나오기가 힘이 드는 것일까? 많이 취하면 결국 목숨까지 잃게 되지만 아편이 주는 유혹은 달콤하다. 불행은 행복해 보이는 사람 곁에 서면 더욱 비참하게 느껴진다. 실연의 상처가 그토록 쓰라린 것은 사랑의 달콤함을 맛보았기 때문일 것이다. '깨끗한 자의 가난'은 '더러운 자의 풍요'보다 청빈하다는 믿음에 균열이 가기 시작했다. 가난은 무능일 수 있으며 오래된 결핍은 건강한 영혼을 비굴하게 할지도 모른다는 생각이 들었다.

나는 빛도 잘 들지 않는 도서관 구석자리에 앉아 우리에 갇힌 짐승처럼 끙끙거렸다. 졸업 후에 청와대에서 꼭 데려간다고 약속한 것도 아니어서 우선 취직자리를 구하는 것이 급선무였다. 돈을 벌어 그동안 고생하신 어머니를 생계 전선에서 자유롭게 해드려야 했다. 먹고 마시고 잠자는 인간의 기본적인 욕구를 충족시키기 위하여 돈을 벌어야 한다는 사실이 새삼 비참하게 느껴졌다. 나는 끈 떨어진 연처럼 갈피를 못 잡았다. 하루에도 수십 번씩 구름 위를 나는 내일을 꿈꾸었지만 현실은 절망의 나락으로 나를 몰아넣었다.

청와대로 가서 일하지 않을 경우 내가 할 수 있는 것은 신문사 기자가 되거나 국어 교사 자리를 얻는 것이었다. 매일신문사나 영남일보사에도 취직이 될 것 같지 않았다. 교사 자격증을 받아도 신참 교사들은 시골 오지에서 5년 이상을 근무해야 도시로 발령이 난다고 했다. 어머니를 혼자 두고 떠나기도 난감했다. 무엇보다 걱정만 하고 있기에는 사정이 너무 급박했다.

무더운 여름이 다가오고 있었다. 운명의 날들이 서서히 내 곁으로 다가오고 있었지만 나는 여전히 스물한 살을 갓 넘긴 철없는 여대생이었다. 친구들과 영원한 추억의 파노라마를 만들겠다며 겁도 없이 쌍을 지어 동해안 여행을 다녀오기로 했다. 다른 친구들은 죽자 사자 사귀는 남자친구들이 있어서 파트너는 자체 충당이 되었다. 소문난 잔치에 먹을 것 없다고 내 파트너를 구하는 일이 쉽지 않았다. 대학 재학 중 여러 번 열애에 빠지기도 했지만 내 사랑은 2등을 하거나 늘 실패했다. 졸업여행 때 동행할 애인 한 명 굳혀두지 않아서 친구들로부터 비난을 받았지만, 그래도 필요할 때 수요를 충족시킬 만한 기사 정도는 내게도 있었다.

내가 사랑에 실패한 이유와 남자들을 질리게 하는 요인들을 찬찬히 분석해보면 다음과 같다. 혹시 나 같은 경우가 생기지 않도록 '사랑에 바보 같은 여자'의 유형에 대하여 적는다.

무조건 잘난 체한다.

　　(남자들은 조금 부족한 듯 보이는 여자를 선호한다.)

공맹을 들먹이며 유식한 체한다.

　　(알아도 모르는 척 내숭 떠는 것이 앙증맞다.)

좋아하는 남자를 싫어하는 척한다.

　　(이건 바보 천치 저능아보다 못한 짓이다.)

사랑하는 남자를 친구에게 양보한다.

　　(후회해도 소용없다. 친구와 절교하는 한이 있더라도 남자를 놓쳐선
　　안 된다.)

짝사랑은 아름답고 숭고하다고 생각한다.

　　(놓친 자의 비겁한 변명이고 자기 정당화이다.)

도덕적으로 성녀인 것처럼 군다.

　　(대부분의 남자들은 수녀하고 결혼할 생각을 하지 않는다.)

예쁘게 보이지 않으려고 노력한다.

　　(과일도 예쁘면 먹고 싶어진다.)

훌륭한 사람으로 보이려고 노력한다.

(남자를 정말 피곤하게 한다. 성인들의 전기는 책에서 얼마든지 읽을 수 있다.)

존경받으려 노력한다.

(남자는 여자를 사랑하고 싶어하지 존경하지는 않는다. 존경하는 여자는 잠시 만났다가 헤어지는 것으로 충분하다.)

치사하게 남자에게 매달리지 않는다.

(팔짱 끼고 어깨에 매달리는 여자가 귀엽다.)

멀리서 그 사람의 행복을 빈다.

(약간 골빈 소리다. 스파게티 국수는 붙으면 먹기 힘들지만 남자와 여자는 붙어 있어야 정이 난다.)

눈물 흘리는 모습 보이지 않고 언제나 강인해 보인다.

(훌쩍훌쩍 잘 울고 늘 돌봐줘야 하는 여자가 사랑스럽다.)

늘 어머니 이야기를 하며 자랑스러운 딸이 되려고 노력한다.

(남자들은 어머니와 결혼할 생각이 전혀 없다.)

세상에 널린 것이 남자라고 무시한다.

(세상엔 여러 종류의 다양한 꽃들이 수없이 많다.)

공주병에 걸린 것처럼 행동한다.

(호동 왕자를 아낄 줄 아는 공주가 진정한 공주다.)

이렇게 적고 보면 내가 저지른 실수들을 알아차리고 즉각 깨달음에 도달한 것 같지만, 깨닫는 데 여러 날이 걸렸고 실천하는 데 또한 오랜 시간을 허비했다. 그리고 어느 날 작심하고 주위를 살펴보니 웬만큼 괜찮은 남자들은 모두 친구들 품으로 넘어가고 내 주변에는 아무도 남아 있지 않았다.

운명의 날들은 지루한 삶 속에 지뢰처럼 장치되어 있다. 신이 우리를 축복하기 위하여 행복한 순간들을 삶의 곳곳에 숨겨두고 있는 것일까? 아니면 반복만을 일삼는 생의 수레바퀴를 단련시키기 위하여 가슴 저미는 사건들을 여기저기 숨겨두고 있는 것인지도 모른다. 신이 묻어둔 지뢰를 밟고 지나가는 사람도 있고 용케 피해서 돌아가는 사람도 있을 것이다. 지나온 내 삶을 돌아보면, 나는 신이 감춰둔 지뢰를 놓치지 않고 밟은 사람에 속한다. 되돌아가 다시 걸어오라고 해도 나는 내 운명 속에 장치되어 있는 모든 지뢰를, 그것이 행복이건 불행이건 가리지 않고, 하나도 남김없이 밟을 것이다. 그것이 기쁨이고 슬픔이며 혹은 뼈를 깎는 고난의 길이라 할지라도. 나는 내 운명이 주는 가능성을 외면하며 살아가고 싶지 않기 때문이다.

일생을 살아가는 동안 신은 세 번의 기회를 주신다고 한다. 그 기회를 잡은 사람은 성공하고 놓치는 사람은 실패한다고 한다. 기회를 붙잡거나 놓치는 것은 각자의 선택일 것이다. 운명은 신이 그려놓은 복잡한 지도일지 모른다. 하지만 '운명의 지도'에도 선택의 여지는 남아 있을 것이다. 신이 내려준 운명의 미로 속에 서 있더라도 시시각각 선택을 하는 것은 인간이다. 인간에게 허락한 선택의 여지를 완전히 박탈할 만큼 신은 결코 잔인하지 않다. 운명에 의해 희생되었다거나 선택의 여지조차 없었다고 말하는 것은 변명일지 모른다.

운명은 선택의 가능성을 담고 있다. 나는 적어도 그렇게 믿고 살아온 사람이다.

날씨가 조금씩 더워지면서 7월이 얼마 남지 않았을 때였다. 라우리 부인과 7월 4일 미국 독립기념 리셉션에서 읽을 인사말을 함께 연습했다. 독립기념 행사는 해마다 공보원에서 주최했는데 한국과 미국 및 각국을 대표하는 사절들이 초대되는 성대한 파티였다. 라우리 씨가 임기를 마치고 영전되어 미국으로 돌아가기 때문에 라우리 부인에게는 한국을 떠나기에 앞서 마지막으로 남기는 인사가 되는 셈이었다. 우리는 각별히 정성을 쏟아 인사말을 작성하고 발음을 하나씩 교정했다.

라우리 여사는 평생 동안 배움을 멈추지 않고 부지런하고 알뜰하게 주변을 챙기는 전형적인 현모양처 타입이다. 미국 상류층의 부인들은 열심히 공부하고 자신을 계발하여 사회에 봉사하는 것을 생활의 덕목으로 삼는다. 그들은 성실했으며, 남편의 직함을 내세워 거드름을 피우지도 않았다. 라우리 부인은 한참이나 어린 내가 응접실로 들어오면 벌떡 일어나 "선생님, 어서 오세요."라고 머리를 조아렸다. 물론 삼강오륜을 들먹이며 사제 간의 예절을 처음부터 잘 가르친 덕분이기도 했지만 부인 스스로도 예의가 바르고 상냥했다. 반대로 서문시장에서 장사로 돈깨나 번 집 아이들을 지도하러 가면 주인 여자는 내복 바람으로 에어컨 앞에 드러누워 거드름을 피우며 인사를 받았다. '노블리스 오블리제(Noblesse oblige).' 라우리 부인은 가진 자가 스스로 낮아져서 도리를 다하는 모습이 보기 좋았다.

3년을 함께 공부하는 동안 라우리 부인은 나를 친동기처럼 아껴주었다. 나도 영어 실력이 많이 향상되어 어지간한 농담은 알아들을 수 있게 되었다. 마지막 수업이라고 생각하니 그동안의 정 때문에 콧등이 시큰해졌다. 라우리 부인이 조그마한 선물을 내밀었다.

"이 선생님, 그동안 정말 고마웠어요. 작지만 마음의 선물입니다. 마지막 선물이니 기쁘게 받아주세요."

선교사처럼 억양은 다소 어색했지만 부인은 분명하게 자신의 언어로 말하고 있었다.

"그리고 선생님, 이건 초청장이에요. 독립기념 파티에 꼭 오셔야 합니다. 선생님이 가르친 학생이 인사말을 얼마나 잘 하나 보셔야지요. 꼭 오실 거죠?"

내가 곤란한 표정으로 미소를 지으며 대답하지 않자, 부인은 내 손을 잡으며 꼭 참석해달라고 말했다.

"글쎄요, 참석하도록 노력하겠습니다."

부인이 건네준 초청장을 접어 가방 속에 넣고 그 집을 나왔다. 초청장에는 다음과 같은 운명적인 메시지가 담겨 있었다.

귀하를 미국 독립기념 리셉션에 초청합니다.
7월 4일 6시 30분 아담스관.

무당벌레와 샴페인

계명대학교 아담스관으로 올라가는 돌계단 층계 앞에서 몇 번인가 집으로 돌아갈까 망설였다. 초대받지 않은 잔치에 온 것처럼 어색해서 후회가 되었다. 어깨가 드러난 긴 드레스를 입은 여인들이 금발을 출렁이며 검은 턱시도 정장의 남자들과 어울려 있는 모습이 한 편의 외국 영화를 보는 것 같았다. 청와대에 간다고 유일하게 양장점에서 맞춘 감색 투피스를 입지 않았더라면 입장이 허락되지 않았을지도 모른다. 내빈들은 안면이 있는 사람과 마주치면 다정하게 껴안고 포옹을 하기도 하고 명함을 건네며 자기소개를 했다. 내 얼굴을 아는 사람도 없고 직함이 깨알같이 박힌 명함 한 장 있을 리 만무했다. 구석자리에서 미운 오리 새끼처럼 콜라를 홀짝거리고 있는데 바텐더를 하던 군인 한 사람이 손짓으로 나를 불렀다.

"미스, 오늘같이 즐거운 날엔 샴페인을 마셔야 해요."

남자는 묻지도 않고 내 손에 샴페인 잔을 건네주었다. 술이라고는 문우들과 막걸리와 소주밖에 마신 적이 없던 나는 잠시 당황해서 얼굴이 붉어졌다. 나도 무슨 말을 해야 할 것 같아 "당신 나라의 독립을 축하해요. 샴페인 잘 마시겠어요."라고 한 뒤 그 남자를 피해 연회장의 구석자리로 달아났다. 술잔을 입술에 갖다 대자 야릇한 향기가 번져왔다. 하지만 남의 나라 독립기념일을 기뻐하며 샴페인을 터트릴 만큼 마음이 한가롭지 못했다. 라우리 부인이 나와 함께 연습한 인사말만 끝나면 얼른 그 자리를 빠져나갈 생각이었다. 샴페인을 마시는 체하고 있다가 유리잔에 남아 있는 술을 아담스관 복도에 있는 워터파운틴에 버릴 때였다. 등뒤에서 나지막하지만 부드러운 목소리가 들려왔다.

"샴페인을 그냥 쏟아버리기에는 아까운 것 같지 않아요, 오늘처럼 축복이 넘치는 날에?"

목소리는 차분했지만 알지 못할 위력으로 내 몸을 휘감았다. 무안하고 당황해서 목소리의 주인공을 바라보았다. 그가 거기 그곳에 서 있었다. 아담스관을 꽉 메울 정도로 손님들이 많았지만, 그 순간 그곳에는 오직 우리 두 사람만 있는 듯했다. 그때 그곳에서 우리는 처음 만났다. 내 등뒤에서 그가 나를 먼저 보았고, 그의 눈길이 멈춘 그곳에서 내가 그를 돌아다보았다.

"난 제임스라고 합니다. 미8군에 근무하지요. 오늘 친구들과 함께 파티에 오게 되었어요. 당신도 나처럼 동행이 없는 것 같은데, 이름을 물어도 실례가 되지 않을까요?"

그렇게 말하는 그는 정중하고 예의가 바른 사람 같았다. 짧고 강한 전류가 내 몸을 훑고 지나가는 기분이었다. 신분을 밝힐 적당한 말이 생각나지 않아 나는 가까스로 이름만 알려주었다. 그는 한국에 온 지 2주밖에 되지 않았지만 한국은 참 아름다운 나라인 것 같다고 말했다.

"이렇게 아름다운 나라에 사는 사람들은 마음도 아름답겠지요?"

그가 내 눈을 뚫어지게 바라보았다. 갑자기 부끄러워져서 얼굴이 화끈거렸다. 그때까지 나는 누구 앞에서 부끄러워한 적이 거의 없었다. 특히 남자들 앞에선. 반은 쏟아버린 샴페인 잔을 만지작거리며 어쩔 줄을 몰라 하는 내게 제임스가 말했다.

"무당벌레는 행운을 상징합니다. 그래서 독일 사람들은 무당벌레를 사랑하지요. 당신 손에 들려 있는 잔에 무당벌레가 새겨져 있군요."

그러고 보니 내가 들고 있는 샴페인 잔의 중간에 조그마한 무당벌레가 그려져 있었다.

"당신은 이제 행운의 열쇠를 갖게 될 겁니다. 당신 손으로 행운의 무당벌레를 만지고 있잖아요."

"글쎄요. 그렇게 될지는 모르겠지만 듣고 보니 아주 기분이 좋네요. 행운은 우리 모두가 바라는 것 아니겠어요?"

그의 말을 듣고 경계하던 마음이 풀어져서 맞장구를 쳤다. 갑자기 어디서 본 듯한 느낌마저 들 정도로 마음이 편안하고 따뜻해졌다.

"두고 봐요, 꼭 그렇게 될 테니까요. 내 말이 맞으면 부탁 몇 가지 들어줄 수 있어요?"

그가 천진한 아이처럼 물었다.

"그렇게 할 수도 있어요. 부탁하는 내용에 따라서. 하지만 행운의 여신이 내 앞에 나타날 때만 그 약속을 지키지요."

"그럼 약속한 거예요. 당신이 다니는 학교는 정말 너무 아름답습니다. 난 MIT 대학을 다녔는데 보스턴에 있는 하버드 대학에 갈 기회가 자주 있었어요. 꼭 그 대학에 온 것 같아요. 행운의 여신이 당신을 찾아오는 날 당신이 다니는 학교를 구경시켜주세요. 자, 그럼 약속한 겁니다."

중세의 기사처럼 머리를 조아리며 그가 내 손등에 키스를 했다. 순간적으로 일어난 일이라 피할 겨를이 없었다.

"안녕, 아름답고 귀여운 아가씨. 당신에게 행운의 여신이 찾아오길 빕니다."

허리를 굽힌 그를 나는 여왕처럼 당당히 서서 내려다보았다.

라우리 부인의 인사말이 끝나자마자 서둘러 행사장을 빠져나오고 싶었다. 밖에는 폭우가 쏟아져 내리고 있었다. 외국 손님들은 손수 운전을 해왔고 한국 손님들은 운전기사가 층계 아래에서 자가용을 대기시켜놓고 있었다. 그 빗속을 헤치고 버스 정류장까지 갈 일이 난감했다. 버스비가 있는지 확인한 뒤 어머니가 챙겨주신 우산을 펼치려고 자동 버튼을 누를 때였다.

"그 우산으론 빗속에 혼자 돌아가기는 힘들겠어요. 주차장까지 우산을 씌워주면 당신을 집까지 태워드리지요."

어느새 다가왔는지 그 남자가 내 곁에 서 있었다.

"초콜릿을 주면서 꼬이지 않으면 낯선 사람을 따라가지 말라고 엄마가 말했어요.(My mom said 'Do not go out with stranger unless he offers you a chocolate.')"

얼떨결에 라우리 씨에게 배운 농담 한마디를 던졌다. 내 말이 재미있었는지 그가 웃으면서 응수했다.

"초콜릿은 갖고 있지 않지만 나는 가슴이 온통 달콤한 초콜릿으로 만들어진 사람이에요."

초콜릿 심장을 가진 남자! 나는 피식 웃었다. 비는 영어식 표현을 빌리면 개와 고양이가 싸울 때처럼 억수같이 퍼붓고 있었다. 제임스와 그의 친구들에게 에워싸여 아담스관의 서른두 개 계단을 밟고 주차장으로 내려오니 모두가 흠뻑 젖어 있었다. 천둥과 번개가 폭우를 몰고 무섭게 쏟아져 내리고 있었다. 빗속으로 숙녀 혼자 보낼 수 없다고 제임스는 집까지 태워주려 했다. 하지만 나는 버스를 타고 가겠다고 고집했다.

"당신 혼자 보낼 수 없어요. 위험해요."

걱정스러운 듯 그가 다시 한번 말했다. 비는 그의 온몸을 사정없이 후려치고 있었다.

"안 돼요, 집까지 함께 가는 건. 이상한 사람(strange man) 차타고 오는 걸 엄마가 보면 큰일 나요."

나도 모르게 그렇게 말하고 말았다.

"이상한 사람이라… 내가 그렇게 이상한 사람으로 보여요?"

아차 싶었다. 하지만 한번 내뱉은 말을 주워담기에는 이미 때가 늦었다.

"이상한 사람이란 뜻이 아니라, 그냥 우리말로 표현하면 우리와 좀 다른 사람이란 뜻일 뿐이에요. 별 다른 뜻은 없으니 양해하세요."

그렇게 말하고는 버스 정류장을 향하여 뛰기 시작했다.

"안녕, 빗속으로 사라지는 여인이여. 날 잊지 말아주세요."

제임스 곁에 서 있던 장교 한 명이 술에 취한 듯 소리를 질렀다.

"Don't touch her. She is mine.(귀찮게 굴지 마. 그녀는 내 꺼야.)"

빗속에서도 분명히 들려오는 제임스의 목소리를 뒤로하고 물에 빠진 풍뎅이처럼 버스 정류장으로 달려갔다. 그리고 나는 까마득히 그날의 일을 잊고 있었다. 꿈속에서 잠시 본 파랑새의 날갯짓처럼 작은 스침으로 떠오른 적은 있지만. 그 스침은 아득한 동화 속의 이야기처럼 실제로 일어나지 않았을지도 모른다고 생각하면서.

뜨겁던 여름 햇살이 조금씩 엷어지고 눈이 시리도록 푸른 하늘에 청명한 바람이 불어왔다. 수위실을 나서는데 교문 앞에 낯익은 세단이 서 있었다. 검은 선글라스를 쓰고 장교복을 입은 외국인이 내 앞을 가로막았다. 그는 《내셔널 지오그래픽》 잡지를 들고 있었다.

"미스 리? 나를 기억하시겠어요?"

짙은 검정색 안경을 벗으며 그가 다가왔다.

"아, 제임스! 가슴이 온통 초콜릿으로 만들어진 분 아니에요?"

내가 이름을 기억하자 그가 하얀 상자를 내밀었다.

"오늘은 초콜릿을 들고 왔어요. 꼬마 공주님. 그래야 데이트를 할 수 있을 테니까."

그의 얼굴은 둥글고 푸근해 보였다.

"글쎄, 초콜릿을 받았으니 거절할 순 없고, 무얼 하죠?"

"학교 구경시켜주기로 약속했잖아요. 독립기념일 파티에 행운의 무당벌레가 당신 손에 있었잖아요. 기억하시죠, 리틀 프린세스?"

눈 깜짝할 순간에 그가 허리 숙여 내 손등에 기사처럼 키스를 했다. 어릴 적부터 홀어머니의 외동딸로 지극한 보살핌을 받으며 공주처럼 자라왔지만 이성으로부터 이런 대우를 받은 적이 없었다. 함께 몰려다니던 친구들은 대체로 빈털터리 작가 지망생이거나 가난한 화가들뿐이어서 공주 대접은 그만두고라도 저녁마저도 제때 얻어먹은 적이 없었다. 아니, 받기는커녕 내 쪽에서 오히려 술값 밥값 걱정을 하며 지내야 할 정도였다.

나는 그날 제임스에게 캠퍼스 구경을 시켜준 뒤 밥값 걱정 없이 편안하게 저녁을 먹었다. 잔잔한 촛불 아래 제임스가 썰어주는 스테이크를 한 점도 남기지 않고 먹으며 구름 속을 날아다니는 듯 신기했다. 전혀 거부감이 일지 않았고 오히려 내가 당연히 받아야 할 몫을 누리는 것처럼 당당하게 행동했다. 사랑은 마녀처럼 요술을 부리는 것일까? 거칠기만 하고 다듬어지지 않았던 선머슴 같은 여대생은 일순간에 착한 공주로 둔갑했고, 수만 명 미군을 지휘하던 제임스는 철없는 이국의 여대생에게 머리 조아리는 기사가 되었다.

사랑은—적어도 운명적인 사랑은—시간의 개념을 뛰어넘는다. 단 1초의 만남의 시간도 허비하지 않는다. 한 사람이 또 다른 사람의 가슴으로 날아가 사랑의 덫에 빠지는 데는 시간이라는 수치상의 개념이 필요하지 않다. 얼마나 오랜 시간을 함께 지내왔는가 하는 것은 한 인간을 얼마나 깊이 사랑하느냐 하는 것과 정비례하지 않는다. 적어도 제임스와 내게는 그랬다. 우리에겐 시간과 공간이 주는 한계가 아무 의미가 없었다.

사랑은 시간과 공간을 초월하고도 목숨 줄 붙잡고 당당하게 살아남는 불멸의 꽃이다. 영원을 찾아 무한한 시간을 버텨온 장엄한 빛의 만남. 과거와 현재와 미래까지 관통하며 설명도 변명도 필요치 않은 용감한 몸짓. 단 한 번 스친 눈길로 이승의 삶을 작별하고, 지옥이든 천국이든 집시마냥 떠돌아다니는 것이 사랑인지 모른다. '사랑' 보다 더욱 빠르고 힘차게 날아가서 명중하는 화살이 이 세상 어디에 또 있을까? 사랑은 소리 없이 숨어들어 영혼과 육신을 삼켜버리는 피할 수 없는 몸짓이다. 설명과 이해가 불가능한, 예측할 수 없는 방향에서 날아온 화살이다. 피할 수 있었더라면 그것은 이미 사랑이 아닌지도 모른다. 비록 잘못 날아와 파멸에 빠지더라도 피하지 않고 온몸으로 받은 화살의 흔적이 사랑일 것이다. 사랑은 풀 수 없는 매듭이고 깍지 긴 운명의 멈출 수 없는 발걸음이다. 순간이지만 영원이고 작은 빛이지만 우주를 밝히는 힘이 '사랑' 이란 단어 속에 숨어 있다.

제임스를 만나기 전까지 나는 여성스러운 사랑의 형태를 거부하며 살아왔다. 선머슴처럼 남학생들과 어깨 겨루며 살려고 버둥거렸고, 그들에게 목을 매는 것이 '구차한 사랑'이라고 비웃었다. 황무지같이 개척이 불가능했던 가슴속으로 그는 뚜벅뚜벅 걸어 들어왔다. 나는 여전히 월계관을 쓴 여류시인을 꿈꾸는 스물한 살 철없는 여대생이었다. 내가 그 다음해, 스물두 살의 나이로 미 육군 보급사령관의 아내가 될 줄을 누가 알았으랴!

선택

　　초콜릿과 《내셔널 지오그래픽》을 들고 만났던 날부터 제임스는 하루도 빠짐없이 교문 앞에서 나를 기다렸다. 우리는 딱히 언제 어디서 만나자고 약속하지도 않았지만 내 눈길이 멈추는 곳에는 늘 그가 있었고, 그가 기다리는 그 시각에 정확히 내가 나타났다. 둘은 마치 더듬이가 잘 발달한 곤충처럼 서로가 있는 곳을 알아내곤 했다. 만나면 어디를 갈지 굳이 의논하지 않아도 우리들 발길은 저절로 시골로 향했다. 뉴욕에서 태어나 보스턴에서 대학을 나온 그는 도시보다 시골을 그리워했고, 시골에 가서도 사람 손길이 닿지 않은 자연 그대로의 모습을 좋아하는 자연주의자였다.

　　1974년 8월 15일에도 우리는 만났다. 그날은 제임스와 일찌감치 만나 장교 클럽에서 아침식사를 했다. 방학이라 수업도 없었고 그와 함께 있는 게 그냥 편하고 좋았다. 아침을 먹는 동안 제임스는 칼질이 서툰 나를 위해 고기를 잘게 썰어주었다. 그는 어린 아가씨는 잘 먹어야 빨리 자라서 멋진 숙녀가 된다며 언제나 엷게 저민 스테이크를 주문했다. 이상하게도, 그와 함께 있으면 나의 천부적인 반항기는 어디로 달아나고 제법 요조숙녀처럼 양순해졌다. 스스로 '너 정말 이기희 맞니?' 하고 반문할 정도로 변해가는 내 모습에 혀를 내둘렀다. 그가 시켜주는 음식은 무엇이든 달게 먹었고 그와 함께 가는 곳이라면 어디든 즐겁고 편안했다. 그동안 잔뜩 웅크리고 있던 나의 여성성이 비로소 기지개를 켜며 겨울잠에서 깨어나는 듯싶었다.

사랑은 기적을 이룬다. 사랑만이 이 세상에 존재하는 모든 이념과 관념을 파괴하고도 당당하게 정의롭다고 말할 수 있는 언어이다. 나는 조금씩 허물을 벗기 시작했다. 타인의 눈에 비치는 나의 모습이 아니라 내 속에 진정으로 갈구하던 내 모습을 바라보게 되었다. 그것은 제임스가 내게 가져다준 가장 큰 선물이었다.

장교 클럽에서 식사가 거의 끝나갈 무렵이었다. 젊은 장교 한 명이 다가오더니 제임스의 귀에 대고 뭐라고 속삭였다. 잠시 후 제임스의 얼굴에 긴장감이 돌았다.

"미스 리, 미안해요. 비상이에요. 지금 곧 부대로 돌아가야 해요. 당신이 존경하는 마담 박에게 무슨 일이 생길지도 모르겠어요."

'마담 박'은 육영수 여사를 지칭하는 것이었다. 그의 표정이 자못 심각해서 불안한 생각이 들었다.

제임스는 부관에게 내 신변의 안전에 대해 지시한 뒤 부대로 돌아갔다. 그날 저녁 7시에 육영수 여사의 죽음을 알리는 뉴스를 들었다. 그로부터 사흘 동안 나는 중앙정보부의 보호(?) 아래 삼엄한 감시를 받으며 영부인에 관한 인터뷰를 해야 했다. 그리고 장례식을 준비하는 동안 여러 언론기관이나 방송국으로 불려 다니며 영부인의 생전 모습을 떠올려야 했다. 내가 학생 신분으로서 마지막으로 만난 사람인 데다 대구에서 가장 최근에 청와대에서 함께 식사를 한 사람이었기 때문이다. 그분과의 만남은 짧았지만 내가 분출하는 청춘의 소용돌이 속에 있었기 때문에 각별한 의미로 다가왔다. 한 나라의 퍼스트레이디인 그분에게는 스쳐 지나가는 일상의 한 부분에 불과했겠지만 내게는 지울 수 없는 추억으로 다가와 생방송 도중 목이 메곤 했다.

정부는 영부인의 죽음을 반정부운동을 무마시키기 위한 반일운동에 활용하려고 노력했다. 종합운동장에서 있을 대규모 항일궐기대회 연사로 내가 지목되었다. 여린 여대생이 눈물겨운 모습으로 영부인을 떠올리게 함으로써 대회의 분위기를 잡자는 계획이었다. 호텔방에 감금되다시피 해서 며칠 동안 회유를 받고 그 일에 동의했다. 물론 내가 쓴 연설문은 여류시인을 갈망하는 한 여대생의 절규에 가까운 기록이었다. 영부인을 흠모하던 내 심정이 잘 드러나 있어 군중의 심금을 울리고 그들을 눈물의 도가니로 몰아넣었다.

나는 그 사흘 동안 제임스와 만나지 못했다. 육영수 여사의 죽음이 내게 주는 의미는 각별했다. 하지만 삶의 무상함을 따지고 있기에는 주변 상황이 급박했다. 살아가는 것이 두려웠고 조금씩 지치기 시작했다. 사회에 첫발을 내딛기도 전에 내게 닥친 운명의 소용돌이는 미래에 대한 실망과 좌절부터 맛보게 했다. 그러나 막연히 슬퍼하고 있을 수도 없었다. 중앙정보부 사건이 있은 후부터 제임스는 신변 보호라는 이유로 아예 집 앞 공터에 차를 세워놓고 나를 기다렸다. 중앙정보부의 지프와 미 육군 헌병의 차가 번갈아 가며 내 뒤를 따라다녔다.

한국에 주둔해 있는 미군 장성들은 CIA로부터 직접 한국 정세에 관한 브리핑을 받기 때문에 제임스는 나보다 국내 사정에 밝았다. 긴박하게 돌아가는 반정부 시위와 학생 데모가 일어나면서 제임스는 부쩍 긴장했다. 만약의 경우 학생회 활동으로 체포될 위기에 처하면 무조건 미군 부대로 도망치라고 일러주며 패스까지 만들어주었다. 부관이 만들어온 증명서에는 '한국인 재봉사 이기희'라고 적혀 있었다. 바느질은커녕 바늘귀 하나 제대로 꿰지 못하는 나에게 '재봉사'라니, 웃음이 터져 나왔다. 그러나 다행히 미군 부대로 피신해야 할 만큼 위급한 상황은 닥치지 않았다.

문제는 다른 데서 생겼다. 어머니와 이웃들이 내가 제임스와 만나는 것을 눈치 채기 시작한 것이다. 걱정하는 어머니에게는 라우리 씨 대신 새로 한국어를 가르치는 학생이라고 대충 얼버무렸다. 하지만 꼬리가 길면 잡히는 법. 장교 클럽에서 제임스와 함께 식사하는 모습을 그만 총장님에게 들키고 말았다. 총장님과 제임스는 '국제 피플 투 피플'이라는 사교 모임 멤버라 서로 친분이 있었다. 내가 안절부절못하자 총장님은 나직하지만 엄한 목소리로 말씀하셨다.

"자리로 돌아가서 숙녀답게 식사를 끝내게. 내일 아침 내 방에서 보세."

다음날 총장실로 찾아갔다. 하지만 걱정했던 것보다는 훨씬 누그 러진 표정이셨다.

"내가 그 사람과, 그 사람 집안에 대해 좀 알아보았네. 부친은 우 리 대학 재단의 설립을 도와주신 아담스 씨와 같은 교회에 다니는 독실한 교인이시더군. 또 그 사람도 미혼이니까 신분은 확실하네. 물론 이 양도 내가 아끼는 사람이지. 그러니 해결책은 하나뿐이네. 당장 결혼을 하든지, 아니면 그 사람을 만나지 않든지. 미군 장교랑 다니는 게 소문나면 자네에게나 학교에 전혀 도움이 안 돼."

마음이 흔들렸다. 총장님의 말씀이 단호했기 때문만은 아니다. '결혼'이라는 두 글자가 난생처음 듣는 말처럼 낯설었다. 내 나이 스물둘에 결혼이라니…. 제임스와 사랑을 나누면서도 나는 정작 결 혼에 대해서는 한 번도 생각해본 적이 없었다. 한 남자의 품속에 둥 지를 틀자고 마음먹기에는 아직 이루고 싶은 꿈이 너무 많았다. 일 단은 제임스와 만나지 않겠다는 약속을 하고 총장실을 빠져나왔다.

그후 약속은 지켜지지 않았다. 아니, 지켜질 수 없었다고 해야 옳 을 것이다. 사랑은 흐르는 물과 같아서 아무리 막으려 해도 막아지 지가 않았다. 졸업 후 나는 다행히도 대구에 있는 계성고등학교에 첫 여교사로 근무하게 되었다. 대학을 갓 졸업한 친구들이 오지로 발령나는 데 비해 명문 사립 고등학교에 취직하게 된 것은 파격에 가까운 조치였다. 내 나이 스물둘, 대학을 갓 졸업한 애송이 여선생이 되어 제 키보다 큰 남학생들을 가르치느라 종일 진땀을 흘렸다. 그 와중에도 제임스와의 아슬아슬한 밀회는 계속되었다.

그는 하루도 빠짐없이 퇴근 시간이면 교문 앞에 와서 나를 기다렸다. 그러나 주변 사람들의 시선을 완전히 피할 수는 없었다. 소문은 꼬리에 꼬리를 물고 이어졌고 만남의 실체가 드러나면서 제임스와 만나는 것이 점점 어려워졌다. 교장실에 불려가 몇 차례 경고를 받기도 했다. 우리를 바라보는 사람들의 시선도 견디기 힘들었다. 그와 나란히 동성로를 걸으면 혀를 끌끌 차며 손가락질하는 사람들 앞에 죄인인 양 고개를 숙이고 걸어야 했다.

"쯧쯧, 얼굴은 반반하게 생겨가지고 양놈하고 다녀. 꼴에 책가방 들고 다니는 거 보니까 대학생인 듯한데…. 부모가 누군지는 모르지만 참 불쌍하다 불쌍해. 어디 할 일이 없어서 공부는 않고 양색시질이야?"

그런 수모를 받을 때마다 나보다 더 가슴 아파한 사람은 제임스였다. 그는 내게 쏟아지는 편견과 질책을 도저히 이해하지 못했다. 하지만 우리가 만나는 것이 그렇게 힘든 일이라면 자기를 만나지 않아도 된다고 나를 위로했다. 진정한 사랑이란 상대방을 구속하지 않고 자유롭게 해주는 일이라고 그는 말했다. 사랑하는 사람이 자신의 꿈과 미래를 편안하게 선택할 수 있도록 도와주는 것이라고 했다.

운명의 날이 서서히 내 목을 조르고 있었다. 갈등에 갈등을 수없이 거듭했다. 이미 익숙해져버린 그와의 만남을 멈출 수도 없었지만, 한 남자를 내 삶 속에 받아들이기 위해서는 지우고 외면해야 할 얼굴들이 너무 많았다. 특히 어머니를 홀로 남겨두고 멀리 타국으로 떠날 생각을 하면 뼛속까지 저려왔다. 지아비도 없이 핏덩이로 남은 자식을 키우느라 고생하신 어머니를 생각하면 갈등은 더욱 깊어졌다.

어머니는 손재주가 남달라서 집안 대소사나 이웃 잔치가 있을 때면 어김없이 불려 다니며 큰상을 멋지게 차려내셨다. 한데 그때마다 꼭 잊지 않으시는 말씀이 있었다.

"우리 희야가 시집 갈 때는 세상에서 제일가는 잔칫상을 채릴끼다. 임금님 상보다 더 훌륭하게 채릴끼다. 그리고 세상에서 제일가는 사위 얻어서 내 손으로 공단 같은 한복도 철철이 지어 입힐끼다."

이제 어머니는 당신 손으로 한복을 해 입힐 정겨운 얼굴 대신 말도 잘 통하지 않는 푸른 눈의 남자를 사위로 맞이하셔야 했다. 어머니는 슬픈 꿈속에서 한국말로 사위와 정겨운 대화를 나누실 것이다. 한 남자를 선택하기 위하여 버려야 할 것들이 너무 많았다. 어머니를 홀로 남겨두고 멀리 타국으로 떠날 생각을 하면 너무나 잔인한 내 모습이 끔찍해지기도 했다. 선택의 귀로에서 뼈를 깎는 고통 속을 헤매었지만 어머니의 가슴속에 한 맺힌 상처에 비하면 티끌보다 못한 것이었다.

견뎌내기에 참혹한 시간이었고 어려운 결정이었지만, 사랑이라는 단어가 있었기에 선택의 시간은 오히려 짧게 끝날 수 있었다.

슬픈 축제

어렵게 얻은 교사 자리를 석 달 만에 그만두고 제임스와 결혼하기로 작정했다. 그때를 회상하면 지금도 한바탕 꿈을 꾼 것 같은 생각이 든다. 그것은 아름답고도 슬픈 꿈이었다. 어쩌면 나는 아직 그 꿈 속에서 깨어나지 못한 채 헤매고 있는 것은 아닌지. 꿈이었다면 영원히 깨어나지 않았으면 얼마나 좋았을까?

제임스와의 결혼은 축복 속에서 이루어졌다. 너무나 큰 고통을 동반한 선택이었기 때문에 마땅히 축복이어야 한다고 나는 믿고 싶었다. 여류시인이 되겠다던 유년의 꿈과 바꾼 것이었으며, 당신 목숨보다 더 귀하게 길러주신 어머니의 청춘을 제물로 바쳤기 때문에, 내 결혼식은 지상에서 치르는 가장 '아름다운 축제' 여야만 했다.

자식은 죽을 때까지 부모에게 업이라는데 나보다 어머니에게 큰

죄를 지은 자식이 어디에 또 있을까? 혼자 몸으로 갖은 고생을 하며 대학까지 보낸 딸자식이 난데없이 외국 사람과 결혼하겠다고 했을 때 당신의 찢긴 가슴을 생각하면 지금도 송구스럽다. 어머니는 내가 상처받을까봐 반대조차 못 하시고 한 달 동안 죽은 듯이 누워 계셨다. 어머니는 누구보다도 딸을 잘 알고 계셨다. 한번 마음먹은 일은 결코 번복하지 않는다는 것을. 어머니는 당신의 절망을 안으로 삼키며 주위 사람들과 집안의 반대를 뿌리치고 우리의 결혼을 묵인(?)해주셨다. 그때 절박했던 상황이나 내 결혼을 반대하는 사람들의 이야기를 글로 쓰자면 책이 몇 권이 되어도 모자랄 지경이다.

미국식 결혼 예법을 모르는 나를 위하여 공보원장 부인과 제임스의 비서가 미국 측 일을 도와주었다. 신부 측 결혼 준비는 총장님 내외께서 친부모처럼 봐주셨고, 집에서는 한국식 잔칫상을 마련해서 시골에서 올라오는 친지들과 고향 분들을 따로 접대했다. 결혼식 전날 총장님 내외가 공보원장 라우리 씨 부부와 결혼식 준비를 도와주신 분들을 집으로 초대해서 만찬을 베풀어주셨다. 그때는 미국 풍습을 몰라 총장님께서 그냥 호의를 베푸신 줄로만 알았다. 그러나 나중에 미국에 온 후 총장님과 사모님의 속 깊은 배려를 깨닫고 목이 메었다. 미국에서는 결혼식 전날 리허설을 하게 되는데 예행연습이 끝나면 신부 측에서 저녁을 대접하는 것이 관례로 되어 있다. 미국식 결혼 예법도 모르고 홀어머니만 모시고 사는 집안 사정을 아시고 총장님 내외분이 부모님의 역할을 맡아주셨던 것이다.

나는 지금도 잊을 수 없다. 늘 생머리를 뒤로 단정히 묶고 잔잔히

웃으시던 사모님의 모습을. 막상 결혼식이 내일로 다가오자 기쁨보다는 두려움이 앞섰다. 흔들리는 내 마음을 헤아리셨는지 저녁 식사가 끝나자 사모님이 내 손을 잡고 타이르듯 말씀하셨다.

"누가 뭐라고 해도 마음 상해 할 것 없어. 여자에겐 남편 사랑만 있으면 되는 거야. 저토록 극진하게 이양을 아껴주는데, 아무 걱정 말아."

사모님의 고마운 마음에 눈물을 보이자 내 손을 꼭 쥐어주셨다.

"모두가 부러워하는 행복한 가정을 꾸밀 수 있을 거야. 미국에 가서 한국 여자가 얼마나 훌륭한지를 보여줘야 해. 남편 내조 잘하는 것이 내 나라 내 민족을 사랑하는 길이란 걸 한시도 잊어선 안 돼. 이양이라면 그 일을 충분히 감당하고 한국을 위해서 큰일을 해낼 수 있을 거라고 믿어. 이양은 그냥 한 남자와 잘 먹고 잘 살기 위해서 결혼하는 것이 아니라는 걸 항상 기억해주길 바래. 이런 힘든 결정을 하기까지 이양을 특별히 쓰시기 위하여 하나님께서 역사하고 계신다는 것을 한순간도 잊지 말아야 해. 나는 이양이 행복해지는 것을 항상 지켜보고 있을 거야."

사모님은 지금 하늘나라에서 나를 내려다보고 계실까? 칭찬은 아니더라도 꾸중이나 하지 않으셨으면 좋겠다.

결혼식 날은 구름 한 점 없이 청명하고 아름다웠다. 한국과 미국 양국의 내빈들을 초대할 장소가 마땅치 않아 계명대 본관 대강당에서 신태식 총장님의 주례로 결혼식을 올렸다. 빌라도 광장을 거쳐

피로연이 행해지는 아담스관까지 하얀 웨딩드레스를 입고 비둘기처럼 다정히 걸었다. 세상에 숨어 있는 그 어떤 불행의 그림자도 상처의 흔적도, 우리를 해칠 수 없을 것 같았다. 대구에서 그때까지 그토록 성대하고 색다른 결혼식은 아마 없었을 것이다. 미8군 고급 장교 중에서 유일하게 독신이었던 제임스와 갓 대학을 졸업한 한국 아가씨와의 국제결혼은 적잖은 뉴스거리를 제공하며 양국의 관심사로 떠올랐다. 제임스가 현역 보급사령관이라는 직책에 있었기 때문에 초청할 분들이 많아 피로연은 대학원으로 사용하던 아담스관을 이용했다.

제임스와 처음 만나 인사를 나누었던 아담스관의 피로연장에 캠프 헨리 총사령관이었던 크라우스 장군이 멋진 결혼 축하 케이크를 준비해주었다. 초청 인사가 대부분 외국의 문화 사절이고 한국 측 손님들도 제임스와 국제 사교 클럽을 통해 만난 명사들이 대부분이었다. 초청장을 띄우지 않았는데도 제임스를 상관으로 모시는 한국인들이 참석해서 피로연장은 발 디딜 틈이 없었다. 각국 귀빈들이 탄 승용차가 줄을 잇자 길 가던 사람들조차 무슨 행사가 있는 줄 알고 호기심에 피로연장으로 들어오는 해프닝이 벌어지기도 했다. 피로연을 시작하자마자 준비한 음식과 음료수가 바닥나는 바람에 부대에서 트럭으로 실어 나르느라 특무상사들이 진땀을 흘렸다.

아껴주던 선배들과 문우들은 한 사람도 결혼식에 참석하지 않았다. 물론 내가 초청장을 보내지 않았기 때문이기도 했지만, 초청장을 보낸다고 올 사람들도 아니었다. 친한 친구도 몇 명만 초대했을 뿐이었다. 어떤 화려한 말로 내 결혼을 합리화하고 진실을 주장한다 해도 그들의 눈에 나는 '배신자' 그 이상도 이하도 아니었다. 내 결혼은 한마디로 부르주아를 갈망하는 여대생의 불순한 동기였으며, 민족주의에 빠져 있는 그들의 자존심을 짓밟는 잔인한 행위에 다름 아니었다. 사랑은 정상인들이 하는 게임이어야 하건만 제임스와 나는 그들의 관념으론 비정상적인 결합에 불과했다.

주변문학회 동인 활동을 함께 하며 내게 연정을 보이던 원도 형의 지병이 깊어진 것도 내 결혼을 비방하는 세력에게 명분을 실어주었다. 원도 형은 간경화가 악화되어 내가 결혼한 그해 여름에 운명을 달리했다. 너무 일찍 세상을 떠났기 때문에 원도 형은 그다지 많은 작품을 남기지는 못했다. 함께 동인 활동을 하던 원도 형의 친구 효일 씨가 나중에 형의 유고 시집을 만들려는데 원고가 부족하다며 연락을 해왔다. 그때 형이 내게 보낸 엽서와 편지들을 건네주었다. 지금도 그렇지만 나에겐 누가 내게 보낸 편지나 엽서, 메모, 심지어 봉투까지 버리지 못하고 차곡차곡 간직해서 읽고 또 읽는 버릇이 있었다. 원도 형이 투병 중에 혹은 여행길에서 보낸 편지나 단상을 적은 엽서 등이었는데, 책이 나오자 나는 갑자기 원도 형의 애인으로 지목되어 형의 가족은 물론 문우들의 질시를 감수해야 했다.

부와 명예를 위해 가난한 시인의 사랑을 거부한 여자. 그래서 결국은 그를 죽음에 이르게 한 잔인한 여자. 나는 아무 잘못도 저지르지 않았지만 여러 가지 상황에 떠밀려 가난한 시인의 사랑을 외면하고 외국인과 결혼한 배신자로 낙인찍히게 되었다. 그러나 나는 알고 있다. 무엇이 그를 죽음에까지 이르는 절망으로 몰고 갔는지. 깡마르고 쓸쓸하던 그의 육신에 다정한 손길 한번 내밀 누구도 이 땅에 존재하지 않았다는 것을. 우리 모두 형의 죽음으로부터 자유롭지 못하다는 것을 나는 알고 있다. 하지만 나는 그때부터 가난하나 진실한 시인의 사랑을 저버리고 백마를 타고 온 주둔군과 사랑에 빠지는 배신자의 모습으로 그려져 쓸거리가 마땅치 않은 작가들의 작품 소재로 등장하게 되었다.

문화관광부 장관을 지낸 영화감독 이창동 씨의 데뷔 작품인 단편소설 〈전리〉에는 애인에게 배신당하고 죽음을 맞는 원도 형의 병상 기록이 리얼하게 묘사되어 있다. 주인공 남자는 가난한 시인의 사랑을 저버리고 미군 장교와 결혼한 여자에게 죽은 친구 대신 복수의 칼날을 세운다. 물론 진실한 사랑을 저버린 부르주아적 사고방식을 가진 여자는 부정적이고 비속하게 설정되어 있다. 당시 동인 중에 유일하게 고등학생이었던 이창동 씨는 과묵하고 수줍어하는 것처럼 보였다는 것 외에는 내게 별다른 기억이 없다.

원도 형과 동인 활동을 하면서 그의 문학적 소양에 찬사를 보냈지만 나는 그를 사랑하지 않았다. 세상에 어느 바보가 자기에게 관심을 보이는 남자를 눈치 채지 못할까? 여자가 지닌 특유한 더듬으로 원도 형이 나를 무척 좋아했을지도 모른다는 기억을 가지고 있다. 하지만 그는 범상한 글재주를 지닌 문학 동료 그 이하도 이상도 아니었다. 사랑은 동정도 연민도 아니며, 바란다고 주어지고 사랑하려고 마음먹는다고 행할 수 있는 것이 아니지 않은가? 사랑은 20촉짜리 전구에 불이 들어오듯, 플러스와 마이너스 전류가 운명 속에서 새파란 불꽃을 내며 타오르는 그런 만남이어야 한다. 그렇지 않으면 그냥 '사랑 만들기'를 하는 작업이거나 값싼 '사랑놀이'를 지겹게 반복하는 것일 뿐이다. 형은 내게 운명으로 다가와 목숨을 걸 만한 사랑의 불꽃이 되지 못했다. 나는 원도 형의 죽음에 직접적으로는 어떤 책임도 없다.

세월이 한참이나 흐른 후, 구활 선생님을 통해서 원도 형이 간경화로 고통 속에 마지막 시간을 보냈다는 말을 듣고 무척 가슴이 아팠다. 내가 화랑 사업을 시작할 즈음 친구들과 문우들이 너무 일찍 세상을 떠난 원도 형을 위해 작은 비석을 세웠고, 나도 그 시비 제막식에 참석하였다. 그리워할 사람 하나 남기지도 못하고 뼛가루가 되어 금호강에서 이승과 작별한 그의 원혼을 위로하는 조촐한 모임이었다. 그리고 늘 외롭던 그에게 다정한 손길 한번 내밀지 못했던 남은 자들이 펼치는 속죄의 자리였다. 그때 서로 만나기를 꺼려했던 이창동 씨를 다시 만날 기회가 있었는데, 원도 형이 나를 무척 그리워하다 떠났다는 사실을 비로소 알게 되었다. 그래서 그의 소설 속 여자가 잔인하게 묘사될 수밖에 없었던 상황을 이해하게 되었다.

시간은 기억을 강물에 떠내려 보내고 아픈 상처에 새 살이 돋게 한다. 상처의 흔적은 영원히 남겠지만 과거에 더 이상 매달리지 않고 어제에 집착하지 말라고 가르친다. 시간은 끊임없이 용서와 화해의 손길을 보낸다. 그동안 서로 피하기만 했던 형의 가족과 창동 씨, 그리고 친구들도 흐르는 시간 앞에 남아 있는 날들을 화해하기로 약속했다.

　이문열 씨의 《변경》에서도 명훈을 버리고 미군 장교와 결혼한 경애는 매력적이기는 하지만 바람직한 여성으로 그려져 있지 않다. 경애 또한 문학 지망생이었던 애인을 버리고 백마를 타고 온 점령군 장교와 결혼해서 조국을 등진다. 나는 이문열 씨의 가족사를 그린 《변경》에서 '명훈'이란 이름으로 그려진 이문열 씨의 형님을 생전에 한번도 뵌 적도 없다. 《추락하는 것은 날개가 있다》에서도 첫사랑 한국 남자를 배반하고 백인과 사랑놀음을 하던 여주인공은 애인의 총에 맞아 비참한 최후를 마친다. 여주인공과 유럽으로 정사 여행을 떠난 사람의 직업은 부동산업자이다. 나는 실제로 한때 부동산업에 종사한 적도 있다.

　물론 작가가 자신이 채택한 소재나 설정한 인물에 대해서 책임을 져야 할 하등의 이유가 없을 것이다. 하지만 나는 그동안 그들의 유명세에 눌려 작품 속에 등장하는 여자의 실제 인물인 것처럼 오해를 받으며 살아왔다. 그러니까 나는 내 삶과 관계없이 타인이 내 목에 걸어준 '멍에'를 달고 지금까지 살아온 셈이다. 내가 선택한 남자가 외국인이었다는 단 하나의 이유만으로 진실한 사랑을 배반한 여자, 혹은 한국 남자를 버리고 점령군의 아내가 되거나 외국인과 사랑을 나누는 파렴치한 여인, 그리고 가난한 시인의 사랑을 거부하고 부귀 영화를 누리는 여자의 전형으로 빈번하게 그려져 왔다.

　재미삼아 연못에 돌을 던지는 아이들에게 맞아 개구리는 상처를 입기도 하고 목숨을 잃기도 한다. 아이는 개구리의 아픈 상처를 알기나 할까? 내 속에서 자란 개구리는 상처는 입었지만 다행히 그 상처로 인해 죽지는 않았다. 아니 죽을 수가 없었다고 말하는 것이 솔직한 표현일 것이다. 내가 결혼에 실패하거나 비난의 돌팔매에 맞아 죽어버리면 나는 영영 그들이 그리고자 하는 여자의 모습으로 추락했을 것이다. 나는 그들의 부정적인 기대와 당당하게 맞서기 위하여, 그리고 내 선택의 결백을 증명하기 위해서라도 행복해져야 했다. 제임스와의 결혼이 아무 조건도 후회도 없는 사랑이었으며, 그 눈먼 사랑 때문에 나에게 닥칠 어떤 불행도 견뎌낼 수 있었다고 당당하게 말할 수 있어야 했다. 나의 선택이 그들에게 허락된 그런 사랑과 한 치도 다름없는 단순한 몸짓이었음을 보여주기 위해서 행복하게 오래 살아남아야 했다. 내게 씌워진 멍에를 벗고 내가 자유로워질 때까지.

2부

마이 페어 레이디

생명은 풀잎처럼

1976년 5월 15일 첫딸이 태어났다. '리사 에밀리 버드월스.' 꿈과 희망과 두려움으로 내 곁에 다가온 이름. 지축의 저 멀리서 안개처럼 신비롭게 나타나 옹알옹알 소리를 내며 내 손을 잡은 여린 생명. 리사가 내 몸 속에서 생명의 싹을 키우는 아홉 달 동안 제임스와 손꼽아 기다린 그 행복했던 시간들. 그토록 아름답고 충만했던 날들은 내 삶에 다시는 오지 않을 것이다. 그것은 장차 어머니가 될 여자로서 풍선처럼 부푼 꿈이었고 사랑 받는 아내로서 한 여자가 누릴 수 있는 완전한 행복이었다. 그리고 그것이 꿈이었다면 나는 영원히 눈을 감고 깨어나지 말았어야 했다.

갓 부화한 병아리처럼 가쁜 숨을 몰아쉬던 리사는 태어나자마자 내 눈길이 멈추기도 전에 다른 병실로 옮겨졌다. 간호사와 의사들도 수고했다는 말만 할 뿐, 그다지 기뻐하는 기색을 보이지 않았다. 잠시 스치듯이 본 아이의 얼굴은 백짓장처럼 창백했고 간호사와 의사들이 바쁘게 움직이는 모습이 불안하기 그지없었다. 내 손을 잡는 어머니의 손끝이 떨렸으며 늘 차분하고 빈틈없던 제임스의 눈빛마저 흔들리고 있었다. 아기에게 황달기가 조금 있는데 대학병원으로 옮겨 치료를 받으면 아무 일도 없을 것이라며 제임스는 퇴원 수속을 했다. 한 여자의 일생에서 가장 축복 받으며 즐거워해야 할 그 순간에, 나는 불안에 떨며 아기 없이 혼자 집으로 돌아올 수밖에 없었다.

하지만 곧장 집으로 데려오겠다던 아기는 며칠이 지나도 돌아오지 않았다. 리사의 애처로운 모습이 떠올라 불안한 생각이 들었다. 하지만 아이에 대해 묻기조차 두려워서 나는 제임스의 눈치만 살폈다. 제임스는 나를 안심시키려고 애썼다. 리사가 몸이 약해 병원에서 몇 가지 검사를 받아야 하기 때문에 며칠 더 걸릴지도 모른다고 했다. 어쩌면 작은 수술을 받아야 할지도 모르는데 크게 걱정하지 말라며 내 손을 잡았다. 어떤 일이 일어나도 서로 사랑하면 고난을 이겨낼 수 있다며 나를 다독였다.

제임스는 내가 느낄 충격을 생각해 조금씩 아주 조금씩 리사에 대해 말해주었다. 병원을 들락거리는 그는 무척 힘들어 보였지만 내 앞에서 담담하게 행동했다. 그런 모습이 너무 안쓰러웠다. 나도 천천히 마음의 준비를 했다. 사랑이란 내가 아픔을 겪을 때보다 상대방이 아픔을 겪을 때 더 고통스러워지는 것임을 나는 그때 알았다. 리사가 어떤 상태든 조금 슬퍼하고 조금 아파하며, 있는 그대로의 모습으로 받아들여야겠다고 생각했다.

일주일이 지난 후 리사를 만나러 병원에 가면서 나는 다짐하고 또 다짐했다. 어떤 불행한 상황이 벌어져도, 세상이 무너지는 한이 있어도 절대로 제임스 앞에서 흔들리는 모습을 보이지 않으리라. 그것이 설령 아기의 죽음을 의미한다 해도…. 그렇게 마음을 다졌건만 막상 병원 앞에 차가 멈춰 서자 다리가 후들거렸다. 팔다리가 떨어진 채 처절하게 울부짖는 모습이 떠올라 진저리를 쳤다. 혹시라도 리사가 그런 모습으로 뒹굴고 있다면 어쩐단 말인가. 나는 세차게 머리를 흔들었다.

다행히도 다시 만난 내 딸 리사는 흉측한 괴물도 비정상도 아니었다. 영락없는 천사의 모습이었다. 작은 입술을 벌리고 가쁜 숨을 몰아쉬고 있었지만 눈도 코도 모두 제자리에 붙어 있었다. 후 불면 금방이라도 나비가 되어 훨훨 날아가버릴 것만 같았다. 나는 리사의 작은 몸에 달린 고무호스와 복잡한 기계들은 아랑곳 않고 정신없이 아이를 껴안았다. 아이는 살아 있었다. 새가슴처럼 파들거리는 리사의 숨결이 고스란히 내게로 전해졌다. 이렇게 살아 있기만 하다면 그 다음에 어떤 고통이 오더라도 기꺼이 감수할 수 있을 것 같았다. 하지만 그런 생각이 얼마나 감상적이고 섣부른 것이었는지 곧 깨닫게 되었다.

리사는 다운증후군이라는 병을 갖고 태어난 정신박약아였다. 그리고 십이지장도 막힌 상태였다. 생후 48시간 내에 수술을 해서 십이지장을 뚫어주지 않으면 생명이 위험했다. 게다가 심장판막천공이라는 선천성 심장병도 앓고 있었다. 의사가 설명해주는 처음 들어보는 병명들이 머릿속에 실타래처럼 엉켰다. 그 병명에 숨어 있는 엄청난 운명의 회오리를 짐작조차 할 수 없었다. 그런 생소하고도 엄청난 병명들을 들어볼 거라고는 생각도 못했었다. 드라마 혹은 영화에서나 등장할 법한 운명의 장난이 실제로 내게 벌어진 것이다.

내가 집에 있는 동안 리사는 십이지장 수술을 받았다. 리사처럼 십이지장이 막힌 상태로 태어나면 젖을 빨지 못하기 때문에 최대한 빨리 수술을 받아야 했다. 그런데 리사는 체중 미달로 태어나 일반 외과 의사가 아니라 마이크로 수술을 전공한 의사가 집도할 수밖에 없었다. 다행히도 때마침 미국에서 마이크로 수술을 익힌 젊은 의사가 얼마 전 대학병원으로 오게 되어 리사는 무사히 수술을 받을 수 있었다. 문제는 그 다음부터였다. 건강한 아이를 집에 데려와도 쩔쩔매야 할 형편인데 바람 앞에 촛불 같은 리사를 어떻게 보살필지 그저 막막했다. 리사의 상태가 워낙 내일을 예측할 수 없었기 때문에 우리는 교대로 당번을 서며 리사의 목숨을 지키는 파수꾼 노릇을 해야만 했다.

십이지장 수술 뒤 몸은 웬만큼 회복되었지만 몸무게는 도통 늘어날 기미가 보이지 않았다. 인형보다 작은 리사의 몸에 깊이 남아 있는 수술 자국을 보면 가슴이 너무 아팠다. 리사는 여전히 젖병을 잘 빨지 못했다. 나는 집안일을 돌봐주고 있던 숙이와 함께 번갈아가며 리사에게 젖병을 물렸다. 온종일 리사에게 젖을 한 방울이라도 더 먹이려고 안간힘을 썼다. 힘없이 늘어진 리사를 안고 서너 시간씩 계속 젖을 먹이다 보면 팔이 저리다 못해 감각마저 없어졌고 등에서는 식은땀이 줄줄 흘렀다. 그래도 숙이는 싫은 내색 한번 없이 온종일 젖병을 들고 다녔다. 젖병을 물린 채 리사와 함께 잠든 숙이의 모습이 아련한 그리움으로 떠오른다. 숙이는 언제 꺼질지 모르는 내 딸 리사의 생명을 나와 함께 지켜낸 소중한 사람이다. 혹시 이 책을 보고 서로 연락이 닿을 수 있다면 정말 좋겠다는 바람을 가져본다.

언제 꺼질지 모르는 리사의 생명을 껴안고 불안에 떨면서도 제임스와 나는 행복해지려 노력했다. 그와의 사랑이 없었다면 어찌 그 지독한 고통을 견뎌낼 수 있었을까. 제임스는 리사의 일을 마치 남 일처럼 담담히 받아들이며 매 순간 충실하려 애썼다. 다운증후군이나 심장 기형이 뭔지 잘 몰랐던 나는 무식을 무기 삼아 그런대로 잘 버텨나갔다. 또 어떻게 하면 리사에게 조금이라도 더 먹일까 하는 데에만 마음을 쏟았기 때문에 미래에 대해 걱정할 틈이 없었다. 아침에 눈을 뜨면 리사가 숨을 멈추지나 않았는지 아기 침대로 달려가 리사의 심장에 손을 대보았다. 잠들기 전에는 오늘밤도 리사의 심장이 계속 뛸 수 있게 해달라고 하느님께 기도드렸다. 장애아로 평생을 살아야 할 리사의 앞날을 걱정하는 것은 오히려 사치였다.

열두 시간씩 젖병을 물려도 우유 반병을 다 못 먹는 아이, 체중이 늘지 않아 심장 수술조차 불가능한 아이, 영영 자라지 않을 것 같은 아이 앞에서 우리는 내일도 리사가 살아 있기를 기도했다. 풀잎 같은 생명이 꺼지지 않기를.

속살을 굳힐 때까지

미국에 도착하면서 나는 오랜 꿈에서 깨어났다. 아름다웠던 결혼
의 환상에서도, 모질게 힘들었던 출산의 고통에서도 깨어났다. 하루
하루 내 앞으로 밀어닥치는 일에 몰두해야만 했다. 도착할 때의 화려
했던 환영식과 트럼펫 소리도 미국 생활을 시작하는 데는 전혀 도움
이 되지 못했다. 가장 큰 문제는 언어였다. 한국에 있을 때는 제법 영
어깨나 한다며 으스댔는데 본토에 와보니 내 영어 실력은 바닥을 기
는 수준에도 못 미쳤다. 아무리 부드럽게 발음해도 도끼눈을 뜨고 내
얼굴만 쳐다보는 것이었다. 한국에서 죽어라 영어 발음을 익혔건만
본토에서 쓰는 억양과는 영 딴판이었다. 예를 들어 'T' 자를 비롯해
모음 중에는 묵음이 되는 것들이 많은데 쉽게 고쳐지지가 않았다.

말뿐만 아니라 모든 것이 새롭고 경이로운 경험이었다. 몰랐던 것

을 조금씩 알아가는 재미가 쏠쏠했다. 생활에 활력소가 되었고 자신감을 심어주는 계기도 되었다. 물론 가장 큰 힘을 주었던 건 제임스가 내게 보여준 인내와 나에 대한 믿음이었다. 그는 나를 어떤 일도 감당할 수 있는 여자로 믿었다. 나는 그의 기대에 어긋나지 않으려고 기를 쓰고 노력했다. 돌이켜보면 그런 노력들이 조금씩 쌓여 지금의 나로 성장한 것 같다. 내 삶에서 제임스는 계단의 역할을 해주었다. 한 계단을 올라가면 그 다음 계단을 준비해주고, 다음 계단을 밟고 올라서면 그 다음 계단으로 나를 밀어 올렸다. 하지만 그 덕에 나로서는 황당하기 그지없는, 너무나 엄청난 일을 치러야 하기도 했다.

그러니까 미국에 온 지 한 달이 채 안 되었을 때였다. 서툰 영어로 더듬거리며 전화를 받았는데, 대충 짐작하건대 나를 강사로 초빙한다는 것이었다. 물론 자세한 내용까지는 정확히 알 수가 없었다. 퇴근하고 집에 온 제임스에게 물으니, 라이트 패터슨 공군 부대에서 범태평양 아시안 축제가 열리는데 거기에 내가 연사로 초빙되었다고 했다. 제목은 '한국에서 여성의 지위'였다. 제임스 말에 따르면, 내가 적임자일 것 같아 그 자리에서 수락했다는 것이었다. 너무 기가 막혔다. 정말이지 제임스를 발로 걸어차고 싶은 심정이었다. 제임스는 화를 내며 저녁도 먹지 않는 나를 달랬다. 그 강연에 내가 가장 적합한 사람이고, 당신은 분명 강연을 성공리에 마칠 수 있을 거라며 설득했다.

이제는 어쩔 수 없는 노릇이었다. 강연할 날이 이 주일밖에 남지 않았으니 티격태격 싸울 시간도 없었다. 우리는 곧 강연 준비에 들어갔다. 우선 내가 이야기하고 싶은 것을 말하면 제임스가 타이핑을 하고 문장도 그럴싸하게 다듬었다. 그러고는 비서를 시켜 테이프에 녹음했다. 그렇게 녹음기를 가지고 연습을 많이 한다고 해도 남의 나라 말을, 그것도 원고 없이 한 시간 가량 강연한다는 것은 내 실력으로는 진짜 무리였다. 걱정이 이만저만 아니었다. 하지만 이미 행사 프로그램에 내 이름 석 자와 사진까지 나와 있었다. 죽을힘을 다해 해보는 길밖에 달리 도리가 없었다.

드디어 결전의 날이 왔다. 나는 관중을 사로잡을 생각으로 자선 패션쇼에서 입었던 색동 한복을 곱게 차려입고 단상에 올랐다. 만약을 대비해 특무상사가 스피커 아래 영어 원고를 얹어두었다. 나보다 먼저 영국과 미국 대표가 강연을 한 뒤라 청중의 분위기는 진지하고 열렬했다. 먼저, 한국 여인의 품위를 느껴보게 하려는 뜻에서 다소 곳이 인사를 하고 마이크로 다가갔다. 내가 입은 한복의 아름다움에 매료되어 여기저기서 감탄사가 터져 나왔다. 그런데 그 순간, 머릿속이 온통 백지장처럼 하얘지더니 무엇부터 말해야 할지 한마디도 기억나지 않았다. 당황해하는 나를 사람들이 뚫어져라 지켜보았다. 일단 마이크 옆으로 한 발 물러나 빙그르르 돌면서 한복을 자랑하는 척했다. 연설의 첫머리를 기억해내기 위해 시간을 벌려는 심산이었다. 하지만 여전히 아무 말도 떠오르지 않았다. 어디서부터 실마리를 풀어야 할까? 어쨌든 무슨 말로든 시작해야 했다. 나는 천천히 더듬거리며 각본에도 없는 말을 내뱉었다.

"저는 동방의 아름다운 나라, 한국에서 왔습니다. 남편을 따라 미국에 온 지 6주밖에 안 되었지요. 그래서 영어가 서툽니다. 하지만 한국말은 유창하게 잘 합니다. 만약 한국말로 강연을 할 수 있다면 멋지게 잘 할 수 있을 것입니다. 지난 2주 동안 남편과 함께 강연 원고를 준비하고 녹음기로 연습을 했습니다. 그런데 단상에 서는 순간 완전히 잊어버리고 말았습니다. 다행히 이럴 때를 대비해서 영어로 쓴 원고를 단상 위에 감춰놓았답니다. 이제 그걸 꺼내서 천천히 읽으며 강연을 시작하려 합니다. 많이 이해해주시기 바랍니다. 제가 영어를 잘 못하듯, 여러분도 한국말을 못하실 겁니다. 그러니까 제가 영어를 못하더라도 흉보지 마시고 재밌게 들어주십시오."

내가 원고를 읽기 시작하자 박수갈채와 웃음이 터져 나왔다. 그렇게 해서 긴장이 풀리고 나자 그동안 피나는 노력으로 연습한 실력이 서서히 드러났고 성공적으로 강연을 끝마칠 수 있었다. 그 일로 나는 일약 인기 있는 명강사가 되어 지금까지 동양의 역사와 미술, 문학에 이르기까지 다양한 분야에서 짧은 영어 실력이지만 강연을 하는 영광을 누리고 있다.

사람에게 주어진 기회란 참으로 말로 설명할 수 없을 때가 많다. 그 일은 내게 미국 주류 사회에 우뚝 설 수 있는 자신감을 심어주었을 뿐 아니라 그로 인해 끊임없는 접촉의 창구를 마련해주었다. 강연 요청이 들어올 때마다 그 대상이 초등학생들을 위한 것이건 정부가 주최하는 대규모 만찬이건, 최선을 다해서 한국과 동양의 문화를 알리기에 애썼다. 한국에서 익혀둔 동양화 기법이 큰 도움이 되었다. 그리고 국문학을 전공한 덕분에 설득력 있게 내 의견을 펴나갈 수 있었다. 타고난 광대 기질과 남 앞에서 기죽지 않는 당당함도 강연 내용 이상으로 청중의 호감을 샀다. 오하이오 주 데이튼이라는 크지도 작지도 않은 도시에서 요리 강연—한국에 있는 동창들이 들으면 배꼽 잡고 웃을 일이지만—부터 시작해서 패션쇼의 오프닝까지, 그리고 국제 페스티벌의 강연자로 초대를 받았다. 덕분에 각종 신문과 잡지에 나에 관한 기사가 자주 실리게 되었다.

밖에서는 누구보다 활동적으로, 누구보다 자신감 넘치게 생활했지만 집으로 돌아올 때면 늘 불안하고 슬프기 그지없었다. 언제 꺼질지 모르는 리사의 건강은 여전히 내 목을 졸라맸다. 강연 도중에도 아이의 울음소리와 가쁜 숨소리가 들리는 듯해 입이 말랐다. 그래도 엄마의 마음을 알아챘는지, 리사는 눈에 띄게 자라지는 않았지만 조금씩이나마 체중을 늘려갔다.

리사의 건강이 위험 수위에서 벗어나자 나는 곧장 싱클레어 대학 응용미술과에 입학해서 본격적으로 미술 공부를 시작했다. 한국에서 전공은 국문학이었지만 미국에서 작품 활동을 한다는 것은 거의 불가능했다. 영문학을 다시 공부해서 백인들과 겨루고 싶은 마음도 있었지만 그건 더더욱 힘든 일이었다. 회화는 설명이 필요 없는 국제 언어다. 피부색이나 문화와 관계없이 피카소나 고흐, 고갱의 그림 앞에서는 누구나 머리를 숙인다. 미술 공부를 하기로 마음먹은 데에는 강연 후유증도 한몫을 했다. 1년 넘게 여기저기 강연장에 불려 다니며 열심히 노력해도 내가 하는 일이란 그야말로 어린아이의 재롱에 지나지 않았다. 그들은 나의 강연에 감동하고 고개를 숙이기보다 이기희라는 한 인간이 자아내는 이국적인 매력에 감탄사를 보냈을 뿐이었다. 나는 광대의 모습에서 벗어나 진정한 의미에서 백인들과 겨루고 싶었다. 알파벳 스물여섯 글자만 제하면 그들에게 뒤질이유가 없었다.

평생의 '꿈'이었던 '문학'에서 '미술'로 전공을 바꾸기로 작정한날, 나는 하얗게 밤을 새웠다. 문학은 내 삶의 근원이고 내가 이루어야 할 꿈이었기 때문이었다. 현실과 타협하고 다시는 문단 근처에기웃거리지 않겠다며 마음을 다져 먹었다.

대학 시절 미술대학에서 청강을 했던 경험이 있긴 했지만 그것으론 어림도 없었다. 나는 드로잉과 유화, 조각, 응용미술 등 닥치는대로 강의를 듣고 유명 작가의 워크숍에 참가했다. 중국에서 온 여류 동양화가에게 동양화 개인지도도 받았다. 밤새도록 작품을 하고새벽에 동이 트는 정원을 거닐면 새로운 희망으로 가슴이 뛰었다.그것은 삶이 가져다주는 진정한 기쁨이었고, 창작의 기쁨이야말로내가 살아 있음을 확인시켜주는 희열이었다. 그것은 또 눈앞에 있는어떠한 고통도 이겨낼 수 있는 용기로 승화되었다.

작품을 하며 리사의 목숨을 지키고, 리사의 목숨을 지키며 그림을그렸다. 아둔하던 그림에도 조금씩 구도가 잡혀갔다. 내 그림에 빛과 선이 분명해지면서 리사에게도 희망의 빛이 비치기 시작했다.

자라지 않는 아이

싱클레어 대학에서 미술의 기본을 익힌 뒤 라이트 주립대학으로 옮겨 공부를 계속했다. 그때까지 나는 운전을 못했기 때문에 제임스가 나를 학교에 데려다준 다음 리사를 태우고 여기저기 돌아다니다 수업이 끝날 때쯤 다시 데리러 왔다. 눈이 오나 비가 오나 그는 한 번도 늦은 적이 없다. 처음 만나 캠퍼스에서 데이트를 하던 때처럼 넉넉한 여유로움으로 나를 기다려주었다. 그때와 달라진 것이 있다면 《내셔널 지오그래픽》 대신 리사가 그의 품에 안겨 새근새근 잠들어 있는 것이었다. 눈이 오는 날이면 미리 시동을 걸어놓고 눈꽃이 예쁘게 핀 차창으로 손을 흔들며 혹시라도 내가 눈길에 미끄러질까 봐 천천히 오라고 손짓했다. 제임스에게 나는 리사만큼 사랑스런 딸이었다. 늘 불만투성이인 데다 화도 잘 내고 토라지기도 잘하는 철

부지…. 그런 나를 제임스는 끊임없는 인내심과 사랑으로 어루만졌다. 학교 수업이 고되다고 신경질을 내고 생활이 고달프다고 투정을 부리면 제임스는 내 등을 토닥이며 나를 위로해주었다. 가정부가 없다고 불평하면 설거지와 빨래를 대신 해주었다.

제임스는 나의 영원한 친구이자 동반자였으며, 스승이자 든든한 후원자였다. 남편이라는 이름만으로는 그가 내게 베푼 은혜와 사랑을 다 표현할 수 없었다. 언제나 불행을 가슴속에 넣고 살면서도 내가 불행에 찌들지 않고 밝은 미소로 살 수 있었던 것도 그의 헌신적인 사랑 때문이었다.

리사는 미국에 도착한 직후 신생아를 위한 특수장애아 학교에 등록했다. 생후 18개월 때였는데 머리도 잘 가누지 못하는 리사에게 집중적으로 물리 치료를 시작했다. 교사들의 헌신적인 모습을 보고 있노라면 절로 감탄사가 흘러나왔다. 손발을 움직이지도 못하는 리사를 위해 각기 다른 분야 열두 명의 연구원과 카운슬러가 배정되었다. 그들은 하루에도 몇 시간씩 리사의 손에 공이나 나무블록을 쥐어주었다 뺏었다 하는 동작을 지치지도 않고 반복했다. 손 운동을 통해 뇌를 자극하고 발달시키기 위해서였다. 가끔은 그 광경을 지켜보고 있는 내가 다 지겨울 정도였다.

학교에 다니기 시작한 지 8개월째, 드디어 리사가 머리를 가누게 되었다. 곰 인형을 받쳐놓지 않으면 한쪽으로 자꾸 기울던 리사가 머리를 꼿꼿하게 세우기 시작한 것이다. 기적 같은 그 체험을 통해 나는 용기를 갖게 되었다. 리사를 위해 아무것도 할 수 없다고 자포

자기했던 내 모습이 부끄러웠다. 이제 리사를 위해 내가 무엇을 해야 할지 꿈꿀 수 있었고 샘솟는 희망에 몸이 떨려왔다.

그리고 3년이 가까워오던 어느 날, 제임스와 나는 귀를 의심했다. 리사가 비로소 말을 하게 된 것이다. 그동안 리사는 나를 보면 그냥 "마-마"라고 외마디 소리를 냈다. 그런데 이번에는 "마미 코크"라고 문장을 만들어냈다. 평소 리사는 음료수 중에서 콜라를 제일 좋아했는데 식탁 앞에 놓인 콜라병을 보고는 말문이 터진 것이었다. 뛸 듯이 기뻤다. 그것은 리사에게 언어 습득 능력이 있다는 걸 의미하기 때문이었다.

리사는 기적처럼 말을 익혀갔다. 우리는 거품 가득한 콜라 잔을 리사 앞에 흔들며 리사가 "콜라 플리즈(콜라 주세요.)"라고 말할 때까지 콜라를 주지 않았다. 그러기를 수십 번, 수백 번 반복했다. 리사 같은 장애아들은 컴퓨터에 글자를 타이핑하듯이 모든 지식을 하나하나 입력시켜야 하는데 그 일은 끝없는 반복을 통해서만 가능하다. 또한 리사의 두뇌에 한번 입력된 정보는 절대 지워지지 않을 뿐만 아니라 다른 것으로 바꿀 수 없다는 것도 알게 되었다. 그러니까 리사에게 무엇을 가르칠 때는 정확하고 단순하게 설명해야 했다. 여러 가지로 다양하게 설명을 해주면 내용을 종합하고 분석하는 능력이 부족하기 때문에 자칫 혼돈에 빠지기 쉽다.

리사가 말을 하게 되자 우리는 더 큰 욕심을 내었다. 처음엔 그저 살아 있어주기만 해도 고맙고 감사했는데 이제는 말도 잘 하고 글자까지 쓰기를 바랐다. 우리는 플래시 카드를 만들어 알파벳을 가르치고 그림을 보여주면서 훈련을 시켰다. 다행히 리사는 제 아빠를 닮아서 참을성이 많았다. 하루 종일 공부를 시켜도 싫증 내지 않았다. 또 크레용을 가지고 놀기를 좋아했다. 그림을 그리는 내 옆에서 리사는 제법 화가처럼 폼을 잡으며 그림을 그렸다. 리사가 한 자 한 자 단어를 읽고 그림을 그릴 때마다 우리는 너무 기뻐서 부둥켜안고 울었다. 정상아만 키워본 사람들은 장애아를 키우는 부모들만이 느낄 수 있는 작지만 소중한 기쁨의 의미를 이해할 수 없을 것이다. 보통 사람들 눈에는 장애아를 키우고 있는 부모들이 무척이나 불행해 보이겠지만 실제로는 그렇지 않다. 장애아가 부모에게 안겨주는 기쁨은 보통 아이들보다 훨씬 깊고도 아름답다. 리사를 통해 나는 진정한 기쁨이 무엇인지를 배울 수 있었다.

리사는 영특하게 말을 익히면서 드디어 걸음마도 시작했다. 리사가 첫발을 떼어놓을 때 그 경이로움은 누구도 알지 못할 것이다. 누워서 식물인간처럼 지낼지 모른다고 했던 리사. 그 아이가 지금은 내 손을 잡고 정원을 거닐고, 나비를 쫓아다니다 넘어져 다치기도 한다. 나는 리사의 무릎에 반창고를 붙여주며 하느님께 감사한다. 피를 흘릴 수 있도록 생명을 허락하셨고 다칠 수 있도록 뛰어다니게 해주셨기 때문이다. 리사는 하루가 다르게 자랐다. 남들 눈에는 늘 똑같아 보였을지 모르지만 우리가 보기엔 기적처럼 잘 자라주었다.

리사를 키우면서 가장 난처할 때가 있다면 바로 한국사람들을 만날 때이다. 한국사람들은 호기심 반, 동정심 반으로 우리를 바라보며 한결같이 리사의 나이를 물어온다.

"아기가 많이 약해 보이는데, 몇 살이에요?"

나도 그렇지만 한국사람들은 남에게 관심이 많은 데다 궁금증을 참지 못하는 것 같다. 그럴 때면 나는 태연하게 말한다.

"세 살밖에 안 됐어요."

그런 질문을 받으면 리사의 나이를 반으로 줄여서 말한다. 나는 리사가 동정을 받거나 차별받는 것을 원치 않는다. 내가 아무리 리사의 나이를 줄여 말해도 세월은 그 숫자를 늘려갔다. 나는 차라리 리사가 영원히 자라지 않고 천사같이 예쁜 아이로 남아 있기를 바랐다. 그러면 리사는 저능아가 아닐 테니까. 이 상태로 시간을 멈출 수만 있다면 영원히 천진난만한 아이로 살아갈 수 있을 테니까. 자라지 않는 아이. 남들 눈에는 성장이 더디고 자라지 않는 것 같았지만 우리 눈에는 비 온 뒤의 새순처럼 신기하게 무럭무럭 자라났다.

내 가진 것 모두 드릴게요

행복의 순간은 한순간에 달려오고 또 순식간에 사라져간다. 불행도 마찬가지다. 동전의 앞면과 뒷면이 한 몸에 붙어 있는 것처럼 행복과 불행도 동전의 앞뒤처럼 번갈아 일어난다. 좋은 일 뒤에는 나쁜 일이, 나쁜 일 뒤에는 좋은 일이 동전의 양면처럼 따라 다닌다. 리사의 상태가 조금 좋아지자 우리는 희망을 가지고 아이의 미래를 꿈꾸게 되었다. 끝나버릴 것 같은 생명을 지켜보며 어두운 장례식과 산송장처럼 누워 지낼 아이의 모습을 떠올리는 일에서 벗어나 미래를 설계하는 것은 즐겁고 행복한 경험이었다. 크게 성공한 삶만이 즐거운 것은 아니다. 즐거움은 늘 작고 미련하고 사소한 곳에 숨어 있었다.

조금씩이지만 리사는 체중이 늘어났고 우리는 기쁨에 겨웠다. 하지만 그것도 잠깐, 또 다른 걱정거리가 닥쳤다. 체중이 늘어나면 그만큼 심장에 부담을 주기 때문에 영구적으로 심장에 손상이 가지 않도록 하려면 심장판막증 수술을 받아야 했던 것이다. 하지만 리사는 아직 인공심장박동기를 꽂을 수 있는 상태가 아니었다. 그렇다고 수술을 늦출 수도 없었다. 더 이상 수술을 늦추면 동맥과 정맥의 피가 섞여 심장이 돌이킬 수 없을 정도로 손상될지도 모른다고 했다. 선택의 여지가 없었다. 수술을 하지 않으면 아홉 살 때부터는 침대에 누워 지내야 한다는 얘기였다.

그러나 수술을 결심한다고 해도 문제는 많았다. 리사는 아직 심장박동기를 견뎌낼 만큼 체중이 늘어나지 않았기 때문에 체온 감소 조절법을 이용해서 수술을 해야 했다. 이것은 쉽게 말해 온몸을 아이스 팩으로 냉동시키는 것과 같다. 고기에 아이스 팩을 넣어 얼리듯이 사타구니나 겨드랑이 등 예민한 곳에 아이스 팩을 넣어 36.5도의 정상 체온을 18~20도까지 떨어뜨리는데, 이렇게 하면 피가 멈추고 냉동 상태가 된다. 아이들은 체중에 비해 피부 면적이 크기 때문에 체온이 30도 정도 떨어지면 피는 멈추되 두뇌는 계속해서 움직인다. 곰이나 뱀이 겨울에 동면하는 것과 같은 원리이다. 몸이 얼어 있긴 하지만 방광 등 신체 다른 부위는 계속 작동하기 때문에 체온을 정상으로 올려주면 다시 살려낼 수 있다.

리사의 경우에는 45분까지는 피가 멈춘 상태에서 수술을 할 수 있다고 했다. 의사가 진단하기로는 심장에 뚫려 있는 구멍이 작은 동전 크기만 하다고 했지만, 만약 가슴을 갈랐을 때 심장에 여러 개의 구멍이 나 있다면 수술을 채 끝내지도 못하고 다시 닫아야 할지도 몰랐다. 게다가 수술 중 뇌에 손상이 가거나 심장의 다른 부분이 손상될 경우엔 목숨을 잃거나 평생 불구가 될 수도 있었다. 우리는 수술동의서에 사인을 했다. 리사가 죽거나 불구자가 되더라도 의사나 병원을 고발하지 않겠다는 내용에 동의했다. 리사가 죽어서 수술실을 나오는 것도 끔찍했지만 평생 식물인간으로 살 수도 있다는 것은 더 몸서리쳐지는 일이었다.

우리 부부는 다시 군용기를 타고 텍사스에서 가장 유명한 산 안토니오 공군병원으로 날아갔다. 여행가방 속에 검정색 드레스를 넣어두었다. 행여 리사가 죽으면 그곳에서 장례를 치르고 돌아오리라 생각했기 때문이었다. 싸늘하게 식은 리사를 안고 다시 비행기에 오르고 싶지 않았다.

병원 내 숙소에 여장을 풀고 입원 수속을 마쳤다. 철없는 리사는 달라진 환경에 흥분이 되는지 손가락으로 여기저기를 가리키며 질문을 했다. 수술 전날, 우리 셋은 의사에게 허락을 받고 병원 밖으로 나왔다. 리사와 함께 마지막이 될지도 모르는 저녁을 추억 속에 깊이 간직하고 싶어서였다.

산 안토니오 유적지를 돌아보는 동안 제임스는 끊임없이 사진기 셔터를 눌러댔다. 연신 "치즈 스파게티!"라고 미소를 지으며 제임스가 무슨 생각을 하는지 떠올리면 가슴이 저려왔다. 도시 한가운데를 흐르는 강에서 곤돌라를 탔다. 곤돌라를 타고 달빛 아래서 웃는 아이의 모습은 참으로 아름다웠다. 행복의 순간을 '찰나'라고 표현한다면 그 순간에 잡힌 우리 셋의 모습을 '행복'이라 말할 수 있을 것이다. 셋이 손을 잡고 산책도 하고 맛있는 저녁을 먹었다. 리사는 여전히 단단한 음식을 삼키지 못했기 때문에 수프를 천천히 떠먹였다. 마지막 식사를 함께하고 리사를 병원에 입원시킨 후 제임스와 나는 뒤돌아보지 않고 숙소로 돌아왔다. 그리고 길고 어두운 밤이 시작되었다. 침대에 누웠지만 새벽이 가까워오는데도 잠들지 못했다. 마지막이 될지도 모르는 리사의 얼굴이 자꾸만 떠올라서 견딜 수 없었다. 나는 어느새 침대 아래에 웅크린 채로 기도하고 있었다.

그때껏 나는 한 번도 무릎을 꿇고 간절히 기도해본 적이 없었던 것 같다. 신은 한없는 사랑을 베풀어주시는 분이라고 했지만 내게 늘 필요한 것 이상을 주지는 않으셨다. 구할 수 없는 것을 내려주시지도 않았고, 배고파 울며 매달린다고 선선히 고깃덩어리를 던져주시지도 않았다. 내가 노력한 만큼만 주셨고 조금이라도 능장을 부리면 내 운명을 올가미에 얽어매는 믿을 수 없는 존재였다. 나도 모르게 무릎 꿇고 그분에게 내 모든 것을 맡기기로 작정하기 전까지는.

"하느님, 당신 뜻대로 하옵소서. 죽이시려거든 죽이시고 살리시려거든 살려주옵소서. 그러나 만약 살려주시기만 한다면 내 모든 것을 다 바치겠나이다."

리사는 아기용 간이침대를 붙잡고 수술실로 들어가면서 엄마 아빠에게 키스하는 걸 잊지 않았다. 그 조그마한 입술에 손을 댔다가 후 하고 우리에게 키스를 날리던 모습이 아직도 잊히지 않는다. 곧 수술실 문이 닫히고 우리는 딱딱한 플라스틱 의자에 주저앉았다.

팝콘과 오리

수술은 성공리에 끝났다. 그리고 리사는 기적적으로 다시 살아났다. 뇌에 손상을 입히지도 않고 동전 크기만 하던 구멍은 작은 세포로 기워졌다. 그 세포에 새살이 돋을 때쯤이면 리사의 심장도 다른 아이들과 똑같이 힘차게 뛸 것이다. 수술실에서 나온 리사는 온몸에 수십 개의 바늘을 달고 있었다. 차마 눈뜨고는 볼 수가 없었다. 그래도 우리는 살아 있는 모습이 한없이 감사하고 고마울 따름이었다.

기적은 기적을 낳았다. 리사는 의사도 놀랄 만큼, 그야말로 기적처럼 빠르게 건강을 되찾아갔다. 수술 받은 다음날부터 조금씩 운동을 시켰더니 얼마 지나지 않아 부지런히 발걸음을 옮겼다. 수술 전에는 움직이는 것조차 힘들어하던 리사였다. 아직 고무호스와 산소 호흡기를 끼고는 있었지만 핏기 없던 두 볼에 홍조가 돌기 시작했다. 그리고 수술 후 5일째 되는 날 의사는 잠시 리사를 데리고 외출해도 좋다고 했다. 그날 리사는 난생처음으로 감자튀김 한 접시를 깨끗이 해치웠다. 리사의 숨소리는 규칙적이었다. 무엇보다 힘들어하지 않고 걷는 모습이 그저 신기하고 놀라웠다.

우리는 참으로 오랜만에 두렵고 어두운 사슬에서 벗어나 온통 즐거움뿐인 날들을 보냈다. 아담하고 예쁜 새 집으로 이사하는 행운도 있었다. 미국에 온 이후로 계속 사령관 관사에서 생활했는데, 원래 캐터링이라는 도시의 시장이 살던 집으로 5백 평이 넘는 사층짜리 대저택이어서 리사와 생활하기엔 불편한 게 많았다. 그러던 차에 우리들의 꿈이 담긴 집을 갖고 싶어 텍사스로 가기 전에 모델 홈을 계약했다. 돌아오니 예쁘고 아담한 하이랜드 매도우(Highland meadow)의 집이 단장을 마치고 우리를 기다리고 있었다.

리사는 지능지수가 70~90 정도여서 다행히 정상 교육을 받을 수가 있었다. 수학이나 일반 상식에서는 뒤처졌지만 언어와 창의력 면에서는 뛰어났다. 제임스는 우리 리사가 엄마를 닮아 머리가 좋다며 자랑하고 다녔다. 우리가 보기에 리사는 정상아와 다를 바 없었다. 또래 아이들과 비교하지만 않는다면 리사는 정말이지 정상아와 똑같았다. 기쁠 때면 기뻐하고 슬플 때면 슬퍼하며 눈물을 흘렸다. 다른 사람을 배려할 줄 알았고 자기감정에 솔직했다. 결코 남을 속이거나 거짓말하지 않았다. 리사는 이 세상 어떤 것과도 바꿀 수 없는 보물이었다.

리사는 그림을 곧잘 그렸다. 특히 만화 그리기에 재주가 있어서 기발한 아이디어로 만화를 그려 나를 웃기곤 했다. 1980년에 리사는 보통 아이들이 다니는 유치원에 입학했다. 화장실에 제때 가지 못해 몇 번 실수를 했지만 선생님들의 지극한 사랑을 받으며 행복한 아이로 자라났다.

리사가 이루어내는 것은 무엇이든 경이로움 그 자체였다. 제임스는 입을 열면 온통 리사 자랑과 칭찬으로 시간 가는 줄 몰랐다. 곁에서 지켜보던 내가 손등을 꼬집어줘야 겨우 멈출 정도였다. 그렇게 극진한 보살핌으로 밝고 행복하게 자란 리사는 얼마 후 공립학교에 입학했다. 장애아를 위한 특수학교가 아닌 일반학교에 보낸 것은 우리의 고집 때문이 아니었다. 당시 미국에서는 메인 스트림('같은 물에 넣는다'는 뜻으로 함께 교육시킨다는 말이다.)이라 해서 장애아들도 보통 학교에서 교육받을 수 있도록 배려했다. 리사는 센터빌의 부유층 아이들이 다니는 일반 공립학교에 입학해서 개나리 색 스쿨버스를 타고 학교에 다녔다. 개나리만 보면 노란 버스를 타고 손을 흔들던 리사 생각에 눈물이 맺힌다. 개나리는 희망의 꽃이었다.

우리를 대하는 이웃과 친구들의 눈길도 견딜 만했다. 미국사람들은 동정도 연민도 없이 리사를 있는 그대로의 모습으로 받아들였다. 가끔 한국사람들 중에서 자애로운 것처럼, 혹은 지나친 동정심을 발휘해서 마음을 아프게 하는 일도 있었다. 장애아의 부모에게 가장 어려운 일은 장애 그 자체가 아니라 장애아를 바라보는 사람들의 시선이다. 불필요한 아량과 동정심은 자존심을 상하게 하고 마음의 상처를 깊게 만든다. 장애아도 그냥 인간일 뿐이다. 어떤 면에서 모든 사람은 제각기 다른 장애의 요소를 가지고 살아간다. 스스로 그 장애를 깨닫지 못하고 있을 뿐이다.

리사의 건강이 좋아지면서 생활에 탄력이 붙었고 새롭게 용기가 났다. 리사의 몫이든 내 몫이든 꿈꿀 수 있는 것이라면 모두 해보고 싶은 욕심이 났다. 이중 문화 가정에서 부당하게 학대받는 사람들을 위하여 국제부인회를 만들었고, 웨스트 캐롤턴 중·고등학교에 이중 언어 교사로 취직해 갓 이민 와서 언어 소통에 어려움을 겪는 동양 계 아이들을 가르쳤다. 리사가 학교에 다니면서부터 본격적으로 학업에 열중할 수도 있게 되었다. 라이트 주립대학에서 예술교육학과 예술심리치료학 석사 과정을 이수하기로 작정했는데 그건 리사 때문이기도 했다. 리사는 손재주와 함께 창의력이 있어서 퍼즐이나 블록 쌓기를 좋아했다. 또 누구에게도 뒤지지 않는 인내심을 지니고 있었다. 나는 리사의 지능을 끊임없이 계발해주고 싶었다.

화가로서의 길도 좀더 폭넓게 개척해보리라 작정했다. 그동안에 그린 동양화로 전시회도 열었고 여기저기 강연도 다녔다. 미국은 노력하는 만큼 기회가 주어지는 나라였다. 인디애나폴리스와 콜럼버스 미술관에서 초대전을 가졌는데, 내 그림이 종이류와 문구류를 취급하는 세계 굴지의 미드회사에서 일하는 그래픽 팀장의 눈에 띄어 몬텍 카드 회사의 카탈로그에 실려 세계 곳곳에서 연하장이나 편지지 등에 찍혀 나가는 행운을 잡게 되었다. 그 작품들은 10년이 넘도록 미드의 카탈로그에 실려 팔려 나갔으니, 회사에게나 나에게 효자 노릇을 톡톡히 한 셈이다. 미국의 유명 백화점에서도 내가 그린 그림이 든 카드와 편지지를 판매했는데 나중에 재혼해서 낳은 두 아이도 쇼핑센터에서 내 이름이 적힌 카드를 보면 어깨를 으쓱하며 좋아했다. 그 일로 나는 상업예술 부문에서는 제법 인정받는 작가가 되었다.

대학원 공부도 남편이 정성껏 외조해준 덕분에 수강 과목 전부 A학점을 받을 수 있었다. 제임스가 타이핑도 해주고 교정도 봐주고 숙제도 거의 절반 이상을 해주었으니까 실제로 내가 받아야 할 학점은 C 정도였다. 제임스에게도 좋은 일이 있었다. 장군으로 승진되는 최종 단계인 영구 대령으로 임명된 것이다. 이제 남편이 장군으로 승진하게 되면 우리는 정들었던 데이튼을 떠나야 할지도 몰랐다. 그동안 리사도 몰라보게 건강해져 수술 부위에 제법 새살이 돋아 있었다. 리사의 심장은 더블로 되어 있어 보통 아이들보다 두 배나 튼튼하다고 의사가 농담을 했다.

지금도 그렇지만 나는 무슨 일에든 한번 빠지기 시작하면 정신을 못 차릴 정도로 몰두하는 버릇이 있다. 콜럼버스 미술관과 인디애나 애플리스 아트센터에서 좋은 반응을 얻으면서 작품 요청이 몰려들었다. 나는 밤낮으로 그림에 몰두했다. 태어나서 처음으로 화가가 되겠다는 집념을 불태우기 시작했다. 반지하 화실에서 며칠 밤을 지새우며 미친 듯이 작품에만 전념했다.

저녁 식사가 끝나면 제임스는 리사를 데리고 산책을 나갔다. 내가 편하게 그림을 그릴 수 있게 해주려는 배려였다. 그는 리사를 모터홈(집처럼 응접실과 부엌을 설치해놓은 자동차)에 태워 눈이 오나 비가 오나 근처 호숫가로 가서 오랫동안 오리에게 팝콘을 주며 시간을 보냈다. 어린 아내가 작품에 몰두할 수 있도록 매일같이 장애아 딸을 데리고 와서 오리에게 팝콘을 주는 남자. 그런 제임스를 보면서 이웃들은 우리 부부와 리사에게 더욱 따뜻한 시선을 보냈다.

그는 리사에게 팝콘을 꼭 한 알씩만 호수에 던져야 한다고 가르쳤다. 그래야 내가 한두 시간 정도 넉넉하게 그림을 그릴 수 있기 때문이었다. 팝콘 세 봉지를 오리들이 서로 다퉈가며 먹는 사이에 나는 목단을 그리고 대나무를 쳤다. 모자를 쓰고 멋을 부리며 아빠 손을 잡고 오리에게 팝콘을 주러 나가는 아이와 제임스의 모습을 보는 것은 초콜릿보다 달콤하고 향긋한 행복이었다. 그 향기를 맡으며 나는 점점 철없던 여대생에서 한 남자의 아내로, 참을성 많은 엄마로 성숙하기 시작했다. 그리고 맑은 영혼을 지닌 예술가로 거듭나기 위해 온 마음과 정성을 다하려 노력했다. 하지만 신은 고소한 팝콘 냄새와 한가로운 오리 떼가 헤엄치는 아름다운 호수의 풍경을 그냥 남겨두지 못했다.

신은 돌팔매질을 즐기는 것이 아닐까? 신은 가끔 아름다운 풍경에 돌을 던진다. 질투의 여신은 그 아름다움을 시기하며 잔잔한 호수에 폭풍을 몰아온다. 그리고 호수를 넘치게 하고 오리 떼를 날려버려 잔잔한 호숫가의 아름다운 풍경을 멈추게 한다.

내게 정말 석 달이 남아 있나요?

예술학 석사 과정을 마치느라 논문 작업과 중간고사 준비로 정신 없이 바쁘게 지냈다. 논문은 제임스가 도와주었기 때문에 그런대로 수월했지만 시험은 대리로 봐줄 수가 없으니 학점을 이수하느라 진 땀을 뺐다.

그래도 무덥던 여름이 끝나고 서늘한 가을바람에 나뭇잎이 붉게 물들 무렵이 되자 대강이나마 논문 준비를 끝낼 수 있었다. 그날도 한참을 논문과 씨름하다가 뒤늦게 저녁을 준비하고 있을 때였다. 전화벨이 시끄럽게 울어댔다. 라이트패터슨 공군종합병원이라고 했다. 내용인즉, 제임스 버드월스 대령의 건강 문제로 부인과 상의하고 싶으니 내일 아침까지 병원으로 오라는 느닷없는 통보였다. 불길한 예감이 들었다. 전화기 너머 의사에게 자세히 말해달라고 했지만 그는 제임스와 의논하고 다시 연락하겠다며 전화를 끊었다. 제임스는 몇 가지 검사할 것이 있다며 병원에 입원해 있는 상태였다. 요리를 하던 손이 자꾸 떨려와 저녁 준비를 제대로 할 수가 없었다.

군인은 6개월마다 정기적으로 종합 검진을 받았다. 제임스도 정기 검진을 할 때가 되어 2주 전에 병원에 갔다. 그런데 웬일인지 여느 때와 달리 일주일 전부터 병원을 들락거리고 있었다. 이유를 물어봤지만 그냥 검사할 것이 좀 있어서 그런다며 걱정 말고 논문이나 잘 쓰라고 했다. 앞으로는 시험 준비도 안 도와줄 테니 혼자 열심히 공부해서 낙방하지 말라는 농담까지 곁들였다. 사흘 전에도 무슨 검사가 있다며 2, 3일 병원에 입원한 일이 있었다. 그때도 무슨 이유인지 물었지만 시험 끝나면 다 알게 될 거라며 걱정하지 말라고 내 손을 꼭 잡아주었다.

불안해서 견딜 수가 없었다. 사흘 전 병원에 간다고 짐을 챙길 때도 시험 공부를 핑계로 도와주는 척만 했을 뿐 아무 생각 없이 혼자 보냈다. 모든 것이 후회스러웠다. 곰곰이 생각해보니 지난 일주일 동안 제임스의 태도가 평상시와는 무척 달랐다는 생각이 들었다. 무언가에 쫓기는 듯 바쁘게 움직였다는 것을 깨달을 수 있었다. 하지만 더 이상 걱정하지 않기로 했다. 불안한 마음이 커질수록 아무 일도 없을 거라고, 아무 일도 없어야 한다고 마음을 다잡았다. 여태껏 제임스는 한 차례도 빠지지 않고 정기 검진을 받았고 시가를 피우는 것 외에는 건강 때문에 걱정한 적도 없었다. 감기 같은 사소한 증상이라면 더욱 걱정할 필요가 없었고, 맹장염이나 복막염처럼 수술을 해야 하는 병이라도 고치면 될 테니 지레 방정맞은 생각은 하지 말자고 스스로를 꾸짖었다.

다시 의사에게 부탁해서 간신히 제임스와 통화를 했는데 손이 떨렸다. 무슨 이유에선지 제임스는 리사를 데리고 오지 말라고 차분한 음성으로 부탁했다. 리사를 이웃 친구 앤에게 맡기고 병원으로 가는 동안 떨리는 마음을 가라앉히려고 무진 애를 썼다.

병실에 들어서니 제임스가 침대에 반쯤 기댄 채 웃는 얼굴로 나를 맞았다. 간호사가 앉으라고 의자를 당겨주었다. 차트를 훑어보던 의사가 제임스에게 물었다.

"제가 말할까요? 아니면 당신이?"

두 사람이 무슨 비밀을 감추고 있는 건지 도무지 감을 잡을 수가 없었다. 너무나 두렵고 떨려 머릿속이 하얗게 비어버리는 느낌이었다.

"선생님께서 말씀해주시죠."

제임스가 의사에게 부탁했다.

"부인, 지금부터 제가 하는 말을 놀라지 말고 잘 들으셔야 해요. 힘들고 어려우시겠지만 이 일을 되도록 덜 고통스럽게 받아들이셨으면 합니다. 왜냐하면 그게 곧 환자를 위하는 일이니까요. 그동안 남편께서는 자신의 죽음보다 부인이 받으실 충격과 고통 때문에 더 괴로워하셨어요. 이제껏 의사 생활을 해오면서 이토록 부인을 아끼고 사랑하는 사람을 본 적이 없답니다. 비록 남편께서 암이라는 고칠 수 없는 병으로 부인 곁을 떠난다 해도 아름답고 행복한 추억이 항상 부인을 지켜주리라 믿습니다. 지난 일주일 동안 제임스와 함께 지내면서 한 남자가 한 여자를 이토록 사랑할 수 있는지 새삼 생각해보게 되었죠. 제임스는 부인을 너무나 사랑합니다. 그래서 자신의 병을 부인께 직접 말할 수가 없을 겁니다. 지금 제임스는 식도암 말기이고 앞으로 석 달 정도 남았습니다."

나는 의사가 하는 말을 한마디도 놓치지 않으려고 온 신경을 곤두세웠다. 아무래도 의사가 거짓말을 하고 있는 것 같았다. 입 속에서 가만히 되뇌어보았다. 식도암 말기, 3개월…. 도저히 그 말을 믿을 수가 없었다. 제임스는 6개월마다 빠짐없이 검진을 받았고 지난달에는 가족 캠프까지 다녀왔다. 또 사흘 전까지 매일매일 리사와 함께 팝콘을 가지고 호숫가에 산책을 나가지 않았던가.

의사가 말을 마치자 제임스는 안도에 가까운 미소를 띠었다. 나는 제임스의 눈길을 피해 창밖을 내다보았다. 도저히 그를 볼 수가 없었다. 병원 뜰에 서 있는 초가을 나무들이 주황색 물감을 펴 바르듯 잎을 물들이고 있었다.

"선생, 내가 석 달을 살 수 있다는 걸 당신이 보장할 수 있소?"

의사가 고개를 끄덕이자 제임스는 재차 다짐을 받았다.

"꼭 그렇게 될 수 있도록 당신이 보장해야 해요. 이제껏 어느 누구도 내가 살아 있을 거라고 확실하게 말해준 사람은 없었소. 월남전에 참전했을 때도 그랬지. 친하게 지내던 친구가 있었는데 '내일 다시 만나자'고 했지만 그날 오후 베트콩에게 죽고 말았소. 사람의 목숨은 단 한순간도 보장할 수가 없는 거요. 그런데도 당신이 나에게 석 달 동안의 삶을 보장한다면 나는 그 석 달을 열심히 살아갈 거요. 그러니까 당신은 그 석 달을 꼭 보장해줘야 해요."

그러고는 나에게 몸을 돌려 물었다.

"리사, 잘 있지?"

리사라고 할 때 그는 경련을 일으키듯 눈 가장자리가 떨렸지만 이내 평정을 되찾았다. 의사에게 내가 충격을 받았을지 모르니 간호사를 불러달라고 부탁했다. 그때까지 나는 아무 말 없이 꼼짝 않고 그 자리에 서 있었다. 머릿속엔 온통 '식도암 말기, 3개월'이란 말만 맴돌았다. 그리고 창백한 제임스의 얼굴과 주홍빛으로 물든 나뭇잎이 번갈아 시야에 들어왔다. 잠시 후 내 팔을 잡는 간호사를 뿌리치고 병실 밖으로 뛰쳐나왔다. 속이 울렁거리고 하늘이 빙글빙글 돌았다.

누군가에게 전화를 걸어야 할 것 같았다. 아무한테나 매달려 울고 싶었다. 하지만 어디서부터 무엇을 해야 할지 갈피가 잡히지 않았다. 속이 메슥거려 주차장으로 가서 조금 토하고 나니 그나마 조금 후련해졌다. 동전을 꺼내 공중전화기로 갔다. 누구에게 먼저 해야 하나 망설여졌다. 전화기 속에서 동전 떨어지는 소리가 났고 저쪽에서 "헬로! 헬로!" 하는 소리가 여러 번 들리고 나서야 비로소 내가 누구에게 전화를 걸었는지 생각해낼 수 있었다. 전화를 받은 사람은 캘러먼 부인이었다. 나처럼 미국인과 결혼한 한국 여성인데 인정 많고 따뜻한 분이었다.

"리사 아빠가 많이 아프대요. 암이래요."

내가 더 이상 말을 잇지 못하자 부인은 지금 어디 있냐고 묻고는 곧장 달려오겠다며 전화를 끊었다. 그때 왜 그분에게 가장 먼저 전화를 했을까, 지금도 가끔 생각해본다. 친구도 많았는데 굳이 캘러먼 부인에게 전화를 걸었던 건 아마도 그만큼 편안했기 때문일 것이다. 경쟁 대상도 아니고 지식과 교만으로 위장하지도 않는 참사람을 만나 허우적거리던 내 마음을 기대고 싶었을 것이다.

캘러먼 부인이 헐떡거리며 병원으로 뛰어 들어왔다. 그리고 나를 찾아서는 병원 뜰 나무 아래로 끌고 갔다. 언제 준비했는지 밥과 반찬이 들어 있는 도시락을 내 앞에 펼쳐놓았다.

"잘 먹고 힘내야 하는기라. 그래야 죽어가는 사람을 살리든지 말든지 할 거 아이가. 묵어, 어서 많이 묵어."

그날 나는 병원 구석진 곳에 앉아 캘러먼 부인이 싸다준 밥을 눈물에 섞어 먹었다. 그러고 보니 의사에게 전화를 받은 이후로 줄곧 굶고 있었다. 캘러먼 부인의 말처럼 일단 내가 기운을 차려야 죽든지 살든지, 죽이든지 살리든지 할 수 있을 것 같았다.

다시 병실로 돌아오니 남편은 아무 일도 없었던 듯 책을 읽고 있었다. 내 눈길을 일부러 피하고 있는 것이 틀림없었다. 생각 같아선 남편에게 소리를 지르며 대들고 싶었다. 하지만 그의 얼굴이 너무 평화롭고 차가워 보여 아무 말도 꺼낼 수 없었다.

남편은 퇴원을 서둘렀다. 병원에서 옷가지를 챙기는 동안 의사에게 여러 가지 주의사항을 들었다. 다음 주부터 당장 약물 투여를 해야 한다며 다시 병원에 입원하라고 했다.

"빨리 집으로 가자. 리사가 보고 싶어. 아직 3개월이나 남았잖아."

남편은 떨고 있는 내 손을 잡아끌며 병원 문을 나섰다. 집으로 돌아오는 길은 황량하고 끝없는 미로처럼 느껴졌다.

마지막 겨울

그 겨울을 견뎌내기가 정말 어려웠다. 영영 빠져나오지 못할 터널 같았다. 암이 얼마나 무서운 병인지에 대해선 많이 들어왔지만 이토록 인간을 비인간적으로 말려 죽이는 병이리라고는 짐작조차 못했다. 지난달까지 리사와 함께 캠프장에서 별을 바라보며 하나, 둘, 셋, 자상하게 숫자를 가르쳐주던 사람이 하루아침에 중환자가 되었다.

퇴원하고 며칠이 지나자 첫 증상이 나타났다. 목이 쉬기 시작한 것이다. 뭔가 얘기를 조금 하고 나면 말소리 대신 쇳소리가 나면서 무척 힘들어했다. 그래도 제임스는 아무 일 없다는 듯 팝콘을 튀겨 호수로 나갔다. 하지만 3개월 동안 평소처럼 행복하게 보내기를 원했던 제임스의 기도는 끝내 지켜지지 않았다. 매일매일 제임스는 눈에 띄게 약해져갔다. 마치 높이 쌓아올린 나무블록 탑을 밑동에서 무자비하게 빼내는 것처럼 위태롭게 흔들렸다.

집으로 돌아온 다음날이었다. 제임스가 검정색 바인더로 묶인 노트를 조심스럽게 건넸다. 첫 장을 펼치니 이렇게 시작하고 있었다.

사랑하는 기희에게.

내가 죽거든 놀라지 말고 우선 이 번호로 전화를 할 것. 그러면 육군에서 사람이 나와 장례와 모든 절차를 도와줄 것임.

장례는 군대식으로 치르고 불필요한 경비를 줄이도록. 장지는 공군 묘지로 할 것.

꽃이나 호화스런 관을 사는 데 부디 돈을 낭비하지 않도록.

변호사에게 이미 유언장과 재산 관리를 맡겨두었으니 우리 가족 중 누구라도 딴소리를 하면 변호사와 상의할 것.

다음 페이지부터는 모든 일을 혼자서도 잘 처리할 수 있도록 내가 가진 모든 것들을 목록으로 만들어두었으니 잘 보관하면서 참고할 것.

보험금과 재산을 합치면 리사와 단란하게 살 돈이 될 테니까 걱정 말고 절대로 울지 말 것.

내가 없어도 좋은 사람 만나 다시 행복해지길 바래.

죽어서도 영원히 당신을 사랑할 제임스가.

노트에 적힌 날짜를 보니, 내가 병원에 가서 암 통보를 받기 전에 이미 작성해놓은 것이었다. 제임스는 자신의 죽음을 안 그 순간부터 이렇게 내게 줄 마지막 노트를 준비하고 있었던 것이다. 공과대학을 졸업한 사람답게 모든 글씨를 또박또박 정자로, 그것도 대문자로 써 놓은 노트였다. 제임스가 내게 남긴 마지막 노트는 이 땅에 홀로 남겨질 아내와 딸을 위한 가슴 아픈 배려였다.

노트의 다음 장에는 재산 목록을 비롯해 자신의 월급, 우리 집 대출금, 보험, 적금 내역 등이 적혀 있었다. 돈을 보내야 할 곳은 어디인지, 또 얼마를 보내야 하는지, 누구를 어떻게 만나 돈을 받아내고 갚아야 하는지도 상세히 기록되어 있었다. 나는 그때껏 남편 월급이 얼마인지, 매월 얼마씩 집값을 내야 하는지, 쓰레기차가 무슨 요일에 오는지, 수도세와 전기세가 얼마인지, 또 어디로 보내야 하는지 도통 모르고 지냈다. 운전을 했지만 가솔린 탱크가 4분의 1 이상 내려가기 전에 항상 제임스가 내 차를 몰고 나가 기름을 넣어주었기 때문에 한 번도 내 손으로 직접 해본 적이 없었다. 학교에 갈 때는 미리 시간표를 점검해주고 혹여 강의실을 못 찾을까봐 건물 도면을 그려 운전석 옆에 놓아주곤 했다.

노트를 한 장 한 장 넘길 때마다 가슴이 찢어지는 듯한 아픔이 느껴졌다. 노트를 준비하며 고통스러워했을 제임스의 얼굴이 떠올랐다. 노트에는 그밖에도 여러 가지가 꼼꼼히 기록되어 있었다. 오븐 사용법, 마이크로웨이브 사용법, 빨래건조기 사용법, 경보기 배터리 교체하는 법, 차고 문이 고장 났을 때 전화하는 곳, 지붕 고쳐주는 곳, 벽난로는 1년에 한 번씩 청소하는 사람을 불러야 화재의 위험이 없고, 창틀에서 바람이 들어오면 어떤 색깔 마개를 써야 하는지, 화장실이 고장 나면 누굴 불러야 하는지 등등. 이 노트를 작성하느라 자신의 죽음을 안 그 순간부터 내게 알리기까지 일주일 동안 부산하게 집 안팎을 왔다 갔다 했던 것이다.

제임스는 아마추어 사진가라 여러 개의 카메라와 특수 렌즈를 비롯해 다양한 장비를 갖고 있었다. 노트 뒤쪽을 보니 카메라 장비 사용법이 부록처럼 덧붙어 있었다. 리사나 내가 원하면 사용하고, 아니면 다른 사람들에게 나눠주어도 좋다고 쓰여 있었다. 제임스가 수집했던 서른두 정의 권총은 안전함에 보관해 두었는데 그것을 여는 암호와 함께, 내가 갖고 있기 무서우면 가까운 군부대에 기증하는 것도 좋겠다고 했다. 유언이라 하기엔 너무 슬펐고, 한 인간이 이 세상을 떠나기 전에 마지막으로 남기는 기록이라고 하기엔 너무 잔인했다.

하지만 노트를 붙잡고 눈물을 흘릴 시간이 없었다. 상황은 절박하게 돌아갔다. 퇴원 일주일 후부터 의사가 말한 대로 약물 요법과 방사선 치료를 시작했다. 방사선 치료를 받고 나면 목 주변이 온통 검은색으로 타 있어서 아프냐고 물어보는 것조차 민망했다. 제임스는 고통스러운 모습을 보이지 않으려고 이를 악물었다. 그 때문에 치료를 받고 나면 항상 눈이 핏빛으로 물들어 있었다. 하루가 1년처럼, 한 시간이 한 달처럼 느껴지는 길고도 힘든 나날이었다.

방사선 치료와 약물 치료를 열심히 받았지만 별다른 차도가 보이지 않았다. 2주 후 의사는 수술을 권했다. 암세포가 너무 커져서 수술을 받지 않으면 한 달도 살 수 없을 것 같다고 했다. 석 달 동안 평화롭게 살 수 있다는 약속은 깨졌지만 우리에겐 선택의 여지도, 누구를 붙잡고 불평할 만한 여유도 없었다.

종양을 제거하고 암세포가 퍼진 식도를 잘라냈다. 제임스는 완전히 지쳐버렸고 체중도 눈에 띄게 줄어들었다. 머리카락이 빠지기 시작했고 입에다 귀를 가까이 대지 않으면 무슨 말을 하는지 알아들을 수조차 없게 되었다. 수술 후 제임스는 말을 제대로 할 수가 없어 메모지에 글을 썼다. 그가 나를 손짓해 부르더니 이렇게 써서 보여주었다.

미안하지만 집에 데려다주지 않겠어? 더 이상 병원에 있고 싶지 않아. 얼마가 될지는 모르겠지만 집에 가서 당신이랑 리사와 지내고 싶어. 그렇게 해줄 거지? 　　　　　－당신을 사랑하는 제임스

그의 눈을 마주 보지 못했는데 눈물이 고여 있었다. 집으로 가는 길은 두려웠지만 그가 원하는 일이었기에 우리가 행복할 때 '축복의 집'이라 믿었던 그곳으로 제임스를 옮겼다. 일주일 전 수술 받으러 병원에 갈 때는 쉰 목소리나마 내 옆에 앉아 농담도 주고받았는데 지금은 산송장이 다 되어 산소 호흡기를 낀 채 집으로 돌아가고 있었다. 만약 수술을 하지 않았더라면 조금은 덜 고통스럽게 남은 날들을 보낼 수 있지 않았을까. 지금도 여전히 그런 아쉬움이 남아 있다.

암 환자나 그 가족을 도와주는 비영리 단체에서 호스피스가 와서 환자용 침대와 산소 호흡기, 링거 꽂는 기계 등을 들여놓아주니 제임스의 서재가 갑자기 병원 응급실처럼 변했다. 제임스는 수술 부위

가 아물었는데도 벌써 산 사람한테서 느껴지는 생명의 기운이 감지되지 않았다. 체중도 3분의 1이나 줄어들었다. 하지만 화장실에 갈 때 부축을 해주려고 하면 끝내 혼자 가겠다고 고집을 부렸다.

얼마 지나지 않아 제임스는 링거만으로는 생명을 연장할 수가 없게 되었다. 의사는 제임스가 식도로 음식물을 삼킬 수 없기 때문에 위에 구멍을 뚫어 호스로 직접 음식물을 넣을 수 있도록 수술을 해야 된다고 했다. 제임스는 그렇게 싫어하던 병원으로 또다시 옮겨졌다. 위에 구멍을 뚫고 호스를 끼우는 수술이었다. 의사는 더 이상 약물 투여와 방사선 치료는 권하지 않았다. 그 어떤 치료도 기대할 수가 없는 듯했다. 생명이 붙어 있는 날까지 호스로 영양식과 진통제를 투여하면서 조금이라도 덜 고통스럽게 떠날 수 있도록 해주는 것이 내가 할 수 있는 전부였다. 의사는 나 혼자서 제임스를 돌볼 수 없으니 호스피스 간호사에게 도움을 청하라고 말했다.

주사바늘만 봐도 질겁하던 내가 점점 능숙한 간호사가 되어갔다. 아침에 일어나면 몸을 닦아주고 체온을 잰 다음 진통제를 분말로 만들어 물에 타서 고무호스에 넣었다. 그리고 의사의 지시대로 하루에 여섯 번씩 시간 맞춰 우유처럼 묽게 탄 영양식을 고무호스 속으로 집어넣었다. 제임스의 몸무게는 이미 반으로 줄어 있었다. 중간키에 통통한 체격이던 그가 마른나무 줄기처럼 바짝 말라갔다. 하지만 그의 눈빛은 여전히 밝게 빛났고 정신도 또렷했다. 그동안 제임스의 부모와 시누이, 조카 들이 다녀갔다. 그들은 나보다 더 고통스러웠을 텐데도 의연한 모습으로 나를 위로하고 며칠씩 머물다 자신들의 삶으로 돌아갔다. 제임스와의 행복했던 시간들이 내 몫이었다면 그의 불행한 죽음도 내가 홀로 감당해야 할 내 몫이었다.

제임스는 하루하루 시간을 죽여갔고, 시간은 제임스에게 남은 달력의 날짜를 하나씩 접어 강물에 흘려보냈다. 의사가 약속한 석 달이 가까워오고 있었다. 마침내 제임스는 꼼짝도 할 수 없게 되었고, 간호사는 내 손을 붙잡고 마음의 준비를 하라고 일러주었다. 간호사가 말하기 전부터 나는 이미 마음을 다지고 있었다. 허물어질 대로 허물어진 제임스를 바라보고 있는 일은 내게 극심한 고통을 안겨주었다. 강하고 인내심 많고 지혜롭던 그의 영혼도 육신이 메말라가고 마른 등걸처럼 뒤틀려가자 점차 소멸되기 시작했다. 고통이 견딜 수 없이 심해지면 진통제를 투여하는 사이에도 손을 휘저으며 눈을 부릅뜨고 진통제를 더 넣어달라고 고무호스를 마구 흔들어댔다. 기억하기조차 끔찍하고 두려운 모습이었다. 그 모습을 나와 함께 지켜보던 이웃의 친한 친구 앤이 말했다.

"제임스가 떠나기 전에 정을 떼고 가려는 거야. 자기를 잊게 하려고 말이야. 정을 남기고 가면 네가 너무 외로워할 테니까. 그게 제임스가 네게 주는 마지막 선물일지도 몰라."

겨울이 점점 깊어갔다. 한 줄기 가느다란 생명의 빛만이 고무호스와 산소 호흡기에 매달려 마지막 잎새처럼 나부끼고 있었다.

마지막 순간이 가까워오고 있음을 나는 직감했다. 그동안 리사는 엄마 곁에서 얌전하게 아빠의 시중을 들었다. 리사가 이 모든 일을 잘 모른다는 것이 고마웠다. 아빠와 함께 팝콘을 튀겨 오리에게 가지 못하는 걸 슬퍼했지만 아빠가 나으면 다시 갈 수 있다고 리사는 굳게 믿고 있었다. 그런 리사의 믿음이 가슴 아팠다. 리사 같은 아이들은 고통이나 슬픔, 불행이나 죽음, 아픔이나 상처에 대해 잘 인식하지 못하는데, 그것이 오히려 다행스러웠다.

제임스가 투병하는 3개월 동안 이웃들이 내게 베풀어준 도움은 평생 잊을 수 없을 것이다. 번갈아가며 순번을 정하여 리사를 돌보고 스쿨버스에 태워주는 등 아이를 제 자식처럼 챙겨주었다. 동네 남자들은 쓰레기차가 오는 날이면 차고 앞에 있다가 쓰레기를 버리고 잔디를 깎아주었다. 하지만 그들도 나의 슬픔이나 고통까지는 덜어주지 못했다. 오직 나 혼자 삼키고 인내해야 했다. 병문안 오는 사람들에겐 될 수 있으면 덜 고통스러워 보이도록 화장도 하고 옷도 깨끗하게 입으려 애썼다. 제임스에게도 흐트러진 모습을 보이고 싶지 않았다. 그러면 떠나면서도 편히 눈을 감지 못할 것 같았다.

그동안 가족과 친지들이 여러 차례 다녀갔지만 한국에 계신 친정어머니께는 자세한 내용을 알리지 않았다. 시부모님은 걱정했던 것보다 제임스의 죽음을 잘 받아들이시는 듯했다. 하늘나라로 먼저 가는 아들과 작별하는 것은 정말 안타까운 일이지만 다시 만나는 그날까지 참고 기다리시겠노라 했다. 오히려 내가 그의 죽음을 쉽게 받아들이지 못했다. 그이 없이 나 홀로 남겨질 날들이 그저 캄캄하고 두렵기만 했다.

호스피스가 다시 한번 마음의 준비를 하라며 내 어깨를 감싸주었다. 나는 이웃에 사는 필리스에게 검정 드레스를 사달라고 부탁했다. 제임스의 부관은 곧 공군 부대에 연락을 했고, 곧이어 장례 의식을 맡아줄 중령이 정해졌다. 장의사가 찾아와 제임스가 숨을 거둘 경우 어떻게 해야 하는지를 알려주었다. 호스피스 간호사는 혼자서 감당하기가 어려울 테니까 친구나 친지를 불러 함께 있으라고 충고했다. 하지만 나는 혼자 있고 싶었다.

출퇴근하는 간호사였기 때문에 나 혼자 제임스의 죽음을 맞이할 때를 대비해야 했다. 사람은 어떤 모습으로 죽는지, 죽은 자와 산 자는 무엇이 다른지, 죽었다는 걸 어떻게 알 수 있는지, 어떻게 해야 떠나는 그의 마음을 덜 아프게 하는지, 내가 리사에게 음식을 먹이거나 화장실에 가느라 그의 곁에 없을 때 혼자 떠나버리면 미안해서 어떻게 하느냐 등등, 그런 것들을 물어보면 간호사는 이렇게 말했다.

"기희, 당신 마음이 가는 대로 하세요. 그의 죽음을 지켜보게 되든 그렇지 못하든 상관없이 당신 편한 대로 하세요. 제임스는 본인이 원하는 방식으로 당신 곁을 떠날 겁니다. 당신 손을 잡고 작별인사를 할 수도 있습니다. 아니면 당신이 놀랄까봐, 그게 너무 가슴 아프다는 생각이 들면 당신이 보지 않는 순간을 택해 소리 없이 떠날 수도 있어요. 어쨌든 그는 자신이 원하는 방식으로, 당신을 가장 사랑하는 방식으로 떠날 겁니다. 당신에게 가장 적게 고통을 주는 방식으로 말이에요."

제임스는 호스피스의 말대로 자신이 원하는 방식으로 죽음을 맞이했다. 아침에 깨어보니 의식이 없던 제임스가 눈을 뜨고는 손짓으로 나를 불렀다. 그리고 흔들리는 손놀림으로 종이에 '리사'라고 썼다. 리사는 지금 이웃집 앤이 돌보고 있다니까 손짓을 하며 데려오라고 했다. 리사를 데려오자 가까이 불러 귀에 대고 뭐라고 말을 하는 듯했다. 너무 지쳐 보여서 리사를 아래층으로 데려다놓고 다시 그에게 갔다. 제임스가 종이에 글씨를 써서 보여주었다.

"미안해, 그리고 사랑해.(Sorry, Love you.)"

그런 다음 제임스는 길고긴 잠 속으로 빠져들듯 혼수상태로 돌아갔다.

제임스는 이미 2주일째 폐렴 증상과 여러 가지 합병증으로 혼수상태를 들락날락하고 있었다. 간호사가 진통제와 함께 항생제를 튜브로 넣었는데 밤에 간호사가 없을 때는 내가 시간 맞춰 넣어주었다. 항생제를 투여하기 시작했을 때부터 제임스는 이미 돌이킬 수 없는 상태였다. 간호사는 항생제가 그에게 별로 도움이 되지 못한다고 얘기했다. 항생제를 투여하면 약 기운으로 폐렴 증상을 다스려 일주일 정도 생명을 더 연장시킬 수 있을 뿐이었다.

일주일이 지났고, 이제는 시간이 멈출 때가 온 듯했다. 간호사가 다시 항생제 여섯 알을 주면서 말했다. 만약 내가 원한다면 약을 더 넣어주어도 되지만, 이번엔 더 이상 항생제를 투여하지 않아도 될지 모른다고, 항생제로 제임스의 투병 시간을 늘리는 것이 진정 그가 원하는 일인지 잘 모르겠다고 했다.

어떻게 할 것인가? 항생제를 넣지 않으면 몇 시간 못 가서 폐렴균이 암세포를 삼켜버릴 것이고, 그러면 지금처럼 잠들어 있는 모습으로 평화롭게 떠날 것이다. 하지만 항생제를 넣으면 그의 몸은 다시 폐렴 병원체와 싸우면서 몇 시간이라도 더 생명을 이어갈 수 있다. 물론 그 시간만큼 고통 속에서 사투를 벌여야 한다. 도대체 그 하루나 몇 시간이 무슨 소용이 있을까. 서로의 눈물 한 방울 거두어주지 못하는데, 이별의 순간을 몇 분 몇 시간 더 연장한다고 한들 무슨 소용이 있을까.

갈등에 갈등을 거듭한 끝에 나는 제임스에게 약의 절반을 먹였다. 고통도 삶의 일부였고, 괴로움의 순간도 우리가 나누어야 할 이별의 마지막 장이었다. 산소 호흡기가 스물네 시간 가동되고 있었다. 제임스는 살아 있었지만 죽은 사람처럼 움직이지 않았다. 나는 그 밤을 뜬눈으로 지새웠다.

다음날 아침, 햇살이 커튼을 헤치고 비쳐들었다. 항생제를 투여할 시간이 되었다. 이번에는 튜브에 항생제를 넣지 않았다. 출근한 간호사가 고개를 끄덕이며 남은 항생제를 가져갔다.

무슨 일이 일어날 것만 같았다. 도저히 불안해서 견딜 수가 없었다. 앤에게 오늘 무슨 일이 일어날 것 같다고 울면서 전화를 했더니 금방 달려왔다. 리사는 그 집 아이들과 함께 앤의 남편인 피터가 재우고 앤은 나와 함께 밤을 새겠다며 베개를 들고 왔다.

태양이 서서히 지고 있었다. 어둠은 순식간에 제임스의 생명을 덮쳤다. 그에게 마지막 영양식을 튜브로 넣어주고 산소 호흡기를 확인한 다음 아래층으로 내려갔다. 그리고 잠시 앤과 이야기를 나누었다. 앤은 내 고통을 덜어주려는 듯 제임스와 처음에 어떻게 만났는지, 어떻게 결혼했는지 등등 제임스와의 행복했던 날들에 대해 끊임없이 물었다. 나는 지난 3개월 동안의 감당하기 힘들었던 고통에서 벗어나 제임스와의 아름답고 즐거웠던 추억 여행에 젖어 마음이 따뜻해졌다.

그때였다. 이층에서 뭔가 알지 못하는 빛이 비치는 듯했다. 갑자기 가슴이 멎었다. 재빨리 몸을 날려 그가 있는 방으로 뛰어 들어갔다. 제임스는 책을 보듯 눈을 반쯤 감은 채 누워 있었다. 그가 막 숨을 거두었다는 걸 직감으로 알 수 있었다. 작별인사 한마디 남기지 않고 그는 떠났다. 이제 모든 것이 끝난 것이다.

남아 있는 자들의 노래

앤이 이층으로 올라오기 전에 제임스의 반쯤 뜬 눈을 감겨주었다.
내가 손으로 쓸어내리자 그의 눈이 평화롭게 감겼다. 죽음의 그림자
가 드리웠어도 그는 아직 이승에 머물러 있는 듯했다. 아마 그는 더
머물러 있고 싶었을 것이다. 철없는 아내와 평생 장애아로 살아갈
딸아이가 눈에 밟힐 것이다. 잡고 있던 제임스의 손이 조금씩 온기
를 잃어갔다. 부드럽던 살이 도자기를 말릴 때처럼 서서히 굳어가고
있었다. 나는 그렇게 그를 느끼며 말없이 앉아 있었다. 슬픈 생각마
저도 들지 않았다.

앤이 어디엔가 전화를 걸었고 장례식을 맡아줄 대령과 장의사, 담
당 의사가 왔다. 아무것도, 아무 일도 일어나지 않은 것 같았다. 이
나쁜 꿈에서 깨어나면 모든 것이 행복했던 그 시절로 되돌아갈 것만

같았다. 지금 이 순간도, 지나온 시간들도 모두 아득하게 느껴졌다. 의사가 앤과 의논하더니 나를 제임스에게서 떼어놓으라고 했다. 나는 옆방 침대로 옮겨졌다.

의사가 제임스의 죽음을 암에 의한 자연사로 확인했고 나는 거기에 서명을 했다. 장의사가 제임스를 아래층으로 옮길 때도, 그의 몸이 리무진에 실려 나갈 때도 나는 꼼짝 않고 침대에 누워 있었다. 사람들은 내가 그동안에 쌓인 피로와 남편을 잃은 슬픔으로 잠시 정신을 잃었다고 생각했는지 나를 가만히 내버려두었다. 하지만 나는 말짱한 정신으로 누워 모든 소리를 다 듣고 있었다. 흰 장갑을 끼고 검정 양복을 입은 건장한 청년들이 제임스를 계단 아래로 옮기는 것도 언뜻 보았고, 검은 리무진이 시동을 거는 소리도 들었으며, 리무진이 멀리 떠나고 난 뒤에 "안녕, 잘 있어."라고 마지막으로 인사하던 제임스의 목소리도 들었다.

미국의 장례식은 아름답고 질서정연하다. 통곡도, 가슴 저미는 작별도, 애절한 몸부림도 없이 작은 축제처럼 치러진다. 꽃으로 장식된 관에 편안하게 누워서 마지막 인사를 나누는데, 그것을 뷰잉(Viewing)이라고 한다. 떠나는 사람은 남은 자의 가슴속에 자신의 마지막 모습을 아름답게 새기고 싶을 것이다. 장의사는 '고별의 마지막 만남'을 위하여 고인이 평소에 즐겨 입던 옷을 입히고 화장을 시켜 가장 아름다운 모습으로 꾸민다. 그리고 마지막 예배를 보며 작별인사를 나눈다. 기독교인들에겐 죽음도 삶의 일부분일 뿐이다.

죽음은 삶에서 거쳐야 할 단계이며 천국에서의 만남을 의미한다. 그래서인지 서양인들에게 죽음은 동양인이 느끼는 것보다 덜 잔혹한 이별인지 모른다.

장례 예배 때 우리는 제임스가 즐겨 하던 농담을 작은 책자로 묶어 돌려보면서 웃는 얼굴로 그를 떠나보내려 노력했다. 제임스는 남을 웃기는 재주는 없었지만 여러 책에서 발췌한 재치 있는 농담을 많이 알고 있었는데, 공과대학 출신답게 평소 들고 다니던 노트에 적어두고 써먹었다. 우리는 웃으면서 울고, 울면서 웃었다.

제임스는 장교복에 월남전 때 국가에서 받은 훈장을 달고 이별이 아쉬운 듯 굳게 입을 다문 표정으로 친구들과 손님을 맞았다. 나는 검정색 모자와 검정 드레스를 입고, 리사는 노란색 모자를 쓰고 아빠 옆에서 손님들과 악수를 했다. 리사는 죽음이 뭔지, 아빠가 왜 관 속에 누워 있는지 알지 못했다. 그래도 왜 아빠가 움직이지 않는지, 이제는 왜 팝콘을 튀기지 않는지, 왜 호수에 갈 수 없는지 묻지 않았다. 어쩌면 리사는 우리의 짐작과 달리 많은 것을 알고 있었는지도 모른다. 리사는 고사리 같은 손에 흰 장갑을 끼고 침착하고 정중하게 하루 종일 손님과 악수를 하며 내 곁을 떠나지 않았다. 제임스와 각별했던 친구나 가족이 와서 내가 눈물을 흘리면 "괜찮아. 모든 게 괜찮아질 거야.(It's okay. It's going be okay.)"라며 내 등을 두드렸다.

장례식 절차는 군에서 나온 중령이 처음부터 끝까지 맡아주었고, 이웃과 친구들도 정성스럽게 도와주었다. 제임스의 간곡한 부탁으로 장례식 때 보내오는 꽃은 사양했다. 그는 낭비하는 걸 싫어했다.

꽃이나 조의금을 보내고 싶은 사람은 그 대신 히플 암 연구센터(Hipple Cancer Research Center: 미국 중서부에서 암 퇴치를 위해 활발한 연구 활동을 하고 있는 비영리 단체)에 기부금을 보내달라고 했다.

꽃은 제임스가 시키는 대로 거절했지만 장지는 제임스의 유언에 따르지 못했다. 제임스는 무료로 제공되는 군인묘지에 묻히길 원했다. 죽는 순간까지도 남아 있는 아내와 자식의 생계를 걱정했던 것이다. 하지만 군인묘지는 허술한 데다 집에서 상당히 멀었기 때문에 변호사와 의논한 후 집 가까이에 있는 공원묘지에 제임스를 안장하기로 했다.

크리스마스 때부터 쌓인 눈이 아직 천지를 뒤덮고 있었고 휘몰아치는 삭풍에 나무가 몹시 흔들렸다. 봄은 영원히 오지 않을 것 같았다. 꽁꽁 얼어붙은 땅을 밥켓(bobcat: 불도저보다 작은 공사 차량)이 파고 제임스를 묻었다. 스물네 발의 예포 소리와 함께 성조기에 덮인 관이 얼어붙은 땅 속 깊이 내려갔다. 리사는 총소리에 놀라 내 치맛자락을 붙들고 아기새처럼 몸을 떨었다. 그의 관 위에 노란 모자를 쓴 리사의 사진과 붉은 장미꽃 한 송이를 얹었다. 생전에 제임스는 붉은 장미를 내 머리에 꽂아주며 오페라 〈카르멘〉을 듣는 걸 무척이나 좋아했었다. 리사와 내가 흙을 한 줌씩 들어 제임스의 관에 뿌렸다. 군인들이 정중하게 관을 묻기 시작했다. 그가 이 땅에 남긴 마지막 흔적을 지우듯 깊게 파인 땅을 흙으로 가득 메웠다.

장례식에서 돌아와 혼자 지내기로 작정했다. 위로하고 함께 지내줄 사람이야 많았지만 그냥 혼자 있고 싶었다. 그래야 실컷 슬퍼할 수도, 노여워할 수도, 지쳐 쓰러질 수도 있을 것 같았다. 혼자가 아니면 지난 3개월 동안 내게 일어났던 일들을 추스르고 정리할 수 있을 것 같지 않았다. 설사 그 아픔을 견디지 못해 리사와 함께 죽음을 택한다 해도 그것조차 나 스스로 결정해야 할 문제였다.

나는 어릴 적부터 밤에 혼자 있는 것을 유난히 무서워했다. 미국에 와서도 제임스가 출장을 가면 꼭 친구를 불러 같이 자곤 했다. 혼자 자야 할 때는 문을 이중 삼중으로 잠근 채 경보기를 켜놓고도 밤새 덜덜 떨었다. 참 이상한 일이었다. 현실적인 것, 눈에 보이는 것에는 간도 크고 대담한데, 보이지 않는 것과 내가 경험해보지 않은 것은 모두 내게 두려움의 대상이었다.

그렇게 체질적으로 어둠을 싫어했고 무서움을 많이 탔는데 제임스가 떠난 이후 그 큰 집에 혼자 있어도 무섭지 않았다. 리사조차 함께 있는 것이 힘겨워 앤에게 맡겼다. 텅 빈 집에 유령처럼 남아 있는 그의 유품을 보아도 슬프지가 않았다. 지난 석 달 동안 죽음과 삶이 그냥 종이 한 장 차이일 뿐이라는 것, 죽음도 살아 있음의 일부분이란 것을 깨달았기 때문이다. 제임스가 떠난 날부터 수일 동안 나는 그냥 누워서 잠만 잤다. 아니, 잠을 잔 것이 아니라 깨어 있는 것도 잠든 것도 아닌 상태로 그냥 그렇게 지냈다. 동이 틀 무렵이면 새벽이 오는 게 두려워 이불을 뒤집어쓰고 어둠이 그냥 그 자리에 머물러 있기만을 바랐다. 홀로 맞을 아침이 두려웠다. 누구도 내 슬픔을 눈치 챌 수 없도록 칠흑 같은 어둠이 계속되기를 바랐다.

죽음도 삶도, 깨어 있음도 잠들어 있음도 아닌 채로 시간은 흐르고 또 흘렀다. 하루도 빠짐없이 하던 목욕도 거르기 일쑤였고, 물을 뿌려 곱게 쪽찌던 머리도 더 이상 윤기 나게 빗지 않았다. 나는 비로소 깨달았다. 내가 왜 화장을 하고 새 옷을 사 입고 립스틱을 발랐는지. 거울처럼 마주보며 사랑하는 사람이 있었기에 그 모든 게 필요했던 것이다. 이제는 먹는 것도 입는 것도, 집 안을 아름답게 꾸밀 필요도 없었다. 나는 더 이상 내가 아니었다.

수레가 넘치도록 사오던 식료품들도 이제 더 이상 구입할 필요가 없었다. 먹어줄 사람도 없이 요리를 하고, 주인도 없는 빈자리를 바라보며 식탁에 앉고 싶지 않았다. 리사와 나는 간이식당에서 패스트 푸드로 대충 끼니를 때웠다. 다행스러운 것은 절약을 하며 성실히 살아온 덕분에 제임스가 남긴 유산으로 우리 모녀는 넉넉히 살아갈 수 있었다. 보험금으로 집값을 갚고, 군대에서 나온 돈과 유산을 합치면 꽤 여유가 있었다. 그런데도 나는 헐벗고 가난했다. 떠돌이별처럼 마음 붙일 곳이 없었다.

시간은 아주 느리게 태엽을 감지 않은 시계처럼 풀어져서 도무지 무엇부터 어떻게 시작해야 할지 알 수가 없었다. 내가 해야 할 일이 아예 없는 것 같기도 했다. 장례식 이후 관심을 쏟아주는 것이 부담돼서 내 쪽에서 먼저 사람 만나기를 꺼렸지만, 점차 시간이 지나면서는 다들 각자 사는 일에 바빠 자연스럽게 멀어졌다. 나는 외톨이가 되어갔다. 그림을 그리고 싶은 생각도 없었다. 대학원 졸업도 포기했다. 그때 할 수 있는 일은 어서 빨리 시간이 내 아픔을 휘젓고 지나가주길 기다리는 일뿐이었다. 하지만 그의 사진을 태우고 지난 시간을 어제 속에 묻어버려도 상처는 아물지 않았다. 갑자기 미국에서 혼자 사는 것이 두려워지기 시작했다.

'아, 그리운 내 조국! 돌아가자. 길을 잃고 헤매느니 처음으로 다시 돌아가자.'

여권을 받고 수속을 밟기 시작하니 비로소 용기가 났다. 리사와 서울로 돌아가서 다시 시작해보고 싶었다. 몇 군데 알아봤더니 서울에서 그래픽디자인 회사에 취직해 작품 활동을 할 수도 있을 듯싶었다.

얼마 후 한국행 비행기에 몸을 실었다. 그래, 다시 시작하자. 제임스와의 사랑은 너무나 눈물겨운 것이었지만 그 사랑을 가슴에 안고 평생을 슬픔 속에서 살 수는 없었다.

지금은 철거되었지만 하얏트 호텔 맞은편에 외국인 아파트가 있었다. 서울에 도착하자마자 그곳에 집을 얻고 실내 장식을 마쳤다. 리사 방에 가구를 들여놓는다, 벽지를 바른다 해서 바쁘게 움직이다 보니 제법 사는 재미가 생겨났다. 리사의 특수교육 문제가 걱정되었지만 외국인학교에 보내면 될 것 같았다. 그리고 미국에서와 달리 조금만 알뜰하면 집안일을 봐주는 아주머니도 풀타임으로 고용할 수 있었다. 아파트를 리모델링하는 동안 아침이면 리사와 함께 아파트 근처를 조깅했다. 서울 시내를 한눈에 내려다보면서 새로운 삶을 꿈꾸려 노력했다.

서울 생활에 채 익숙해지기도 전에 어떤 소문이 돌았는지 벌써 남자를 소개해주겠다는 말이 들려왔다. 십분 이해할 수 있는 일이었다. 갓 서른을 넘긴 내 나이가 그랬고, 그림을 그리고 시를 쓴다는 제법 멋있어 보이는 내 이력이 흥미를 돋울 만했고, 미국 상류층 사람들과 친하다는 것이 뭇 남자들의 호기심을 사기에 충분한 이유가 되었다. 대통령과 가까운 일가친척 중에 고향 어른이 계셨다. 그분도 나를 예쁘게 봐주어서 청와대와 연결시켜주려 하셨다. 미국 정부에서 공로상을 받은 미 육군 장성의 아내였으니 로비 활동을 위해서는 분명 그들에게 쓰임새가 있을 것이었다. 그런 분위기를 눈치 챈 친구들이 조심하라고 주의를 주었다. 혹시라도 제2의 정인숙이 될지 모른다는 염려였다.

나는 속으로 웃었다. 내가 그렇게 대단한 존재도 아니었을 뿐만 아니라 그럴 생각도 전혀 없었기 때문이었다. 특히 제임스가 내게 보여준 깊은 사랑과 헌신이 아직도 가슴을 뜨겁게 데우고 있었다. 언제까지 떠난 사람에게 매달려 있지는 않겠지만 그가 남긴 사랑의 흔적을 되짚어보며 사는 것도 그리 슬픈 일만은 아니라는 생각이 들었다.

3부
등대 길의 붉은 벽돌집

희망으로 가는 돌계단

　서울 생활에 많이 익숙해지고 자신감도 붙기 시작했다. 한국으로 영구 귀국을 결정하기 전에 우선 리사와 내가 서울에서 적응해나갈 수 있을지를 테스트해봐야 했다. 남대문 시장에서 쇼핑을 할 때 리사에게 영어를 쓰지 말라고 했더니 입을 굳게 다물고 벙어리마냥 손짓 발짓을 하며 재롱을 떨었다. 무엇보다 기쁜 일은 그리운 모국어로 하루 종일 말하고 영어 발음 때문에 걱정하지 않으면서 편히 지낼 수 있다는 것이었다. 예전에 알고 지내던 문인이나 교수님들을 다시 만나게 되면서 못다 이룬 문학에 대한 욕망이 꿈틀거리기 시작했다.

　오랫동안 모국어를 잊고 살다가 내 나라로 돌아오니 모국어가 더욱 가슴으로 파고들며 유년의 기억을 들춰냈다. 또다시 갈등이 시작되었다. 다시 작품을 쓴다면 내 속에 잠재해 있던 언어들이 살아날 수 있을까. 옛 은사님이신 남기심 교수님을 찾아가 상의를 했다. 교수님은 우선 연세대학원 국어국문학과에 입학할 수 있도록 추천해 주셨다. 대학을 졸업한 지도 오래되었고 그동안 미술 공부만 해서 도저히 대학원에 입학할 실력이 못 되었다. 다행히 외국 국적을 가진 사람에게는 시험 없이 입학할 수 있는 혜택이 주어졌다.

서울에서 겪는 모든 일들이 아찔하도록 새로운 자극을 던져주면서 내일을 꿈꾸게 했다. 절망에 빠져 있을 때는 어디서도 희망이 보이지 않는다. 하지만 나는 안다. 절망 속에도 희망의 빛이 숨어 있다는 것을. 절망은 끝이 아니라 희망으로 가는 길의 시작이라는 것을. 다시 글을 쓸 수 있다고 생각하면 소녀처럼 가슴이 뛰었다. 밤잠을 설쳐가며 일기를 쓰고 습작을 했다.

세월이 흘렀지만 그래도 나를 잊지 않고 기억하며 격려해주는 분들이 많았다. 대학 때 문학 동인지 지도위원이시던 구활 선생님은 지금까지도 나를 아껴주시는 가장 든든한 후원자이다. 기쁘거나 슬픈 일이 생기면 선생님께 전화를 드린다. 그러면 선생님은 누이동생을 대하듯 변함없이 다정히 맞아주신다. 시인 이태수 씨도 30년이 넘도록 싫은 표정 한번 짓지 않고 내가 한국에 갈 때마다 대구에서 내가 누굴 만나야 하는지, 어떤 일이 중요한지 스케줄을 정리해주셨다. 그분은 나를 참된 길로 이끌어주시는 진정한 선배이다.

김병일 선생님은 뵐 때마다 내게 따뜻함과 자애로움과 지혜를 일깨워주셨다. 특별히 말을 하지 않아도 선생님께서는 내 마음을 속속

들이 알고 계셨고, 그 때문에 그분 앞에서는 가면을 벗고 허물없이 속내를 드러낼 수 있다.

그동안 정치하는 사람들은 나를 이용하여 미국 정부에 로비를 하고자 노력했다. 제임스와 나의 인맥을 이용하면 그것은 충분히 승산이 있었다. 재벌의 아들들은 교양과 지식이 있어 보이는 나를 애인으로 삼으려고 유혹했다. 문인들은 여전히 가난한 건지, 돈을 쓸 줄 모르는 건지, 아니면 안 쓰기로 작정한 건지, 여전히 지난날의 궁색함을 면하지 못하고 있었다. 술값과 택시비를 번번이 내가 내주면서도 나는 그분들과 함께 있는 것이 좋았다. 룸살롱에서 고급 양주를 마시며 어디 가서 얼마를 벌고, 무슨 차를 얼마에 구입했다고 자랑하는 사람들 사이에서는 늘 외롭고 쓸쓸했지만, 안주 없이 생맥주를 마시는 문인들과 앉아 있으면 따뜻한 물에 발을 담갔을 때처럼 가슴이 데워졌다. 문학은 내게 영원히 다다를 수 없는 꿈일지도 모르지만, 꿈이 있는 한 그 꿈을 나누는 사람들 주변에 머물고 싶었다.

새로 단장한 외국인 아파트를 친정어머니께 맡기고 다시 미국으로 돌아왔다. 하이랜드의 집을 부동산에 내놓고 한국으로 영구 귀국하기 위해 수속을 밟기 시작했다. 나는 미국 국적을 갖고 있었기 때문에 내 나라에 가면서도 외국인과 같이 까다로운 절차를 거쳐야 했다. 미국 시민이라 좋은 점도 있었지만 내 나라에서 외국인으로 살아가는 것이 썩 내키는 일은 아니었다. 국적을 바꿀 생각도 했었다. 하지만 리사의 교육이나 건강 문제로 미국에 다시 들어올 경우를 대비하는 게 좋다는 변호사의 권유를 받아들여 미국 시민으로 남기로 했다.

미국에 돌아오니 또다시 아픈 추억들이 목을 졸랐다. 옷가지만 대충 챙겨 리사와 황급히 한국으로 떠났기 때문에 그리운 사람이 있던 그 자리만 비어 있었지 모든 것이 잘 정돈된 채 그대로였다. 부엌에서 커피를 끓이고 있으면 이층에서 "기희!" 하고 제임스가 내 이름을 불렀다. 그는 여전히 집 안 구석구석에서 살아 숨쉬고 있었다. 경제 불황과 높은 이자율 때문에 집은 좀체 팔릴 기미가 보이지 않았지만 나는 더 이상 그 집에 머물고 싶지 않았다. 내가 없어도 변호사가 집을 처분할 수 있도록 권한 대행 위임 계약서에 사인했다.

리사의 전학 문제와 건강 차트를 챙기고 분주하게 살림을 정리했다. 어느 것 하나 쉽게 버릴 수 없는 소중한 추억이 담긴 세간이었다. 그러나 제임스가 떠나버린 지금 더 이상 간직하고 있을 이유가 없는 물건들이기도 했다. 그가 떠난 지금, 홀홀 떠나보내지 못하고 연연할 것은 아무것도 없었다. 여섯 시간에 걸쳐 그와 함께 찍은 사진들을 벽난로에 넣어 태웠다. 사진 찍기를 워낙 좋아했던 남편인지라 날짜까지 꼼꼼히 기록해 정리한 사진첩이 스무 권도 넘었다. 사진을 추려 앨범 한 권에 모으고 불꽃 속에서 타들어가는 그의 웃는 모습을 바라보았다. 사랑과 죽음, 불행과 행복, 절망과 희망의 순간들이 주마등처럼 스쳐 지나갔다. 제임스가 죽은 뒤 고속도로를 정신없이 헤매다가 기절해 입술이 찢어져 응급실로 실려 갔던 아픈 추억들이 불꽃과 함께 타올랐다. 재가 되어 불꽃은 사라졌지만 가슴속에는 다시금 희망의 불길이 솟아오르고 있었다.

슬픔도 오래 견디면 희망이 되는 것일까? 서울로 향하는 내 발걸음이 어제의 아픈 상처를 딛고 희망으로 가는 견고한 돌계단이 되기를 간절히 소망했다.

떠나는 것이 두렵지 않다

한동안 사랑에 빠지려고 애를 쓰기도 했다. 한 인간을 사랑으로 받아들이는 것은 나를 조금씩 비우고 나의 삶을 상대방과 나누는 것이므로, 내 삶에 있는 많은 것들을 '사랑'이란 이름으로 덜어내고 싶었다. 외로움, 고통, 슬픈 추억을 가장 쉽게 치유할 수 있는 것이 사랑이라고 생각했다. 그러나 좀처럼 목숨 걸고 사랑해야 할 대상이 보이지 않았다.

대부분의 남자들이 내게 그다지 호감을 보이지 않았다. 심지어 가깝게 지내온 지인들조차 내가 혼자 사는 데 대해 부담을 느끼는 듯했다. 남자들은 똑똑해 보이고 경쟁 대상이 될 것 같은 여자들은 싫어하는 모양이었다. 지금은 많이 달라졌지만 20년 전만 해도 한국 남자들은 대개 — 적어도 그때 내가 느끼기에는 — 여자를 자기 삶의 일부분으로 받아들이기를 원했지, 동등한 입장에서 여자와 함께 삶을 나누려는 사람은 많지 않았다.

내가 가진 재산도 걸림돌이 되었다. 괜찮다 싶은 남자들은 여자의 재산을 달가워하지 않았다. 그렇지 않고 재산을 노리는 남자들은 일찌감치 내 쪽에서 경계를 하고 몸을 사렸기 때문에 마땅한 사람을 만나기가 쉬운 일이 아니었다. 더욱이 나는 육체의 민감한 끌림만으로 애인을 갖는다거나 결혼을 생각할 만큼 철부지도 아니었다. 다시 누군가를 만나 결혼을 하고 새로운 삶을 꾸리겠다는 생각은 꿈에도 없었다.

그래도 나는 쓸쓸했고 줄 끊어진 연처럼 마음 붙일 곳 없는 외로움이 심장을 찔렀다. 육체적인 외로움과 고통은 얼마든지 견딜 수 있었다. 하지만 인간에 대한 본질적인 그리움은 쉽게 지워지지 않았다. 결혼이란 두 사람이 하나로 합쳐지는 것이 아니라 두 개의 거울처럼 서로 마주보며 비춰주는 것이라고 나는 생각한다. 제임스는 분명 내 모습을 비춰주는 거울이었다. 기쁘거나 슬픈 일이 있을 때, 예쁜 옷을 샀을 때, 고통에 빠져들 때 그 거울 속에 비친 나를 들여다보며 나의 참모습을 찾으려 했다. 내 앞에 서 있는 그 남자에게 머리를 기대며 인생을 설계했다. 그러나 거울은 산산조각 깨어졌다. 거울 없이 지내는 삶은 늘 허전하고 외로웠다.

물론 그동안 내가 완전히 요조숙녀처럼 지냈다는 얘기는 아니다. 뜻 맞는 남자와 잠시 열애에 빠져 미래를 설계해본 적도 있었다. 하지만 내게 있어 가장 중요한 것은 내가 아니었다. 나에게 버섯처럼 몸을 기대고 있는 리사의 운명. 리사는 내가 영원히 지고 가야 할 십자가였고, 나는 그 십자가를 결코 내려놓을 수가 없었다.

　미국의 집은 도통 팔릴 기미가 없었다. 리모델링을 끝낸 서울의 외국인 아파트에는 이미 친정어머니가 올라와서 나의 귀국을 기다리고 계셨다. 한국에서 가져온 골동품이나 가구들은 다시 갖고 갈 필요가 없었기에 아트센터와 비영리 단체에 기증했다. 꼭 기념이 되고 버릴 수 없는 것들만 챙겨서 한국으로 보냈다. 리사가 쓰던 이층 침대와 제임스와 함께 사용했던 침실 가구, 서재의 책상과 책장, 응접실 세트, 바닥이 훤히 보이는 커다란 유리식탁 등은 경매인을 불러 하루 만에 모두 팔아치웠다.

　경매가 진행되는 동안 리사와 함께 팝콘을 튀겨 호수로 갔다. 일부러 느릿느릿 팝콘을 던져주며 시간을 보냈다. 해질녘 집으로 돌아와 보니 그 많던 가구가 다 사라지고 없었다. 커미션을 제하고 남은 돈은 부엌에 놓여 있었다. 텅 빈 집에서 리사 이름을 부르자 깊은 산속에서 울리는 메아리처럼 들려 으스스 소름이 돋았다. 한편, 모든 게 끝났다고 생각하니 속이 후련하기도 했다. 새삼 뒤돌아볼 일도, 아픔을 되새길 일도 없을 것 같았다.

　한국으로 영구 귀국할 시간이 앞으로 꼭 일주일 뒤였다. 우편물이 오면 한국으로 가도록 우체국에서 수속을 밟고, 재산 관리는 변호사에게 맡겼다. 은행 계좌도 닫아두었다. 당분간 쓸 돈을 찾아 한국으로 송금하는 일이 남아 있었다. 또 하나 남은 일은 송별 파티였다.

10년 가까이 여러 아트센터에서 강연을 하다 보니 많은 학생들과 만날 수 있었다. 그들은 내가 한국으로 영구 귀국할 거라는 소식을 듣고는 매우 섭섭해 했다. 어떤 학생은 우리 집 앞에 내건 세일 표지판을 뽑아 감추기도 했다. 하지만 내가 막상 결심을 굳히자 내 삶을 축복해주었고 진심을 다해 송별 파티를 열어주었다. 그들 눈에는 이국의 여인이 암으로 남편을 잃고 다운증후군을 앓는 어린 딸을 데리고 제 나라로 돌아가는 모습이 무척이나 애처로워 보였을 것이다.

한 달이 넘도록 송별 파티에 불려 다녔다. 위로받고 껴안고 눈물 흘렸다. 그런데 그 모든 것은 제임스와 함께 보낸 날들과 연관되어 있었다. 제임스를 기억하고 또 추억하는 일이 지겹고 고통스럽기까지 했다. 그렇다고 그들의 호의를 거절할 수는 없었다. 그 사람들은 제임스를 떠나보내면서 슬퍼했고, 나를 떠나보내면서도 또 한번 작별의 눈물을 삼키고 있었기 때문이다. 돌이켜보면 참으로 분에 넘치는 사랑을 받고 살아왔다. 문화적 차이로 갈팡질팡할 때도 인내심을 갖고 어여쁘게 봐주었고, 나를 '이기희'라는 한 인간으로 받아들여주었다. 나는 두렵지 않았다. 어디에서 무엇을 하며 어떻게 살든지 간에 그들이 내게 보여준 믿음과 사랑은 내 곁을 떠나지 않을 테니까. 그들은 한결 같이 입을 모아 격려해주었다.

"무엇을 하든 넌 꼭 해내고 말 거야!(Whatever you do, I am sure you will make it!)"

다시 쌓은 모래성

빈집에서 리사와 단둘이 지내는 일은 썰렁하다 못해 을씨년스러웠다. 장례식 후에도 두려움 없이 혼자서 잘 지내던 집이 막상 떠나려고 하니 내 옷자락을 잡고 늘어지는 것 같아 문득문득 무서운 생각이 들었다. 아무래도 안 되겠다 싶어 가끔씩 집안일을 봐주던 한국 아주머니와 그 아들을 집에 오게 해서 같이 지냈다. 다섯 살배기 아들은 리사와 아주 잘 지내는 터라 한결 마음이 놓였다.

우리 넷은 바닥에 매트를 깔고 살았다. 리사와 꼬마는 넓은 집이 좋은지 신나게 축구를 하며 이리저리 뛰어다녔다. 부엌살림이라고는 달랑 커피 잔 두 개뿐이라 끼니때면 식당을 전전하며 배를 채웠다. 하루빨리 이 생활을 접고 서울에 가서 새로운 삶을 시작하고 싶었다.

그러나 인생이란 각본도 없다. 주인공에게 예고도 없이 사건을 만들고, 그 사건들은 한 인간의 운명을 송두리째 바꾸어놓는다. 그때 그 일을 하지 않았으면 내 운명이 바뀌었을 텐데, 그때 그것을 했더라면 행복해졌을 텐데, 하고 후회해도 운명은 심술궂은 웃음만 날릴 뿐이다. 때로는 장난삼아 무심코 밧줄을 던져 익살맞게 두 사람을 묶어놓기도 한다. 한국으로 영구 귀국할 날을 7일 남겨두고 중국집에 들렀다가 우 서방(친정어머니와 내가 그를 부르는 별칭이다)을 만났으니 이것은 완전히 희극 중의 희극이다.

우체국에 가서 주소를 바꿔놓고 집으로 돌아올 때였다. 공복감을 참을 수가 없었다. 어디를 갈까 잠시 망설이다가 근처에 있는 중국 식당을 기억해냈다. 평소 중국음식을 별로 좋아하지 않았지만 대충 한 끼 때우자는 생각이었다. 그런데 바로 그곳에서 두 번째 남편인 우 서방을 만나게 되었다.

식사가 끝나고 막 자리에서 일어날 참이었다. 웨이트리스가 시키지도 않은 아이스크림을 갖다 주는 것이었다. 웬 거냐고 물어보니, 주인이 그냥 서비스로 보냈다고 했다. 아이스크림 위에는 늘 그렇듯이 포천쿠키가 얹혀 있었다.(중국식당에서는 아이스크림을 낼 때 경구가 적힌 포천쿠키를 얹어놓는다. 별 도움은 되지 않지만 재미있는 내용들이 씌어 있다.) 쿠키에는 다음과 같은 글이 씌어 있었다.

"남자는 펼쳐놓은 책과 같다."

해석인즉, 남자란 읽는 사람이 어떻게 해석하느냐에 따라 내용이 달라지는 책과 같다는 뜻이다. 나는 별 이상한 경구도 다 있다고 생

각하면서 종이를 구겨 재떨이에 버렸다. 그때였다. 키가 작고 얼굴
색이 까만 남자가 테이블 앞으로 다가왔다.

"잠깐 앉아서 얘기해도 괜찮으시겠습니까?"

남자는 자신이 이 식당의 주인이자 조금 전 포천쿠키를 보낸 사람
이라고 소개를 했다. 나는 심드렁하게 대꾸했다.

"당신이 식당 주인인데, 앉거나 말거나 마음대로 하세요."

그는 여동생인 트리사를 통해 오래전부터 나를 잘 알고 있었다며
제임스에 대해 정중하게 조의를 표했다. 내 과거를 아는 사람이 또
하나 나타나 동정 어린 시선으로 나를 쳐다보는 것도 불쾌했고, 나
는 이제 곧 떠날 몸이었으므로 그가 어떻게 하든 개의치 않고 쌀쌀
맞게 굴었다. 한국으로 떠나기 전에 한 번만 저녁 식사를 같이 하자
는 그의 제안을 일언지하에 거절하고 식당을 나섰다. 그래도 기분이
나쁘지만은 않았다. 거절한 것은 내 자존심이고 내 사정이었지만,
누군가 내게 이성으로서 관심을 보인다는 것이 위로가 되기도 했다.
자동차에 타고 막 시동을 걸 때였다. 어느새 따라 나왔는지 그가 차
옆에 서서 말했다.

"목요일 저녁 6시에 당신을 모시러 가겠습니다."

나는 아무 대답도 하지 않고 그대로 차를 몰았다. 그러고는 여기
저기 송별 파티에 참석하느라 그가 마지막으로 했던 말을 까마득히
잊고 있었다.

정확히 이틀 뒤, 목요일 저녁 6시에 정장을 한 그 남자가 황금색
벤츠를 타고 나를 데리러 왔다. 양복 윗주머니에는 빨간 손수건을

꽂고 있었는데, 식당에서 봤을 때와는 아주 딴판이었다. 그래도 나는 줄곧 그를 무시하려고 애썼다. 그럴 때마다 그는 나를 감싸주며 부드럽게 누그러뜨렸다. 생각해보면 나는 남편을 잃은 후로 온몸에 가시를 바짝 돋우고 살았던 것 같다. 그 누가 됐든 나를 함부로 건드리지 못하도록 잔뜩 긴장하고 지내왔던 것이다. 한데 그는 달콤한 화술을 구사하지도, 뛰어난 용모를 가지지도 않았지만 용케도 고슴도치의 가시를 피해가는 재주가 있었다.

식사가 끝날 무렵에 그가 마치 선언을 하듯이 단호하게 말했다.

"당신은 반드시 나와 결혼할 겁니다."

기가 막히고 어이가 없어 대답도 못한 채 우물거리고 있는데 그가 마지막으로 쐐기를 박았다.

"나는 지금껏 내가 갖고 싶은 것이라면 무엇이든 꼭 손에 넣었지요. 그런데, 하물며 내가 사랑하는 사람을 놓칠 리 있겠습니까? 우리는 결혼할 겁니다."

이미 한국으로 짐도 부쳤고, 앞으로 5일만 있으면 한국으로 떠날 예정이었다. 나는 그의 말을 귀에 담지 않았다.

'할 테면 해보라지. 이제 와서 내가 결혼을 할 것 같아? 돌아갈 날이 이제 닷새밖에 안 남았는데 어떻게 나를 꼬이겠다는 거야?'

여러 가지 조건상 불가능해 보였기 때문에 안심이 되어서 그랬는지, 떠나는 여자를 사모하는 그의 모습이 측은해 보이기까지 했다. 하지만 5일 후 나는 데이튼을 떠나지 못했고, 결국은 돈키호테에다 홍길동을 섞어놓은 듯한 이 엉뚱한 남자와 함께 20년 가까이 별 탈

없이 살게 되었다. 그 화려하고 날이 드센 많고 많은 도끼를 피하고도 그토록 짧은 시간에 그가 던진 허름한 도끼에 넘어진 내 자신을 점검해보면, 아마도 내가 손자병법을 무시했기 때문일 것이다.

그는 '이기희'라는 여자에 대해 그동안 스스로 모은 자료—동생이나 이웃들에게 물어서—를 토대로 확실한 목표를 가지고 덤벼들었고, 나는 그런 술책도 모른 채 그를 무시하고 방관하다가 그냥 맥없이 쓰러진 것이다. 꿈에라도 이 남자와 결혼해서 아이까지 낳고 살리라는 생각을 안 했기 때문에 인간적으로 동정하는 척 호의를 베풀었고, 그러다가 그가 쳐놓은 덫에 단단히 걸려 넘어지고 만 것이다. 그러나 지금까지 그 덫에 걸린 걸 후회해본 적이 없다. 덫을 쳐놓은 것은 그였지만 그 덫에 걸리기를 내가 은근히 바라고 있었을 테니까. 겉으로는 무시하고 안 잡히려고 노력했지만 그가 던지는 그 마술의 덫이 달콤하고 향기로워서 그냥 비켜갈 수 없었으니까. 그 향기는 비록 내가 지금까지 알고 느끼고 살아오던 향기와 달랐지만, 또 다른 자극으로 내 삶을 충동질하고 불붙게 하였으므로.

언제 다시 허물어질지 모르는 일이지만, 위험하기까지 한 그 알지 못할 향내가 주는 방향으로 나는 다시 모래성을 쌓기 시작했다.

발가락이 닮았다

첫 데이트가 끝나자 그는 마치 퍼붓는 소나기처럼 나에게 덤벼들기 시작했다. 귀국할 날짜가 코앞에 다가왔으니 그로서는 온갖 수단을 동원하는 수밖에 없었을 것이다.

다음날 내가 이웃 친구들과 송별 식사를 하는 동안 그는 두 아이와 집안일을 봐주는 아줌마를 데리고 맥도날드에 갔다. 나와 가장 가까운 사람부터 공략하기로 작심한 듯했다. 엊저녁까지만 해도 중국사람인 데다 식당 주인이고, 얼굴이 까맣고 키도 작다며 우 서방을 달갑지 않게 여기던 아줌마도 어떤 수에 넘어갔는지 그를 칭찬하기 시작했다. 리사는 대번에 그를 '대디(아빠)'라고 불렀다. 물론 "진짜 대디는 아니야."라고 덧붙이긴 했지만 말이다.

내가 리사에게 "왜 대디라고 부르니?" 하고 물었더니 아이는 이렇게 대답했다.

"대디는 정말 부자야. 대디 식당에 가면 콜라 기계도 있어요. 누르기만 하면 콜라가 계속 나와요. 돈을 안 줘도 마음대로 먹을 수가 있어요. 정말 대디는 무지무지 부자야."

리사는 콜라를 무척 좋아했는데, 아마도 그가 리사에게 콜라를 무진장 사 먹인 모양이었다. 거기다 자기 식당으로 데려가서 콜라가 나오는 기계를 보여주었으니 리사가 그 자리에서 그를 아빠로 삼기로 마음먹은 것 같았다.

한데 기막힌 일은 그 다음날에 벌어졌다. 아예 그가 짐을 싸가지고 우리 집으로 들어온 것이다. 1분 1초가 아까운데 못할 일이 뭐 있겠냐는 태도였다. 그는 절대로 귀찮게 하지 않을 테니 그저 방 한 칸만 빌려달라고 했다. 그리고 황당한 소리를 덧붙였다.

"이 큰 집에 여자랑 아이들만 있는 것보다 그래도 남자가 한 명쯤 같이 있는 게 좋지 않겠어요? 기희 씨는 송별회 때문에 바쁠 테니까 제가 아이들 잘 돌보고 있을게요."

그의 짐이라고는 양복 다섯 벌과 세면도구, 속옷 몇 가지가 전부라 쫓아내고 들여놓고 할 명분조차 없었다. 나중에 결혼하기로 결심했을 때 그에게 이삿짐을 언제 다 가져올 거냐고 물었더니 처음에 가져왔던 짐이 자기가 가진 전부라고 했다. 나는 또 한번 기가 막혔다. 그는 너무 쉽게 살았고 모든 것을 너무 편하게 처리했다. 제임스가 규칙대로 성실하게 자신이 그어놓은 선 안에서 절대로 벗어나지 않고 살았다면, 그는 불규칙했고 제 마음 끌리는 대로 선을 그었다.

또 남이 그어놓은 선도 제 것인 양 착각하고 아주 쉽게 넘나들면서 살았다. 아마도 그런 점이 나를 편하게 하지 않았나 싶다.

뉴욕에 사는 시아버지가 심장병 수술을 받게 된 것도 그에게 시간을 벌어주었다. 하나뿐인 외아들을 잃고 며느리마저 자기 나라로 돌아간다는 걸 알면 시부모님이 많이 상심하실 것 같았다. 그래서 거짓말이긴 하지만 한국에 나가서 얼마간 살다 돌아오겠다며, 뉴욕으로 마지막 인사를 드리러 갈 참이었다. 한데 시아버지가 막상 수술을 받으신다고 하니 차마 한국으로 들어간다고 인사를 드릴 수가 없었다.

게다가 그동안 한 번도 말썽을 부리지 않았던 지하실의 물 펌프가 터져버렸다. 그걸 수리하느라 또 이 주일이나 귀국 날짜를 늦춰야 했다. 이것저것 돌아가는 사정이 '기희 귀국 지연 작전'이라도 벌이는 듯했다. 귀국이 자꾸 늦어지자 한국에 계신 친정어머니가 매일 전화를 해서 혹시 내가 아픈 건 아닌지, 사고가 생긴 건 아닌지 몹시 걱정하셨다.

이웃과 친구들도 한몫 거들었다. 안 그래도 내가 떠나는 걸 섭섭해 하던 차에 우 서방이 내 옆에 나타난 걸 보고는 다들 환영 일색이었다. 그가 식당을 통째로 비워 마련한 '기희 송별 파티'에는 한 사람도 빠짐없이 참석했다. 명분은 송별 파티였지만 왠지 모르게 분위기가 묘하게 돌아갔다. 그걸 눈치 챘으면서도 나는 모른 척 그가 베푼 파티에서 즐거운 시간을 보냈다. 얼른 서울로 가야 한다고 다짐하면서도 그와 함께 남고 싶은 생각도 들었다. 나도 모르는 사이 마음이 그에게 많이 기울고 있었나.

불같이 달려드는 그의 작전과 충동적인 나의 기질이 맞아떨어지면서 우리는 만난 지 한 달이 못 되어 처음 그가 호언장담했던 대로 살을 맞대고 사는 부부가 되었다. 결혼식은 되도록 조출하게 치르고 싶어 그에게 양해를 구하고 여섯 사람만 초대했다. 같은 교회를 다니던 박우공 장로 부부와 제임스의 죽음을 함께 지켜주었던 앤 부부, 그리고 그의 여동생 부부가 참석했다.

피로연은 그가 경영하는 레스토랑에서 가졌다. 데이트 첫날 그가 고백했던 것처럼 그는 정말 빈털터리였다. 대만 명문가의 부잣집 둘째로 태어나 홍콩에서 영화 제작을 하면서 그야말로 호화롭게 살았지만, 나를 만날 즈음엔 그가 관계하던 사업이 부도가 나면서 사정이 영 말이 아니었다. 그리고 영화배우였던 전 부인이 두 아이를 키우고 있어서 매달 천 달러에 가까운 생활비를 대만으로 송금해야 했다. 시댁은 예전처럼 재벌은 아니지만 형제들이 모두 재벌가와 결혼해서, 데이튼에 사는 여동생과 우 서방을 빼고는 여전히 부자로 잘 살고 있었다. 그가 경영하는 레스토랑은 시누이와 동업을 하는 가게였다. 그때까지 여동생 집에 얹혀살았는데, 우 서방은 지금도 그렇지만 돈에는 도통 관심이 없었다. 그래서 돈은 우 서방이 벌고 그 돈은 시누이가 새롭게 벌인 블루칩 컴퓨터 회사로 들어갔다.

우 서방의 통장에는 1만7천 달러밖에 들어 있지 않았다. 그 돈으로 캐딜락 보증금을 내고 침대를 사자 순식간에 전 재산이 몽땅 날

라갔다. 새 집으로 옮길까 해서 우 서방과 여기저기 돌아다녔지만 레스토랑에서 나오는 월급으로는 어림도 없었다. 그런데도 그는 기죽지 않았다. 자기는 스물세 살에 5억을 벌어본 사람이라며 큰소리를 땅땅 쳐서 내 속을 뒤집었다.

"돈 걱정은 절대 하지 마. 지금은 부자가 아니지만 앞으로 당신을 부자로 만들어줄게. 나는 다른 건 몰라도 돈 버는 거하고 아기 만드는 건 누구보다 잘할 자신이 있으니까. 아기도 여러 명 낳고 당신 늙기 전에 부자로 만들어줄 거야. 이 두 가지는 꼭 지킬 수 있어."

요즘도 가끔 농담 삼아 "언제쯤 나를 부자 아줌마로 만들어줄 건데?" 하고 물으면 이렇게 능청을 떨곤 한다.

"여자한테 환심을 사려고 한 약속을 곧이곧대로 믿는 여자가 바보지 뭐. 하지만 난 50퍼센트는 지켰어. 부자가 되는 건 당신 팔자 문제고, 적어도 멋진 아이들을 낳게 해준 건 틀림없잖아."

그는 한번 약속한 일에 대해선 지키려고 열심히 노력했다. 부자는 아니더라도 아침부터 저녁까지 부지런히 움직여 돈을 벌었고, 그 돈을 내게 바쳤다. '바쳤다'는 표현이 좀 뭣하기는 하지만, 양반은 돈을 손에 쥐지 않는다는 말을 실천이라도 하듯 그는 돈을 버는 데에만 신경을 썼고 그 셈은 내가 했다. 통장에 조금씩 돈이 쌓이기 시작하더니 하나뿐이던 식당이 점점 번창해 체인점이 되어갔다. 나중에는 75번 고속도로를 중심으로 켄터키 주까지 일곱 개로 불어났다. 그즈음에는 새벽에 일어나서 돈을 세야 점심때쯤 은행에 입금할 수가 있었다.

그는 우리 식구 중에서 리사에게 각별히 신경을 쏟았다. 그와의 사이에 태어난 크리스티나와 막내아들 크리스가 있어도 그는 항상 리사를 최우선으로 챙기는 일에 소홀하지 않았다. 그 모습을 보면서 나는 그에게 깊은 존경심과 신뢰를 가졌다.

언젠가 파티 때 맨발로 서 있는 리사를 보고는 친구가 신기하다는 듯 물었다.

"누굴 닮아서 이렇게 발가락이 벌어진 거야?"

리사는 엄지발가락과 둘째발가락 사이가 유난히 벌어져 있다. 다운증후군 아이들 중에는 발가락이 벌어지거나 기형인 아이들이 가끔 있다. 그러자 우 서방이 자기 발을 쑥 내밀고는 말했다.

"닮긴 누굴 닮아. 아빨 닮았지."

그 말에 손님 중 한 명이 우스갯소리로 응수했다.

"닮긴 뭐가 닮았어? 하나도 안 닮았잖아."

이에 질세라 우 서방이 발가락 사이를 벌리며 말했다.

"자세히 봐, 똑같이 생겼잖아. 이렇게 발가락이 닮았는데, 안 닮긴 뭐가 안 닮아?"

"그래, 닮았다 닮았어."

그날 모인 사람들은 모두 가슴 뭉클함을 느꼈다. 정말 그랬다. 리사와 그는 서로 발가락이 닮았다. 그래서 리사는 이 세상 누구보다 소중하고 사랑스런 그의 딸이다.

와인, 꽃 그리고 촛불

내게는 두 번째 딸이자 우 서방과는 첫 번째가 되는 크리스티나를 갖게 되었다. 배가 불러오고 출산일이 임박해졌다. 그와 더불어 제임스의 기일이 가까워오자 친구들과 이웃들은 뱃속의 아이가 행여 제임스가 세상을 떠난 날에 태어나 내가 슬퍼하지 않을까 걱정했다.

사람들의 염려에도 불구하고 크리스티나는 건강한 울음소리를 터트리며 제임스가 떠난 바로 그날 이 세상에 태어났다. 나는 안다. 1년 365일 그 많은 날들 중에 하필이면 제임스가 죽은 그날에 크리스티나가 태어났는지를. 그는 내게 말했다.

"내가 떠나더라도 당신은 좋은 사람 만나 건강하고 예쁜 아이를 낳았으면 좋겠어."

내가 가장 슬퍼하고 절망에 빠졌던 그 시간들을 기쁨으로 채워주기 위하여 제임스는 그날 내게 새 생명을 선물했을 것이다. 그는 아마 죽어서도 여전히 내 걱정을 하고 있을 것이다.

제임스의 기일은 1월 7일이다. 크리스티나가 어릴 적에는 생일 하루 전날에 파티를 해주었기 때문에 한동안 티나는 제 생일이 1월 6일인 줄 알고 있었다. 아이가 자라고 여권에 기입할 생년월일을 적다가 자기 생일이 제임스의 기일인 것을 알게 되었다. 딸아이가 나를 껴안으며 말했다.

"마미, 이제 그만 슬퍼해도 돼요. 리사 아빠가 돌아가신 날에 내가 태어난 게 얼마나 큰 축복이에요."

그렇다. 그는 내 곁을 떠났지만 오랫동안 내 곁에서 나를 축복하기 위해 티나를 보냈을 것이다. 건강하게 무럭무럭 자라는 아이를 갖고 싶어하던 내 소망을 위해 그는 한 다발 생명의 선물로 답신을 보냈을 것이다.

첫 딸 크리스티나를 낳고 막내아들 크리스를 낳기까지 나는 두 번 유산을 했다. 무리하게 사업을 확장하는 바람에 남편 뒷바라지하느라 새벽에 일어나 자정이 넘도록 일을 해야 했기 때문이다. 첫딸 크리스티나를 낳고 둘째를 임신했을 때 유산 기미가 보였다. 의사가 주의를 주었는데도 상황이 상황인지라 계속 강행하다가 그만 5개월이 다 되어 유산을 하고 말았다. 우 서방은 눈물을 흘리며 안타까워했다. 내 나이 서른다섯 살에 다시 셋째를 가졌다. 늦은 임신이라 의사는 여러 번 경고를 했다. 하지만 그때는 켄터키 주까지 레스토랑이 성업 중이어서 장거리 여행을 많이 할 수밖에 없었다. 결국 셋째도 잃고 말았다. 임신 6개월째로 접어들 무렵이었는데 탯줄이 끊어진 것도 모르고 무리하게 일을 하다가 유산이 되어버린 것이다. 까딱하면 나도 생명이 위험할 뻔했다. 두 번째 잃어버린 아이는 태어난 후에 죽었기 때문에 인형처럼 작은 발자국이 찍힌 출생 카드를 받아들기 무섭게 사망확인서에 서명을 해야 했다. 아이를 둘씩이나 몸속에서 키우다 어이없이 잃고 나니 모든 것이 슬프고 공허해지기 시작했다.

그 사이 시집 식구들은 새로 시작한 우리의 신혼 생활을 축복해주기 위해 벌떼처럼 모여들었다. 형제가 워낙 여럿이다 보니 집안 식구들이 오면 그 뒤치다꺼리를 하는 것만도 벅찼다. 다행히 친정어머니께서 아이들 키우랴 사업하랴 눈코 뜰 새 없이 바쁜 나를 도와주려고 오신 덕분에 한결 편해졌다. 그때 오셨던 어머니는 아직까지 귀국을 못하시고 지금까지 우리 집에서 아이들을 돌봐주고 계신다. 우리 두 아이는 외할머니 품에서 자라면서 각별한 사랑을 받은 덕에 인정 많고 행복한 아이로 성장했다. 시어머니는 후덕하고 세련된 분이지만 한 번도 손수 집안 살림을 해본 적이 없어서 우리 집에 계실 때면 남편과 내가 시중을 들어야 했다. 또 미국에 오시면 시누이 집은 제쳐놓고 1년에 8개월 이상 우리 집에 머무셨다. 우 서방은 시어머니를 끔찍할 정도로 잘 모셔서 곁에서 보는 나도 감동을 받을 정도였다. 만약 나와 우 서방 사이가 좋지 않았다면 질투의 불씨가 되고도 남지 않았을까 싶다.

아이를 두 번이나 잃고 실의에 빠지기도 했지만 재혼 후의 일상은 행복한 시간들로 채워졌다. 사업은 하루가 다르게 번창했고 각종 신문과 텔레비전, 잡지 등에서 레스토랑 업으로 성공한 우리들의 기사를 특종으로 다루었다. 기자들이 성공 비결을 물어볼라치면 우 서방은 자기는 영어가 딸리니까 '스피커 오브 하우스', 즉 우리 집 대변인인 아내에게 물어보라며 뒤로 빠졌다. 그는 체구는 작았지만 대국인답게 그릇이 크고 생각이 깊었다. 무엇보다 인간에 대한 배려가 남달랐다. 나에 대한 기대나 자부심도 대단해서 주위 친구들이 그를 '제임스보다 더 독한 바보'라며 놀려댔다. 장난처럼 만나 행복한 결말을 맺은 우리들 사랑 이야기는 한동안 데이튼 곳곳을 전설처럼 돌아다녔다. 내용인즉 이랬다.

미국인 남편이 공주처럼 떠받들며 사랑하던 어리고 예쁜 여인이 있었다. 불행히도 그 여인은 다운증후군 아이를 낳고, 또 신의 질투로 남편을 식도암으로 잃고 만다. 불쌍한 여인은 이국 생활의 외로움을 이겨내지 못하고 자기가 태어난 나라로 다시 돌아가기로 마음먹는다. 하지만 신은 이번엔 레트 버틀러처럼 끼 많고 재미난 남자를 만나게 해서 결혼시키고 데이튼에 영원히 정착하게 한다.

이쯤 되면 숍 오페라(Soap opera: 미국에서는 일일연속극을 이렇게 부른다. 처음 연속극이 방영될 때 큰 비누회사에서 스폰서를 해준 경우가 많아서 비누 선전이 되었기 때문이다.)가 될 만하다. 하지만 나는 그 이야기의 주인공처럼 슬프지도 불행하지도 않았다. 그렇다고 내 삶이 언제나 행복했던 건 아니다. 남편이 출근하면 세 아이들 목욕시키고 두 딸아이 머리에 리본 달아 학교에 데려다주고, 집으로 돌아와서는 남편이 번 돈을 세어 은행에 입금시키고, 급한 문제가 있는 레스토랑에 가서 문제 해결하고, 오후에 아이들 데려와서 그림, 피아노, 발레 학교에 데려다주었다. 일요일 주말이면 크리스를 데리고 야구와 축구 시합에 갔고 리사와 장애자들이 참가하는 올림픽에 가서 응원해야 했다. 집안일을 해주는 루시가 있었지만 출퇴근을 했기 때문에 날이 저물면 아이들 목욕시키고 숙제 도와주고 침실에 들여보내고 나면 눈앞이 어질어질했다. 도무지 내 시간이라고는 없었다.

우 서방도 바쁘기는 마찬가지였다. 레스토랑이 늦게 끝났기 때문에 11시가 넘어서야 겨우 퇴근을 했다. 금요일과 토요일 같은 주말에는 더 바빴다. 우 서방이 아침 일찍 레스토랑으로 나가고, 내가 오후에 출근했다가 자정이 넘어 각자 차를 타고 돌아올 때면 그가 뒤에 따라오면서 5분 간격으로 헤드라이트를 높였다 낮췄다 해주었다. 혹시라도 내가 졸음 운전을 하지 않도록 신경을 써주는 것이었다.

리사 아래로 낳은 두 아이는 보통 사람들 눈에는 그냥 잘 크는 아이들이었지만 우리 눈에는 그런 모습이 기적처럼 신기해 보였다. 장애아를 키워본 사람은 알 것이다. 부모들이 얼마나 터무니없이 욕심을 부리고 아이들을 닦달하는지 말이다. 우리에게 크리스티나와 크리스는 기적이요 희망이었다. 아이들이 말을 하고 걸음마를 하는 것도 내게는 경이로웠다. 우리가 하도 아이들 자랑을 늘어놓으니까 시누이가 핀잔을 주었다. 이 세상 아이들이 모두 말하고 걷고 글을 쓴다고. 아무리 그렇다고 해도 우리 아이들은 하느님께서 내게만 내려주신 소중한 기적이었다.

우 서방은 식당에서 늘 중국음식에 싸여 있으니까 집에서는 그쪽 음식을 별로 좋아하지 않았다. 홍콩에서 영화 일을 할 때 12년 동안 호텔 생활을 했는데 — 집에서 살면 관리하기가 귀찮다는 이유로 — 그때 몸에 밴 습관인지 프랑스 음식과 일식을 즐겨 먹었다. 나는 제임스와 살면서 익힌 서양 요리를 프랑스 요리와 접목해서 남편을 감동시키려고 매일매일 식단을 새로 짜고 하루도 빠짐없이 만찬을 준비했다. 우 서방이 퇴근하면 우리는 한 사람씩 번갈아 목욕을 한 후 자정이 넘어서야 천천히 식사를 했다. 나는 아이들 뒷바라지와 식당 카운터 일 — 돈은 꼭 내가 챙겨야 했다 — 파김치가 되어버려 그가 채 식사를 끝내지도 않았는데 졸음이 몰려와 그의 얼굴이 두 개로 보였다. 그래도 나는 행복했고 아무리 피곤해도 지치지 않았다. 시간에 쫓기면서도 생일 파티장에 떠 있는 풍선처럼 늘 공중에 매달려 있는 기분이었다.

그동안 살던 하이랜드 매도우의 집을 등지고 라이트하우스로 이사한 것이 이 무렵이었다. 식구도 많이 늘어났고 시집 식구들이라도 오면 방 네 개짜리 집으로는 감당이 안 되어 화실로 쓰던 곳이 손님방이 되었다. 이제는 그림을 그릴 시간도, 그릴 장소도 사라진 것이었다.

그래서 그동안 저축해둔 돈으로 1990년에 지금의 집으로 이사를 했다. 크리스의 첫 돌잔치도 이 집에서 치렀다. 옛날부터 마음속에 꿈꾸어오던 집이고 내가 직접 집을 디자인하고 실내 장식을 했기 때문에 애착이 남다른 집이다. 침실이 여섯, 서재 둘, 화실 둘, 큰 응접실과 가족실, 오락실과 큰 식당, 작은 식당, 그리고 어머님이 거처할 공간을 따로 마련한 집으로 이사를 했다.

붉은 와인 향내가 퍼지는 집. 테라스로 나가면 다람쥐가 기웃거리고 뒤뜰로 산책할 수 있는 작은 오솔길이 있는 집, 사철 내내 꽃들이 다투어 피고 향기 나는 촛불과 벽난로의 장작이 밤톨 굽히는 소리를 내는 곳, 행복이 가슴으로 번지는 집을 갖게 되었다. 무엇보다 그 집은 늘 내가 사랑하는 사람들로 가득 차 있어서 더욱 아름다웠다.

등대 길의 붉은 벽돌집

사람들은 우리 집을 라이트하우스 매너(Lighthouse Manner)라고 부른다. 라이트하우스는 등대라는 뜻인데 우리 집으로 꺾어 들어오는 길 이름이다. 매너는 푸른 대지 위에 웅장하게 서 있는 집, 큰 건물과 넓은 토지를 가진 대형 주택을 말한다. 그러니까 라이트하우스 매너라고 하면 '등대 길에 있는 대저택'이 되는 셈이다. 그렇다고 우리 집을 영화 〈바람과 함께 사라지다〉에서 스칼렛 오하라가 살았던 타라의 농장 정도로 상상하지는 말기 바란다. 물론 작은 집이라고 할 수는 없지만 이웃집과 비교해보면 특별히 크지도 않다. 그런데도 동네 사람들이 우리 집을 매너라고 부르는 건 집이 좀 길게 생긴데다 중세 수도원처럼 창문 달린 방이 여럿 있기 때문일 것이다.

우리 집은 미국의 전형적인 중산층이 살고 있는 중서부 도시의 교

외에 있다. 솔직히 말하면 중산층보다는 한 단계 높은 상류층들이 모여 사는 곳이다. 하지만 우리 집이나 이웃들이 모두 부자는 아니다. 물론 부자라는 개념은 국가에 따라 혹은 개인이 속한 사회에 따라 달라지겠지만, 적어도 미국에서 '부자' 라고 말할 때는 보통 우리의 상상을 초월하는 수준이라고 보면 된다.

미국에서는 억만장자의 상속인으로 태어나거나 마돈나, 빌 게이츠, 마이클 조던, 조지 클루니 같은 세계적인 유명 인사를 빼고는 그냥 제 힘으로 열심히 벌어서 부자가 되기는 아주 힘들다. 확신하건대, 정당한 방법으로 돈을 벌어 세금 바치고 할부금 내고 자동차 굴리고 가족과 함께 여행하고 남은 돈으로 부자가 되기는 낙타가 바늘 구멍으로 들어가는 것보다 더 어려운 일이다. 우리 집도 예외는 아니다. 아무리 뼈 빠지게 돈을 벌어도 3분의 1 이상을 세금이란 명목으로 국가에 헌납해야 한다. 미국은 수입에 정비례해서 기막히게 세율이 오르는 나라다. 저축을 많이 해도 그만큼 이자 소득세를 내야 하기 때문에 평생 부자 되기를 포기하고 적당히 즐기며 사는 것이 오히려 마음 편하다. 그래서 아무리 중산층이라고 해도 돈을 펑펑 쓰며 호기를 부릴 수 있는 사람이 별로 없다. 대부분은 할인 쿠폰을 알뜰히 모으고, '클리어런스 세일', 즉 대청소하듯 재고품을 저렴하게 파는 곳을 찾아다니며 근검절약하는 법을 연구하며 살아간다.

이렇게 평범한 중산층 가정으로 라이트하우스 매너에 둥지를 튼 지도 벌써 14년이 넘었다. 좀더 정확히 말하자면 14년에다 한 달을 더한 시간만큼 이곳에서 살았다. 워낙 숫자 감각이 없고 시간 개념마저 오락가락하는 내가 이렇게 정확히 계산해낼 수 있는 것은 순전히 막내 크리스 덕분이다. 크리스의 첫돌에 맞춰 이 집으로 이사를 왔기 때문이다.

1990년 이곳에 이사 오기로 결심한 것은 아이들 때문이었다. 나이도 어렸고 유별나서 좀더 안전한 동네를 찾았던 것이다. 지금 살고 있는 붉은색 이층 벽돌집은 라이트하우스에서도 맨 안쪽의 컬디섹(cul de sec)에 자리 잡고 있다. 컬디섹이란 길이 끝나는 구역을 타원형으로 조성하여 그곳에 네댓 집 정도를 서로 마주보는 방식으로 지어놓은 곳인데, 한국으로 치자면 넓은 골목길 끝에 있는 막다른 집쯤 된다. 거주하는 사람 외에는 불필요한 차량 통행이 적은 데다, 대체로 경관이 좋고 땅이 넓은 편이라 주택지로 선호하는 곳이다. 그만큼 집값도 비싸지만 아이들을 위해 경제적인 부담을 감수하고 마련한 집이다.

이곳으로 이사 오기 전까지는 여기서 15분 거리에 있는 하이랜드 매도우라는 트라이래블(Tri Level)에서 살았다. 하이랜드란 높은 언덕이란 뜻이고 매도우는 초원 혹은 풀밭을 뜻한다. 그러니까 나는 '언덕 위의 초원'이라는 동네에서 살았던 셈이다. 트라이래블이란, 들어가는 현관은 일층 집인데 안쪽으로 들어가면 이층으로 올라가는 침실이 있고 아래층으로 내려가는 계단이 있어 실제로는 삼층의 기능을 하는 집을 말한다. 그 집에는 동네 꼬마들이 축구를 할 정도로 큰 마당과 딸기밭, 채소밭, 그리고 작은 개울이 있었다.

나는 그 집에서 10년을 살면서 심장 기형과 다운증후군으로 꺼져

가는 촛불 같던 리사의 목숨을 지켜냈으며 식도암으로 제임스를 떠나보내야 했다. 그리고 〈바람과 함께 사라지다〉의 레트 버틀러 같은 끈질긴 남자와 재혼하여 그 집에서 두 아이를 낳았다. 그 집에서 반을 제임스와 지냈고 반은 우 서방과 살았다.

이제 다시는 언덕 위의 초원으로 돌아갈 수 없다. 내가 제임스와 함께 한가로이 양떼처럼 풀을 뜯던 그 집에는 NCR의 부사장으로 근무하는 사람이 살고 있다. 독일 혈통의 밀턴 씨와 그의 아내는 소꿉장난을 하듯 노랗고 빨강머리의 세 아이를 키우고 있다.

초원의 집이 내 젊음과 청춘을 바쳐서 떠나보낸 눈물의 집이었다면 등대 길의 붉은 벽돌집은 아픈 상처의 흔적을 딛고 쌓은 튼튼한 돌계단 같은 집이다. 운명의 장난이 아무리 가혹하다 해도 결코 쓰러지지 않고, 폭풍과 돌개바람이 몰려와도 무너지지 않는 단단한 집이다. 지친 영혼과 육신을 포근히 눕히고, 벽난로에서 타오르는 불꽃을 함께 마주보며 따뜻한 포도주로 식사를 할 수 있는 곳. 촛불의 향기가 은은히 번지는 집. 도란도란 웃음소리가 넘치고 살 냄새 가득한 사람의 집이다.

천둥이 치고 먹구름이 몰려오는 날이면 나는 아직도 어린아이처럼 창가에 서서 두려움에 떨며 폭풍이 멈추기를 기다린다. 그러나 이제는 믿는다. 무섭게 몰려오는 구름도 소나기도 태풍도, 견고히 버티고 있는 이 집을 무너뜨릴 수 없다는 것을. 내 손으로 쓰러뜨리기 전까지는 아무도 허물 수 없다는 것을. 등대의 불빛처럼 따스한 희망으로 남아 사랑하는 나의 가족을 영원히 비추고 있으리라는 것을.

가족이란 이름의 추상화

우리 집을 그림으로 그리면 추상화가 될 것이다. 우리 식구들은 피카소의 그림처럼 상태(Condition)나 양상(Mode)의 변화에 민감하고 사건이 발생했을 때 신속하게 적응한다. 또 화도 잘 내고 비실비실 웃기도 잘하고 싸움과 화해를 번갈아가며 하고 사고도 잘 치고 용서도 잘 받는다.

추상화는 대상이 정확히 묘사되어 있지 않은 미술작품이다. 추상화의 작가는 선택한 대상의 모양이나 색깔 등을 단순화하거나 확대시켜서 화폭에 재구성해 나간다. 우리 집 식구들을 한 사람씩 정확하게 묘사하기는 힘들다. 그러나 한 사람씩 대상을 선택해서 그 특징을 축소시키거나 과장해서 늘어놓으면 칸딘스키나 존 미로, 혹은 살바도르 달리의 작품을 혼합한 것처럼 희극적이고 재미있는 작품이 될 것이다.

내게는 첫 남편 제임스와의 사이에서 태어난 큰딸 리사가 있다. 그리고 재혼해서 얻은 둘째딸 크리스티나와 막내아들 크리스토퍼가 있다. 세 아이 모두 특징이 너무 두드러져서 극과 극의 대조를 이루지만 이들은 마치 한 폭의 추상화를 이루듯 유기적으로 연결되어 '가족'이라는 전체를 만들어나간다.

아이들은 우리 늙은(?) 부부에게 늘 신선한 충격을 주며 변화와 혁신을 요구한다. 크리스티나를 서른셋에, 크리스를 서른여섯에 낳았으니 우리는 늙은 부모임에 틀림없다. 마치 피카소의 그림을 감상할 때처럼 아이들은 내 무의식 속에 있는 나의 모습을 내 삶 속으로 끌어올려 들추어보게 한다. 아이들은 추상화를 볼 때처럼 무의식 속에 갇혀 상처받고 있었던 꿈의 존재마저도 현실세계로 끌어올려 바라보게 하는 힘을 갖게 한다.

우리 집은 다양하고 이질적인 요소들이 복합되어 있는 유기체이다. 피카소가 삶의 다양성을 자유롭게 표출해낸 20세기 최고의 작가라면, 우리 집을 그림으로 그리면 21세기의 명작이 될 것이다. 우리 집처럼 다국적(?)을 가진 사람들이 제각기 다른 언어로 말하면서 한 지붕 밑에서 큰 사고 없이 사는 집도 지구촌에서 좀처럼 찾아보기 힘들 것이다. 그러면 추상화의 대상들을 한번 훑어보자. 연세로 따지면 두 할머니를 우선순위로 해야겠지만 가장 가까운 사람부터 짚어보기로 한다.

우선 '우 서방'이라고 불리는 우리의 추장(Chief) ― 스스로는 '황제'라고 부른다 — 은 중국인이다. 시민권을 따기 위하여 성조기 앞에서 엄숙하게 선서를 한 지가 15년이 넘었지만 아직도 중국식 본토 발음을 고집하는 '브로컨 칭글리시(broken chinglish)'의 권위자이다. '브로컨 칭글리시'란 발음과 문법이 잘 맞지 않는 중국식 영어를 지칭한다. 우 서방은 서류상으로만 국적을 바꾸었지 미국 시민이 되기를 완전히 거부한 순종 중국인이다.

다음으로는 두 분 어머님이 계신다. 지금은 다행히도(?) 시어머니가 타이완에 가 계시는 바람에 — 연로하셔서 장거리 여행을 가급적 피하고 계신다 — 좀 나아졌지만, 한동안 두 어머님이 한 집에 사는 통에 내가 두 분의 말을 통역하느라 식사 시간에 함께 모이면 머리가 돌 지경이었다.

시어머니는 명문가의 딸답게 후덕하고 매너가 출중하다. 영어를 한마디도 쓰지 않고 며느리에게 중국말을 가르치려고 항상 내 곁에 붙어 다니신다. 나는 언어 감각이 뛰어나 어머니가 계실 동안에는 유창하게 중국어를 해서 시어머니를 감격시켰다. 그러나 언어라는 것은 매일 밥 먹듯이 집어넣고 내뱉고 해야 되는 것이어서, 시어머니가 타이완으로 가시고 3주 정도 지나면 나의 중국어 실력은 바닥이 났다.

20년을 미국에서 함께 생활하면서 세 아이 모두 키워주신 친정어머니는 여전히 경상도 억양에 발음까지도 경상도식으로 고집하시는 토종 한국인이다. 어머니 덕분에 우리 아이들도 경상도 발음으로 한국말을 익혔다. 그래서 가끔 한국에서 손님들이 와서 서울말로 이야기하면 우리 아이들은 도끼눈을 뜨고 못 알아듣곤 한다. 우리 집의 공용 한국어는 순 경상도 사투리이다.

시어머니와 어머니는 여러 해를 한 지붕 아래서 함께 생활했지만 한 번도 다투시는 적이 없었다. 남편과 내가 서로 좋은 말만 골라서 전해주는 훌륭한 통역자였기 때문이다. 두 분은 아침에 서로 '굿모닝' 하고 나면 다른 말을 못하시니 하루 종일 서로 마주보고 웃기만 했다. 그때 나는 '대화의 단절'도 일종의 '평화의 도구'가 될 수 있다는 생각을 했다.

다음은 우리 집에서 가장 희극적인 캐릭터인 첫딸 리사이다. 리사는 다운증후군을 앓고 있어서 숫자 감각과 시간 개념은 없지만 언어 능력은 크게 발달해 의사를 표현하고 글을 읽고 쓰는 데는 아무 지장이 없다. 내가 영어 스펠링을 잘못 적으면 늘 리사가 고쳐주며 "영어 공부를 좀더 열심히 해야 되겠어."라고 말한다. 리사 방에는 제 아빠가 미국 정부로부터 받은 공로 훈장과 메달들이 걸려 있다. 리사는 아빠가 장교였고 미국사람이라는 것을 자랑스럽게 생각하는 아이다. 그래서 자신을 소개할 때 꼭 "나는 이 집에서 유일한 미국사람입니다."라고 말해서 우리를 웃긴다. 그도 그럴 것이다. 우리 집 식구들을 모아 가족사진을 찍으면 그래도 가장 백인에 가까운 사람이 리사이다. 동양인의 모습으로 제각기 특색 있게 살아가는 우리 집에서 살아남기 위해서는 '미국인'이라는 자긍심과 아이덴티티가 리사에게 꼭 필요할 것이다.

그리고 그 다음이 우리들의 '희망'인 둘째 딸 크리스티나이다. 크리스티나의 이름을 지을 때 작명에 관한 책을 읽었는데 '하느님이 내려주신 꽃, 하느님의 딸' 뭐 그런 뜻이 있어서 이름을 그렇게 지은 것 같다. 크리스티나라는 이름보다 그냥 '티나' 라고 부르는데 아빠와 엄마를 꼭 반반씩 닮았다. 속상하게도 — 이건 순전히 티나의 표현이다 — 엄마의 호박꽃처럼 넓고 하얀 얼굴 대신에 아빠의 까무잡잡한 피부를 닮았다. 쌍꺼풀 없이 큰 눈은 우 서방을 닮았고, 동그랗고 납작한 얼굴형은 나와 비슷하다. 그래서 얼른 보면 말레이시아나 태국에서 온 남방미녀(?)처럼 보여 우리 눈에는 아주 매력적이다. 그래서 티나는 '동양의 미인(Beauty of Orient)' 이라는 친구들의 아부성 발언에 힘입어 스스로 동양을 대표하는 미인이라 믿는 심각한 공주병을 앓고 있다.

크리스티나는 국제 민속제에서 여섯 살이 될 때부터 부채춤과 북춤을 추기 시작하여 10년이 넘도록 한국 문화를 미국에 알리는 문화 사절의 역할을 충실히 해왔다. 티나는 동양의 혈통을 가진 것을 자랑스러워하는 아이다. 크리스티나가 동양이나 한국에 대해 가지는 애정은 각별하다. 스스로를 엄마 아빠의 '국화빵' 이라 부르며 자신의 정체성을 지켜가는 용감한 틴에이저가 크리스티나이다.

크리스티나가 '동양인' 이라고 자처하는 데 비해 개구쟁이 막내아들 크리스는 그야말로 '우주인' 이다. 어릴 때부터 하는 짓이 별나고 이상한 짓만 골라 해서 우리는 우주에서 잘못 날아온 돌덩이인 줄 알았다. 크리스는 늘 기발하고 예측이 불가능한 행동으로 우리 식구를 웃기고 울린다. 크리스는 영재이다. 아이큐가 높은 만큼 머릿속의 장치들이 너무 복잡하고 기발하게 돌아가서 머리에 안테나 두 개만 꽂으면 ET처럼 다른 행성으로 옮겨갈 것이다. 크리스의 방 벽에는 은하계의 행성들이 그려져 있다. 우리는 크리스가 지구라는 행성에서 우리들과 함께 오래오래 있기를 원한다. 법적으로 성장해서 그 애가 우주로 이사 갈 때까지 무사히 우리와 함께 있게 해달라고 기도한다.

사람들은 가끔 이해심 가득한 눈으로, 혹은 자애로운 동정의 눈으로 내게 조심스럽게 묻는다. 리사가 장애아이기 때문에 우리 가족이나 내가 무척 힘들고 고통스럽지 않느냐고. 그러면 나는 '모든 사람에게 공평하신 하느님'을 들먹이며 웃으면서 대답한다. 걱정 마시라고, 우리 아이들 셋의 지능지수를 합하여 삼으로 나누면 일반 가정의 아이들 평균보다 월등히 높다고.

리사는 지능지수가 70~80으로 교육이 가능한 지진아 판정을 받았다. 크리스는 과학자를 꿈꾸는 영재이며 지능지수가 아주 높은 아이다. 티나는 보통 이상의 좋은 지능에 감성이 지성보다 월등히 뛰어난 큰 가슴을 가진 아이다.

나는 아이 셋을 키우는 동안 하루에도 수백 번 영재와 장애아 사이를 왔다 갔다 하며 지성에서 감성으로 시소를 타듯 오르락내리락했다. 귀여워서 깨물어주고 싶기도 했지만 너무 힘들어서 나무 뒤에 꼭꼭 숨고 싶을 때도 있었다.

그러나 그들은 한결같이 사랑하는 내 자식들이다. 하나가 더 귀엽고 어느 자식이 덜 예쁘지도 않다. 내게는 하느님이 주신 똑같은 크기의 십자가일 뿐이다. 미국의 커다란 힘이 다양성에 기인한다면, 우리 집에서 분출되는 끊임없는 에너지는 아마 이 변화무쌍한 아이들로부터 오는 것일 게다.

그러면 그런 변화와 충돌의 한가운데에 서 있는 너는? 하고 스스로 묻다가 슬며시 웃음이 나온다. 나는 누구인가? 어디에 뿌리를 둔 누구인가? 콕 찍어서 대답해야 한다면 나는 내 자신을 '세계인'이라 부르고 싶다. 두 번이나 외국인과 결혼한 경력 때문이기도 하지만, 내게 국적이나 민족이라는 큰 의미를 갖는 말들의 '경계선'이 없어진 지 오래이다. 다른 말과 얼굴색, 빛깔이 다른 눈망울을 가졌지만 피부를 들추어보면 그냥 사람일 뿐, 그 사람들이 잠시 멈추고 사는 곳이 지구라는 생각을 한다. 지구는 인간이라는 생명체가 모여 사는, 우주의 수많은 천체 중 하나인 작은 행성일 뿐이다. 나 또한 떠돌이별처럼, 지구라는 행성 위에 잠시 발붙이고 사는 세계의 수많은 사람들 중 한 명일 뿐이다.

나는 살바도르 달리의 그림을 볼 때마다 아들 크리스를 떠올린다. 기발한 아이디어와 색깔, 기괴하기까지 하지만 그의 그림이 주는 메시지는 경쾌하고 투명하다. 크리스가 꾸는 꿈은 현실을 너무도 초월해 불가능해 보이지만 인류의 역사는 불가능을 가능케 하는 사람들에 의해 늘 새롭게 쓰여왔다. 나는 크리스가 가지고 있는 꿈의 가능성을 믿는다.

아이들이 태어나기 전에, 그러니까 처녀 시절에 그리던 내 집의 풍경은 모네의 정원과 같은 것이었다. 평화롭고 눈이 시리도록 햇빛이 쏟아지는 가운데 돌다리가 고요 속에 떠 있는 한 폭의 풍경화 같은 집. 그 속에서 한가롭게 거닐 것이라 생각했다. 나는 이제 그런 정지된 풍경화를 그리워하지도 않으며 그 풍경 속에 서 있는 내 모습을 상상조차 할 수 없다.

우리 집은 리사가 가끔씩 흉내 내어 그리는 앙리 마티스나 미로의 그림처럼 해학적이다. 리사의 언어는 진솔하고 거짓이 없다. 우리 집에 존재하는 언어는 서로 충돌하며 뜨겁게 논쟁하지만 적당히 분출하고, 안으로 끌어안는 법을 스스로 터득하며 살아가게 한다.

크리스티나는 고갱의 그림처럼 뜨겁고 아름다운 영혼을 가진 아이다. 선이 굵고 색깔이 분명하고 당당하게 제 몫을 찾는다. 올해 열여덟 살로 사춘기의 절정에 있어서 화산처럼 언제 분출할지 모르는 폭발적인 위험성과 아름다움을 동시에 가지고 있다. 티나는 지금 신이 내려주신 청춘의 모든 가능성을 향해 숨 가쁜 성장을 계속하고 있는 중이다. 티나는 미국에서 가장 독특한 미래의 쇼 프로그램을 진행하는 앵커우먼이 되는 것이 꿈이다.

추상화는 때론 슬프다. 추상화는 일상적이고 보편적인 당위성을 거부하고 무의식 세계로 걸어 들어가 스스로 알지 못하는 부분까지 느끼고 체험하게 한다. 추상화를 보는 사람은 사물 그 자체를 대상으로 인식하기보다는 대상을 통해서 스스로의 모습을 투명하게 본다. 참된 자신의 모습을 진솔하게 바라보고, 체험하지 못한 무의식의 세계 속으로 걸어 들어가는 것은 두려운 일이다.

추상화를 보는 사람에게는 용기가 필요하다. 나는 우리 아이들이 추상화의 선과 형상 그리고 개념이 서로 상충되고 다시 만나 유기적인 아름다움을 구성하는 표현적인 접근에서 보다 깊은 삶의 형태로 다가가기를 바란다. 그것이 때론 슬픔이며 고통이고, 좌절이며 불행이라 할지라도 참된 자신의 모습을 들여다보고 용기를 갖기 바란다. 추상화는 슬프지만 슬픔 그 자체는 아니다. 고통을 인식하는 것은 아프지만 고통은 용기를 주기 때문이다.

나는 꿈꾼다. 언젠가 지중해가 보이는 다락방에서 다시 붓을 잡고 '가족'이란 제목의 추상화 시리즈를 그리는 내 모습을. '가족'이란 말처럼 따뜻하게 우리를 하나로 묶어 꽃다발이 되게 하는 참된 단어는 없을 것이다. 그래서 내가 그리게 될 '가족'이라는 이름의 그림은 21세기에 가장 아름다운 추상화가 될 것이다.

유엔의 깃발을 달아주세요

등대 길의 붉은 벽돌집을 싱그럽고 활기찬 사람 냄새로 가득 채우고 있는 주인공은 모두 일곱. 연령도 다양하고 국적도 제각각이다. 한국인 외할머니와 중국인 친할머니, 중국계 미국인 남편, 한국계 미국인 나, 미국인과 한국인의 피를 물려받은 큰딸 리사, 중국인과 한국인의 피를 물려받은 둘째 크리스티나와 막내 크리스토퍼. 우리 집에서 3개 국어가 난무하는 것도 이런 혈통 덕분이다. 한마디로 '다국적 가족'이다. 깃발만 달지 않았지 유엔이요 국제문화연구소다.

국적이 다른 시어머니와 친정어머니는 말 한마디 통하지 않지만 손짓 발짓으로 의사소통을 하며 다정하게 지내신다. 두 분이 말씀을 나눌 때에는 우리 부부의 통역이 반드시 필요하다. 내가 중국말을 못 알아들으니까 시어머니가 말씀을 하시면 먼저 우 서방이 영어로

동역하고 그걸 내가 한국어로 바꿔 친정어머니에게 전달하는 식이
다. 식탁에 함께 모이면 두 분이 어찌나 기분 좋게, 그리고 끊임없이
말씀을 하시는지 우리는 제대로 식사를 못할 지경이다. 시간이 지나
면서 간략하게 요점만 정리해 짧게 통역하는 요령을 체득했는데, 가
끔은 당신들의 말씀이 너무 짧게 전달된다 싶으셨는지 처음부터 다
시 시작하시기도 한다.

나는 우 서방에게 전남편 얘기를 거리낌 없이 늘어놓는다. 그러면
그는 별로 흥분하지 않고 싫어하는 내색도 없이 묵묵히 듣는다. 우
서방은 결혼 후 제임스와 살던 집으로 들어와 지내면서도 전혀 불편
해하는 기색이 없었다. 너무 반응이 없는 게 괘씸해서 내 쪽에서 먼
저 찔러보면 그의 대답은 늘 한결같았다.

"좋은 여자랑 예쁜 딸에, 거기다 집까지 남겨주었는데 내가 오히
려 그 사람한테 감사해야지."

중국인들은 결코 서두르는 법이 없다. 속도 잘 내보이지 않아 그
마음을 헤아리기가 힘들다. 또 남들에게 마음을 잘 주지도 않는다.
하지만 일단 그 속으로 들어가기만 하면 바다처럼 넓고도 깊다. 우
서방과 싸움을 하면 백발백중 내가 진다. 처음엔 내가 이기는 것처
럼 기세가 등등하지만 끝에 가면 항상 내가 지고 만다. 나는 바다에
서 갓 건져낸 물고기처럼 팔팔 뛰는데 우 서방은 시종 태평양처럼
고요하니 물고기가 살려면 다시 그 바다로 뛰어드는 수밖에 없는 꼴
이다. 손오공이 아무리 재주를 부려봤자 부처님 손바닥에서 벗어나
지 못한다는 게 우 서방의 지론이다. 우 서방과 싸울 때 본전이라도

건지려면 내가 하고 싶은 말만 하고 얼른 끝내버리는 것이다. 그러면 그는 말한다.

"시간 아깝게 왜 싸우냐? 차라리 밥을 먹든지 섹스를 하지."

나는 우 서방을 신뢰하고 존경한다. 그는 말할 것도 없고 시집 식구들도 리사와 나를 아끼고 사랑해준다. 인사를 할 때나 선물을 줄 때도 자기들 핏줄인 티나와 크리스보다 리사를 먼저 챙긴다. 지금도 리사의 출퇴근은 우 서방이 책임지고 있다.

우 서방은 일곱 형제 중 셋째인데 시어머니를 빼고는 모두들 영어를 잘해서 의사소통에는 전혀 문제가 없다. 시집 형제 가운데 우 서방의 영어 실력이 제일 처진다. 우 서방은 자기가 산중에서 혼자 독학을 하는 바람에 영어 발음이 나쁘다고 농담을 한다. 시아버지는 장개석 총통과 장경국 총통을 보좌하면서 정계에서 오래 활동하신 분인데, 그 영향으로 시누이들은 모두 재벌가의 며느리가 되었다. 나와 결혼할 당시 우 서방은 그야말로 빈털터리였다. 은행장이었던 큰시숙이 우 서방 이름으로 금융업에 손을 댔다가 주식시장 공황으로 대거 폭락하면서 부도가 났기 때문이었다.

우 서방은 수표 한 장 만져보지도 못하고 그 책임을 고스란히 떠안고 파산을 했다. 형제들이 돈을 모아 대강 수습했지만 이 일로 우 서방은 대만을 떠나지 않을 수 없었다. 그 당시 대만 법으로는 부도가 나거나 파산을 하면 경제 사범으로 구속되었기 때문이다. 큰시숙이 장남이라 '가문의 영광'(?)을 지키기 위해 우 서방이 그 책임을 대신 떠맡았다고 했다. 그 일로 형제들은 우 서방을 더욱 아낀다. 형제들의 우애가 보는 사람들을 감동시킬 만큼 각별하다. 그들은 모두 미국에서 학위를 받고 미국과 중국, 대만을 오가며 사업을 하고 있다. 시누이 둘은 샌프란시스코에, 그리고 막내시누이는 샌디에이고에 살고 있다. 태국의 재벌과 결혼한 큰시누이는 방콕과 대만을 왕래하며 지낸다.

하지만 우리는 시댁에 손을 벌린 적이 없다. 시댁 식구들 쪽에서 보면 우 서방과 나는 밑바닥에서부터 시작해서 자수성가한 거나 마찬가지다. 나를 각별히 아끼는 것도 그 때문이 아닌가 싶다. 내가 관상이 좋아서 우 서방도 출세시키고 재물도 모았다고 하니, 어쨌든 듣기 싫은 말은 아니다. 결혼 초, 시어머니는 날마다 밤늦도록 일하는 우리가 안쓰러워 다녀가실 때면 속옷에 꼭꼭 감춰두었던 비상금을 꺼내 내 손에 쥐어주곤 하셨다.

큰돈 없이 사업을 벌이고, 또 그걸 유지하느라 동동거렸지만 얼마든지 잘해낼 자신이 있었다. 우 서방도 큰소리를 뻥뻥 쳤고 나 역시 자존심 상하게 시댁 도움을 받고 싶지 않았다. 고생은 많이 했지만 덕분에 밑바닥부터 기면서 재산을 늘리는 짜릿한 쾌감도 맛볼 수 있었다. 그러나 무엇보다 중요한 것은 그 힘든 행로를 함께 걸으면서 우리 부부가 경험한 깊은 유대감이다. 부부란 사랑이 식어버리고 서로가 필요치 않으면 각자 다른 길로 돌아설 수 있지만, 인간적인 신뢰는 평생토록 지속된다. 나도 우 서방도 그 어떤 상황에 부닥치더라도 서로를 묶고 있는 신뢰의 줄은 자르지 못할 것이다.

리사는 제 방에 제임스와 함께 찍은 사진과 그가 받은 훈장을 걸어놓고 있다. 언제든 보고 싶으면 그의 모습을 들여다볼 수 있다. 어릴 적에 크리스티나는 제임스 사진을 보고 '버드웰스 삼촌'이라고 불러 나를 웃겼다. 우리 아이들은 한국사람을 보면 모두 할머니, 할아버지, 삼촌, 숙모, 이모, 오빠, 언니라 불러야 된다고 생각한다.

리사는 대구에서, 티나와 크리스는 미국에서 태어났다. 셋 다 미국 시민이지만 리사는 유독 자신이 이 집에서 유일한 미국인임을 강조한다. 친아빠가 미국인이니 당연한 얘기지만 나름대로 이유가 있어 보이기도 한다. 온통 동양인밖에 없는 가족들 사이에서 자신의 정체성을 지키고자 하는 몸짓이지 않을까 생각해본다.

나머지 두 아이의 주장은 더 독특하다. 어떤 셈법을 썼는지는 모르겠는데, 절반은 서양인이고 절반은 동양인이되 중국인보다는 한국인에 더 가깝다는 것이다. 미국에서 태어나 자랐으니 일단 절반은 미국사람이고 아빠와 엄마의 혈통을 따라야 하니 절반은 동양인이라는 데는 수긍이 간다. 문제는 그 다음이다. 동양인 혈통 중에 반은 중국인이고 반은 한국인이어야 하는데도 아이들은 한국 할머니, 즉 친정어머니가 키워주셨기 때문에 한국 문화의 영향을 많이 받았으므로 아빠 문화의 반이 한국으로 넘어왔다는 것이다. 따라서 자기들은 8분의 3이 한국사람이고 중국인의 피는 8분의 1밖에 안 된다고 우스갯소리를 한다.

미국에 사는 동양계 아이들에겐 자신의 정체성을 찾는 일이 아주 중요한 문제이다. 우리 아이들도 대부분의 소수민족들이 그렇듯이 차별을 당하며 자라날 것이고, 또 그 차별을 극복하면서 뿌리내려야할 것이다. 부모 입장에서 보면 가슴 아픈 일이지만 인내심을 갖고그들이 건강하게 뿌리내릴 수 있도록 해주는 것이 우리의 몫이다.

우 서방이 보기엔 세계가 모두 자기 땅덩어리이기 때문에 아이들이 어떻게 따지든 신경 쓸 필요가 없다. 세계 인구도 네 명당 한 명이 중국인이니 그 거대한 인력과 시장 규모를 생각하면 세계를 제패하는 일도 시간문제라는 것이다. 동서간의 냉전 시대에는 핵전쟁이일어나도 중국인이 가장 많이 살아남을 거라고 큰소리를 쳤다. 잠시졸던 호랑이 — 문화혁명 이후 공산화된 중국을 우 서방은 이렇게표현한다 — 가 깨어나면 토끼는 당장에 호랑이 밥이 된다는 못 말릴 주장을 하고 있다. 사람들은 나보고 간 큰 여자라고 하지만 막상우 서방을 만나보면 몸 전체가 간으로 만들어진 사람도 있구나 싶을것이다. 우 서방 배포는 하느님도 못 말린다.

이제는 두 할머니에 대해 좀더 자세히 이야기해야 할 것 같다.

시어머니는 그렇게 자주 미국을 오가면서도 영어를 전혀 못하시고, 가문의 영광을 목숨보다 더 소중히 여기시는 분이다. 중국 남쪽에 있는 샤먼(廈門) 시에서 부잣집 딸로 태어났으며 명문 스탠포드대학에서 박사 학위를 받은 시아버지와 결혼해 스물여섯의 나이로시장 부인이 되었다. 대만으로 이주한 뒤에도 시아버지가 계속 공직에 있었던 관계로 지금도 한 치의 흐트러짐 없이 단정하시다. 시어머니의 별명은 '카메라 페이스'이다. 언제 어디서 카메라 세례를 받을지 모르니 항상 준비된 자세로 생활하시기 때문이다. 그래서 그런지 시어머니는 사진마다 품위 있는 자세를 취해 젊은 우리들보다 훨씬 돋보인다. 하지만 흐르는 세월을 누가 막을까. 이제는 나이 들어 젊은 날의 아름답던 모습도 빛이 바래는 것 같아 안타까울 따름이다.

친정어머니는 둘째딸 티나를 임신했을 때 도와주러 오셨다가 그대로 눌러앉게 되셨다. 미국에서 생활하는 시간이 길어지면서 불편한 것이 한두 가지가 아니었다. 한국 국적과 영주권으로는 여행하는 것도 어려웠고 정부에서 노인들한테 주는 혜택도 받을 수가 없었다. 아무래도 시민권이 필요하다 싶어 인터뷰를 했는데 역시나 떨어지고 말았다. 미국 대통령 이름, 성조기 색깔, 미국 역사를 공부하는 것 때문이 아니라 별 이득 없는 경상도식 자존심 때문이었다.

공부는 막내아들 크리스가 도와드려 잘 통과했다. 문제는 간단한 문장을 영어로 읽으라는 요구에 이르러 참고 참았던 부아를 터뜨리신 것이다.

"언제 죽을지도 모르는 나이에 새삼 남의 나라 글을 배와서 뭐에 써먹겠노? 남의 나라 대통령 이름까지 죽을힘을 다해 달달 외웠는데, 이제는 글자까지 배우라꼬? 주기 싫으면 고만두라 캐라. 정부 돈이야 안 받으면 될 거 아이가. 영어 안 배우고 시민권 안 받는다 캐라."

그러고는 이민국에서 나온 시험관에게 면박을 주고는 당당히 걸어 나오셨다. 어머니를 위해 이민국과 협상하고 통역도 맡아주셨던 남연희, 심영숙 두 분도 어리둥절해서 어찌할 바를 몰랐다. 그 결과 어머니는 당연히 시민권 시험에서 불합격 판정을 받았다. 그러나 어머니에 대한 평가는 완전히 달라졌다. 김해연 할머니는 시험에 떨어진 것이 아니라 시민권 받기를 거부했다는 것이다. 어머니 스스로도 그 일에 자부심을 가졌다.

그런 어머니가 20년을 아이들과 지내시더니 영어 실력이 몰라보게 좋아졌다. 요즘은 쉬운 영어 정도는 익혀서 집으로 전화가 오면 내 회사 번호를 알려줄 만큼 되었다. 그에 비례해서 우리 아이들의 경상도 사투리도 점점 자리를 잡아갔다. 어머니가 순 경상도식 억양으로 한국말을 가르친 덕분에 아이들은 서울말을 잘 알아듣지 못한다. 내가 경상도식으로 다시 통역을 해줘야 알아듣겠다며 고개를 끄덕인다. 한국학교에서 받아쓰기 시험을 보면 둘 다 실격을 겨우 면할 정도이다. 글자를 쓸 때에도 경상도식 발음을 그대로 적용하기 때문이다. 자기소개 글을 쓰라니까 티나는 이렇게 적었다.

나는 우 티나임니더. 나는 일곱 살이라예. 밥 묵는 거 좋아해예. 한국말 쪼곰밖에 몬해서 디기 미안함니더.

친정어머니의 일과 중에서 가장 중요한 것은 딸과 손녀 손자들 도시락을 챙기고 뒷마당에 채소를 가꾸시는 일이다. 뒤뜰과 정원 사이사이에 갖가지 채소를 심으시지만 다람쥐와 토끼들이 더 많이 먹어치운다. 정원사를 시켜 채소밭을 사수할 수 있는 방법을 연구했지만 들인 공에 비해 소득은 별로였다. 우리 집은 뒤뜰에 나무가 많아서 채소가 잘 자라지 못한다고 푸념을 하시기에 아트센터를 세울 때 건물 옆에 아예 채소밭을 만들어드렸다. 교회에 다녀오실 때면 운동화를 챙겨가서 정원사와 채소밭을 가꾸시는 게 즐거움 중 하나이다. 어머니는 한국에서 가져온 씨앗만 뿌리는데 그 마음이 헤아려진다. 손바닥만한 채소밭이지만 그 밭에 씨를 뿌리고 물을 주면서 어머니는 향수를 달래는 것이다.

친정어머니는 말도 잘 통하지 않는 우 서방을 딸보다 더 좋아한다. 그런 우 서방은 어머니와 채소 이름을 놓고 티격태격 다투면서 재미있게 지낸다. 어머니는 배추를 양배추와 김치 담그는 한국 배추로 분류하는데 우 서방은 양배추와 중국 배추로 분류한다. 김치 담그는 배추는 미국에서 '중국 배추' 혹은 '나파'로 불린다. 김치를 담그려고 배추를 사오라고 하면 우 서방은 꼭 "(한국)김치 담글 중국 배추 사올게요." 하고 어머니를 놀린다. 수박을 살 때도 그렇다. 럭비공처럼 생긴 기다란 미국 수박은 맛이 없으니 작고 동그란 한국 수박을 사오라고 하면 "오케이! 중국 수박 사올게요."라고 하는 등 어머니와 입씨름하는 것을 즐긴다. 서로 제 나라 이름을 채소나 과일 앞에 붙이려고 안간힘을 쓰는 것이다. 그럴 때면 리사가 나서서 점잖게 타이른다. 그렇게 싸울 게 아니라, 여기는 미국이므로 미국에서 생산된 것에는 모두 '미국'이라는 말을 붙여야 한다고 주장한다.

우리 집에서 파티를 열면 국제 문화 행사가 된다. 한국 친구들과 중국 친구들, 그동안 친분을 쌓은 미국 친구들, 화랑과 사업을 하면서 알게 된 사람들이 모이면 영락없이 국제 페스티벌이다. 그래서인지 우리 집 파티는 재미있고 새롭다. 또 식구들의 국적이 다양하다보니 그에 따라 먹는 음식도 다양하고 국제적이라 내가 벌이는 이벤트는 이 지역에서도 인기가 높다.

외할머니는 자타가 인정하는 정통 한국음식의 일인자이고, 우 서방은 일식과 프랑스 요리를 즐기는 미식가인 데다 요리 솜씨도 탁월하다. 한때는 텔레비전에서 요리 솜씨를 자랑하기도 했다. 그리고 15년 동안 비영리 재단인 국제교환학생센터에서 하는 요리학교에서 중국요리를 가르쳤다. 리사는 미국식 스테이크와 멕시코 음식을 즐기는 데 비해 크리스티나는 육식보다 이탈리아 음식과 샐러드, 파스타를 좋아한다. 크리스는 미국식 스테이크와 일식, 이탈리아식을 모두 좋아하고 아빠와 함께 저녁마다 새로운 요리를 개발해서 만찬을 즐기는 것이 하루 중 가장 큰 과제이다.

나로 말할 것 같으면 국경을 초월해서 어떤 음식이든 좋아하고 이것저것 가리지 않고 잘 먹어치운다. 우 서방 표현에 따르면 나는 '가비지 디스포저(garbage disposer: 음식 쓰레기를 치우는 청소 기계)'이다. 사정이 이러하니, 우리 집 메뉴는 놀라울 정도로 다양하고 냉동실엔 항상 먹을 것이 차고 넘친다.

먹는 얘기를 하다 보니 문득 재밌는 에피소드가 떠오른다. 제임스와 같이 살 때였다. 하루는 그가 집 안에서 동물 시체 냄새가 난다면서 코를 벌름거리며 이리저리 뒤지고 다녔다. 퀴퀴하게 썩는 냄새를

풍기는 진원지는 바로 친정어머니의 방이었다. 몰래 청국장을 띄우느라 전기장판을 깔고 이불을 겹겹이 덮어두었지만 냄새까지는 감추지 못했던 것이다. 지독한 냄새도 그랬지만 단지에 담긴 된장을 보자 제임스는 당장이라도 뒤로 넘어갈 듯 기절초풍을 했다. 도저히 뭐라고 설명할 수 없는 표정이었다. 그런데 제임스의 표정보다 더욱 환상적인 건 어머니의 대답.

"묵는 음식을 와 똥 보듯이 쳐다보노? 우리 음식만 냄새나나? 너거들 묵는 고놈의 치즌가 뭔가는 쥐꼬리 말린 냄새 안 나더나?"

내가 얼른 웃으면서 통역을 했다.

"어머니가 이 음식은 건강에 좋대요. 당신한테 건강식을 만들어 주려고 하셨나 봐요."

그 말에 제임스는 혀 꼬부라진 소리로 "어머니 감사합니다."를 연발했다.

청국장 에피소드로 말하자면 어머니와 친동기처럼 지내시는 '골프 김 할머니'의 얘기가 더 재미있다. 자녀가 없어 늘 외로운 양반이라 우리 아이들이 할머니처럼 모시는 분인데, 피니 아저씨와 결혼하고 여름이면 내내 골프만 쳐서 얼굴이 워낙 까맣게 그을려 본명보다 '골프 김'이라는 애칭으로 통한다. 서울에서는 린다 김이 한때 유명했지만 데이튼에서는 약방에 감초격인 골프 김을 모르면 간첩으로 오인 받을 정도로 인기 있는 분이다. 골프 김 할머니가 우리 어머니한테서 청국장 이야기를 들으시고는 당신의 웃지 못할 경험담을 들려주셨다.

"니는 그만하기 다행인겨. 우리 아서씨는 퇴근해서 부엌에 들어오다가 청국장 끓이는 냄새를 맡고 기절해서 응급실에 실려갔당게. 세 시간이나 응급실에 누워 있다 왔당게."

아마 국제결혼을 한 가정에서 가장 많이 벌어지는 해프닝은 음식 때문에 빚어지는 일일 것이다. 지금은 한국식품점이 많이 생겨서 다양한 식품을 주문할 수 있지만 어머니가 처음 미국에 오셨던 25년 전만 해도 구할 수 없는 식품이 많았다. 그중에 하나가 마른오징어를 구하는 일이었다. 어머니는 연구 끝에 냉동 오징어가 값이 싸니 햇볕에 말렸다가 오징어튀김을 하실 생각이었다. 오징어를 한 상자 사서 껍질을 벗긴 다음 정원에 있는 겨울 나뭇가지에 크리스마스트리를 장식하듯 걸어두셨다. 그런데 밤중에 정원에 나간 제임스가 기겁을 하며 달려 들어와 박쥐처럼 생긴 이상한 것들이 뒷마당에 매달려 있다고 소리를 질렀다. 늘 생각하는 일이지만, 서로를 아낌없이 사랑하는 인내심 없이 다른 문화권의 사람들을 이해하며 살기란 정말이지 쉽지 않은 일인 듯하다.

하지만 음식만큼 사람들을 하나로 묶어주는 것도 없을 성싶다. 사람은 음식을 먹을 때 가장 인간적으로 정이 든다고 한다. 그래서 나는 특별한 손님이 아니더라도 우리 집에 누구든 찾아오면 정성들여 대접한다. 때로는 집수리를 하기 위해, 때로는 사무적으로 들르는 사람에게도 식사든 차든 대접하고 절대 맨입으로 보내지 않는다는 게 철칙이다. 처음에는 어색해하던 손님들도 이제는 나를 만나면 무조건 먹고 마시는 줄 안다. 이렇게 식구들 모두 먹고 먹이는 데 공을 들여서 그런지 다들 인간관계는 원만한 편이다.

사람들은 내가 '인덕(人德)'이 있다고 말하는데 내가 생각해도 주변에 좋은 사람들이 너무나 많다. 비록 피부색은 달라도 아름다운 향기가 나는 사람들과 오래도록 깊은 사랑을 나누며 살아가고 싶다.

4부
여왕이 아니면 집시처럼

당신은 행복하세요?

사람들은 흔히 말한다.

"당신은 사업도 성공하고 가정도 원만하게 꾸렸으니 행복하시죠?"

그런 말을 들을 때면 새삼 곱씹어본다. 정말 나는 행복한 여자일까? 불행을 겪었지만 다시 좋은 남자를 만나 안락한 보금자리를 이루었다. 또 남편의 도움 없이 독자적으로 세운 회사 역시 남부럽지 않게 키웠다. 성공한 비즈니스 우먼으로 잡지나 신문에도 소개되고, 오하이오 주 공화당 경제자문정책위원으로 봉사하는 영예도 누리고 있다.

하지만 내가 정말 성공한 사업가이고 행복한 사람일까? 단언하건대, 결코 그렇지 않다. 나는 성공한 사람이라기보다 무언가 끊임없이 이룩하려고 노력하는 사람일 뿐이다.

어떤 이유에서였는지 신은 내게 나른 사람이 겪을 수 없는 고통을 통해 나를 단련시켰다. 더불어 분에 넘치는 기회 또한 내려주셨다. 나는 단지 그 기회를 놓치지 않으려 애썼고, 문득 멈춰보니 지금 이 자리에 서 있게 된 것이다.

겉으로 보기엔 운이 좋아서 쉽게 얻은 것처럼 보일지도 모른다. 그러나 신은 내게 많은 것을 주신 만큼 무자비하게 빼앗아가기도 했다. 특히 내게 쉽게 허락하신 것들은 하나도 빼지 않고 거두어갔다. 그건 오히려 나를 강하게 만들어주었고, 나보다 힘든 주위 사람들을 보다 깊이 이해하고 사랑하며 사는 법을 일깨워주었다. 리사가 다운증후군으로 태어났을 때도, 제임스의 죽음 앞에서도, 좌절하거나 흔들리지 않고 내 삶으로 받아들였고 피하지 않고 극복하려 애썼다. 그러면서 흘렸던 눈물과 피나는 노력이 모여 단단한 결정체를 이루었고 지금의 내가 존재하게 되었다.

한 인간에게 선택의 폭이 넓어지는 것은 축복이 아닐 수 없다. 어떤 형태로 살아가든 누구의 강요도 없이 자신의 삶을 스스로 선택할 수 있을 때 가장 행복하다고 하겠다. 인생은 선택의 연속이고, 무엇을 선택하느냐에 따라 삶의 질과 방향이 바뀐다. 나는 한 인간이 행복한가 아닌가는 선택의 가능성과 정비례한다고 생각한다. 가령 밥을 먹고 싶은 사람이 밥을 먹지 못하고 빵만 먹고 살아야 한다면 불행한 일이다. 마찬가지로 직업을 갖고 성취감을 느끼며 살고자 하는 사람이 그 기회를 박탈당하면 그 또한 불행한 일이다. 반대로 가정에서 남편과 아이를 돌보며 기쁨을 얻는 사람에게 직장에 나가 돈을 벌라고 하면 불행한 일이 아닐 수 없다. 행복은 그렇게 절대적인 것이 아니라 상대적인 것이며, 결과에 의해서가 아니라 그 과정에서 느끼는 것이다. 그런 의미에서 본다면 나는 틀림없이 행복한 사람이다. 내 삶에서 선택의 폭이 넓어졌기 때문이다.

돌이켜보면 오늘보다는 어제가, 무엇을 이루고 풍부하게 넘치는 지금보다는 가진 것이 없었을 때가 훨씬 행복했다. 쌓여 있는 그 무엇을 지키는 시간보다 한 장 한 장 벽돌을 쌓아올릴 때가 훨씬 행복했다. 집을 지으려고 공사를 시작했을 때보다 어떤 가구를 들여놓을까, 어떤 색깔 페인트로 아이들 방을 칠할까 고민할 때가 더욱 가슴 벅차올랐다. 레스토랑을 여러 개 운영할 때는 머리가 아팠지만 신시내티에 첫 식당을 꾸미면서 햄버거로 고픈 배를 채울 때가 더 가슴이 터질 듯이 부풀어 올랐다.

행복은 혼자 느끼는 것이지만 그 따뜻한 기운은 주위를 평화롭게 만든다. 행복이란 말 속에는 아궁이에 지핀 불이 온돌방을 덥히듯 이웃과 사회를 따뜻하게 하는 힘이 들어 있다. 나는 수없이 많은 시련을 겪었지만 늘 행복으로 가는 길 위에 서 있었기에 쓰러지지 않고 여기까지 걸어올 수 있었다. 나에게는 크고 웅장한 것보다 작고 하찮은 것들이 모여 기쁨을 주었다. 그 기쁨들이 행복을 불러오고 행복한 순간들이 모여 지금의 나로 성장시켰다.

나는 어릴 적부터 울기를 잘했다. 다섯 살 때쯤으로 기억한다. 가설극장 앞줄에 앉아 소리 내어 흐느끼다가 어른들한테 꾸중을 듣기도 했다. 혼자 있을 때는 기뻐도 울고 슬퍼도 운다. 갓 피어난 꽃을 보며 살아 있는 기쁨에 눈시울이 젖고 은은히 퍼지는 커피 향을 맡으며 떠나간 시간들이 아쉬워서 눈물짓는다. 바이올린을 켜는 딸아이 등뒤로 바라보이는 하늘빛이 너무 고와 눈물방울이 떨어진다.

눈물은 사랑하는 사람들 속에 있을 때 더 많이 흐른다. 아무도 없는 운동장에서 혼자 넘어졌을 때 나는 울지 않았다. 수양버들 아래서 나를 기다리고 있는 엄마의 얼굴이 보이면 나는 비로소 소리 내어 울기 시작했다. 내 눈물의 의미를 알아주고 처진 어깨를 보듬어주는 사람이 있을 때 눈물은 강물처럼 흘러내린다.

한국에 오면 나는 괜히 이유도 없이 잘 운다. 내가 사랑하고 그리워할 사람이 많기 때문일 것이다. 시장에서 떡볶이를 사먹을 때도, 노래방에서 드라마 작가인 박진숙 선생님과 〈백치 아다다〉를 부를 때도 주르르 눈물이 흘러내린다. 선생님은 따뜻한 강물 같은 분이다. 나는 그 강물에 이국의 외로움을 씻는다. 〈서울이여 안녕〉을 부를 때쯤이면 눈물이 앞을 가려 가사가 보이지 않을 정도다. 타국에서의 외로움이 끝나지 않는 한 그리움은 눈물이 되어 흘러내릴 것이다.

그러나 미국에서 사업을 할 때는 바늘로 찔러도 피 한 방울 안 나올 정도로 야무지다는 소리를 많이 듣는다. 나와 사업상 거래를 해본 사람들은 내가 얼마나 무섭게 일처리를 하는지 알기 때문이다. 만약 내가 눈물이 많은 여자인 줄 알면 모두들 기절초풍할 것이다. 사업을 하려면 항상 완벽하고 정확해야 하며 감정의 동요 없이 협상을 이끌어나가야 한다. 수십 개 혹은 수천 개의 얼굴을 가지고 있어야 한다.

포커 게임을 할 때 내가 어떤 패를 갖고 있는지 상대방이 눈치 채지 못하게 표정 관리를 한다. 그걸 '포커페이스'라고 하는데, 나와 함께 일을 하거나 거래를 하는 사람들은 나보고 포커페이스라는 말 대신 '차이니스 페이스'(감정 변화를 잘 드러내지 않는 중국사람을 가리키는 말인데, 남편이 중국사람이니 나도 덤으로 중국사람 대접을 받는다.)라고 말한다. 그리고 농담 한마디를 덧붙인다. 차이니스 페이스에 '주이시 브레인'(jewish brain: 머리가 영리해서 사업을 잘하는 유대인을 뜻하는 말)을 가졌으니 당해낼 재간이 없다고 말이다. 그러면 나도 한마디 한다.

"중국사람 생김새에 유대인 머리, 거기에다 한국사람의 매운 맛까지 섞여 있으니 오늘 거래는 하나마나 내가 이길 거예요."

남들은 한 번도 하기 힘든 국제결혼을 두 번이나 눈먼 송아지처럼 분별없이 했지만 후회도 회한도 없다. 내 가슴에 번지는 사랑의 불길을 따라 불같은 정열로 청춘을 불살랐고, 그 선택을 책임지기 위해 내 생을 남김없이 불태웠다. 사랑하고 슬퍼하며 헤어졌던 지난날의 불행도 어쩌면 내게는 행복이었고 축복이었는지 모른다.

내 앞을 가로막는 그 어떤 것에도 나는 굴복하지 않았고 타협하지 않았다. 운명이란 것이 있다면 그 운명에 매달려 울부짖지 않았다. 운명이 나를 쓰러뜨리려 할 때마다 운명이란 이름의 마차에서 뛰어내렸고, 사정없이 돌아가는 바퀴에 치이지 않으려고 노력했다. 운명의 바퀴를 되돌릴 수는 없었지만 그 바퀴와 함께 돌아가면서 생존하는 법을 터득하게 된 것이다.

심장 기형, 장애아, 다운증후군, 식도암, 남편의 죽음. 보통 한 인간의 생애에서 한 가지도 일어나기 힘든 일들이 내게는 끊임없이 일어났다. 불행한 일이었지만 내 주변에 사랑하는 사람들이 있었기에 나는 불행하지 않았다. 이름을 떠올리기만 해도 가슴이 따뜻해지는 많은 얼굴들이 있었기에 내 삶은 불행하지 않았다. 외롭고 쓸쓸한 이국땅에서 잠 못 들고 흐느끼는 밤이면 그들은 내게 은하수가 되었고 새벽별이 되어 끊임없이 용기를 불어넣었다. 만약 그리운 얼굴들이 없었다면, 돌아가 함께 부르고 싶은 노래가 없었다면, 그 길고 모진 고통의 날들을 견뎌낼 수 없었을 것이다.

누가 내게 "당신은 행복하세요?"라고 물으면 나는 이렇게 대답할 것이다.

"행복이 무엇인지는 모르지만 '행복'이란 꽃동산을 향해 지금까지 혼신을 다해 달려왔고, 지금도 그곳을 향해 달려가고 있습니다. 아니, 행복은 지금 이 순간에도 항상 나와 함께 있습니다. 슬프면 슬픈 대로 기쁘면 기쁜 대로, 내 곁에서 흐르는 눈물을 닦아주고 있습니다."

떠도는 영혼

레스토랑의 숫자가 늘어나고 사업이 궤도에 오르자 나는 이판사 판으로 식당일에 매달렸다. 식당업이 싫든 좋든 그게 내 남편의 직업이었다. 동네에서 '칭크'(중국사람을 비하해서 부르는 말)라 불리며 '찹수이'(여러 가지 채소와 고기를 채 썰어 볶은 음식)를 봉지에 담아주는 식당 주인으로 남아 있고 싶지 않았다. 아이들을 위해서라도 아빠의 직업이 식당 주인이 아닌 사업가로 불리게 되기를 바랐다. 다행히 남편이 홍콩에서 영화 제작을 하며 자연스레 익힌 매너는 고급 레스토랑을 경영하는 데 도움이 됐다. 섬유 수출 공장을 하며 익힌 경험을 살려 새로 사업을 구상하고 계획했다.

가장 힘든 일은 여전히 언어 소통이었다. 대만대학교 정외과를 졸업하고 조지타운 대학에서 공부를 했지만 남편의 어학 실력은 제멋대로였다. 우 서방은 동사와 형용사를 구분하지 않고 명사와 동사의 위치를 마음대로 바꾼다. 가끔씩 기분 내키는 대로 사전에도 없는 단어를 마음대로 만들어내서 듣는 사람을 황당하게 한다.

나는 그래도 미국사람과 산 덕분에 발음도 비교적 괜찮고 대학이나 아트센터에서 특강을 하면서 문장을 다듬는 법도 제법 익혀 우 서방을 만날 즈음 말하는 것만 보면 내가 월등하게 똑똑해 보였다. 하지만 나는 사업에는 맹물이었다. 인내심을 갖고 '올드 팍스'(늙은 여우)처럼 빅 딜(큰 거래)을 할 줄도 몰랐고, 모험이 뒤따르는 사업계약서를 볼 때면 불안해서 몸에서 두드러기가 날 정도였다. 나는 실패가 두려워 일을 벌이는 것을 무서워했지만 남편이 계획한 일을 기획하고 꼼꼼하게 챙기는 데는 그 누구도 따를 자가 없었다.

그런 면에서 우리는 완벽한 파트너였다. 그가 큰 거래를 할 때면 내가 그의 입이 되고 손이 되어 그림자처럼 따라다니며 뒤치다꺼리를 했다. 우 서방은 오로지 돈을 버는 데만 열중하고 난 열심히 그 돈을 챙겼다. 우 서방을 아는 사람은 내 말을 이해하겠지만, 그는 사업은 잘 해도 남을 너무 잘 믿어 돈을 챙기지 못한다.

내가 남편과 함께 죽을 각오로 남달리 돈 버는 일에 열중한 데는 또 다른 이유가 있었다. 나는 실패한 재혼녀로 남의 입에 오르내리고 싶지 않았다. 더욱이 남편이 중국사람이어서 내 결혼이 성공적이지 못할 경우 이중의 수모를 감수해야 했기 때문이었다. 가족이나 한국에 있는 동료, 선배 문우들의 질시도 내가 또다시 감당해야 할 몫이었다. 한 번도 아니고 두 번이나 국제결혼을 한 여자. 내 이름

앞에 적힌 그 주홍글자와 맞서 싸우기 위하여 내 남편은 성공한 사업가가 되어야 했다. 나는 혼신을 다하여 돈 버는 일에 매달렸고 노력한 만큼 재산도 쌓이기 시작했다.

당시만 해도 제이드 가든 레스토랑 체인의 메뉴나 서빙하는 방식, 실내 장식 등이 획기적이어서 우리 식당은 언론의 주목을 받았다. 우 서방 또한 선천적으로 광대 끼가 있어 언론을 활용하는 법을 알았고, 그는 곧 중국식당업계의 대부로 떠올랐다. 중국사람들이 그를 부를 때 '따부(代父)'라고들 하는데 그 말은 대부, 즉 '갓 파더(god father)'라는 뜻이다. 작은 키에 단단해 보이는 몸매, 그리고 홍콩 영화업계에서 익힌 보스 기질이 몸에 배어 있어 내 눈에는 가끔 영화배우 알 파치노처럼 멋있어 보였다.

나이 서른여섯에 무리하게 얻은 막내아들 크리스토퍼는 신의 마지막 축복인지 건강하게 콩나물처럼 쑥쑥 잘 자라났다. 다른 사람들 눈에는 별 것 아닌 일도 내 눈에는 모든 것이 경이롭고 기적같이 보였다. 그동안 힘들게 리사를 키우면서 생명의 소중함과 적게 가진 자의 작은 행복을 깨달았기 때문이었다

둘째 딸 크리스티나가 중학교에 들어가고 막내아들 크리스는 목욕을 시키려면 부끄럽다고 몸을 도사리게 되었다. 남편과 함께 운영하는 레스토랑 사업도 나날이 번창해갔다. 미국에서 가장 수송량이 많은 75번 고속도로를 따라 오하이오 주와 켄터키 주를 이으며 식당이 일곱 개로 불어났다. 남편도 이제 식당 주인이 아닌 사업가의 면모를 갖추게 되었다.

크리스의 첫 생일에 맞추어 새로 이사한 집의 뒤뜰에는 철 따라 아름다운 꽃들이 다투어 피었다. 다람쥐와 토끼들은 어머니가 애써 가꾸신 채소밭을 망치며 실랑이를 벌였다. 우 서방도 이혼의 상처를 깡그리 씻은 듯 사업에 골몰했다. 그는 진지하게 말하는 것을 싫어하는데 가끔 고맙다며 내 손을 잡곤 했다. 모든 것이 순조롭게 잘 되어가고 평화롭고 행복한 가정에 신의 축복이 넘치고 있었다.

그런데도 나는 밀려오는 허허로움과 삶에 대한 회의로 넘치는 축배의 잔을 들이켜질 못했다. 그동안 너무 열심히 앞만 보고 달려온 탓일까? 밤새 악몽에 시달리듯 불안에 떨다가 새벽녘이 되면 침대가 흠뻑 젖도록 땀을 흘렸다. 의사는 그동안 내가 두 번이나 유산을 했고 무리하게 일하면서 건강을 돌보지 않았기 때문에 몸이 허약해진 탓이라고 했다. 그러나 나는 점차 내 병을 알게 되었다. 그것은 의사의 어떤 처방으로도 치유될 수 없는 병이었다.

나는 지쳐 있었고 모든 것이 허전하고 슬펐다. 리사 아빠가 죽은 뒤에도 느껴보지 못한 좌절과 절망이었다. 식당에서 일하는 것도 돈을 세는 것도 싫어졌다. 식당에서 손님과 이야기하는 것도 예전처럼 즐겁지 않았다. 여태까지 기쁨으로 가득 찼던 가슴속으로 삭풍이 휘몰아쳤다. 그 허전한 공허 속으로 무엇인가 꿈틀거리기 시작했다. 창작에 관한 열정이 조금씩 고개를 들기 시작했다. 다시 모국어로 작품을 쓰고 싶다는 생각이 뼛속까지 사무쳤다. 그러나 나는 너무 멀리 떠나와 있었다.

한국으로 전화를 해서 그쪽 소식을 알아보고 나면 나는 더욱 참담

한 절망에 빠졌다. 나와 친분이 있던 대부분의 작가나 선배들은 이름을 날리는 문인이 되었거나 한국 문단을 이끄는 거장으로 활약하고 있었다. 신문사나 출판업에 종사하는 분들도 편집국장이나 이사, 그리고 사장이 되어 나름대로 지위를 굳히고 있었다. 그들 속에 내가 겨우 내밀 수 있는 명함은 미국에서 온 한국 여자. 한때는 시인을 꿈꾸었지만 지금은 남편 잘 만나 호강하며 사는 유한마담으로 보일 뿐이었다. 나는 그것이 억울했다. 한때 나는 노천명 시인보다 더 훌륭한 시인이 되리라는 꿈에 젖어 있었다.

그림 쪽으로 눈을 돌리면 더욱 한심하기 그지없었다. 처음 뿌리내린 곳이 문단이라 그쪽과는 교류가 없었던 데다, 한국에서 일고 있는 화풍을 모르니 경쟁이 되지 않았다. 다시금 글을 쓰고 그림을 그리고 싶다는 생각에 잠을 설쳤지만 내가 할 수 있는 일은 아무것도 없었다. 그동안 나름대로 한 치의 게으름도 피우지 않고 살아왔다고 자만했는데 비참하기 그지없었다. 열심히 달려왔건만 이제 앞길이 보이지 않는 것 같았다. 달리는 열차에 부딪힌 사슴처럼 몸과 마음이 상처투성이가 되어 허우적거렸다. 그러나 10년 가까이 먹고 살기에 바빠 움츠리고 숨을 죽이며 내 속에 잠재해 있던 도발적인 작가 근성은 일단 재발이 되자 치료할 방법이 없었다.

우 서방을 만난 뒤로 나는 한 장의 그림, 한 줄의 일기조차 쓸 여유가 없었다. 생활은 내게 그런 사치를 허락하지 않았다. 돈 버는 일과 돈을 세는 일에 거의 모든 시간을 투자했고 남편의 성공을 돕는 일이 지상에서 내가 이루어야 할 목표처럼 보였다. 현모양처가 되어 시어머니나 시댁 식구에게 잘 보이는 일 또한 내 건강을 위협하면서도 지켜내야 할 덕목이었다. 나보다 타인을 위해서, 내가 원하는 꿈보다 남편의 성공을 위해 달려온 삶이 허망하게 느껴졌다.

갑자기 남편과 함께 타고 온 열차가 지겨워지기 시작했다. 그 열차는 수송량도 많고 가만히 앉아만 있어도 이제 목적지에 도달할 수 있었다. 그 열차에 안주하면 남편의 손을 잡고 아름다운 차창 밖 풍경을 바라보며 편안하게 노을 지는 강변에 이를 수 있을 것이다. 하지만 그곳이 내가 진정으로 원하고 꿈꾸던 곳인가? 그곳은 우 서방이 원하는 목적지는 될 수 있을지 몰라도 내가 꿈꾸고 갈망하던 곳은 아니었다. 갑자기 열차에서 뛰어내리고 싶은 생각이 들었다. 잘 달리는 열차의 방향을 나 때문에 바꿀 수도 없었다. 가속이 붙은 열차는 이제 내가 없어도 잘 달릴 수 있을 것 같았다. 뛰어내리자! 열차가 종착역에 닿기 전에. 그곳이 꿀과 젖이 넘치는 가나안 땅이라 할지라도 내가 꿈꾸고 이룩해야 할, 목숨 바칠 그 무엇이 존재하지 않는다면 무슨 의미가 있단 말인가? 처음으로 돌아가 다시 시작하자. 달리던 기차에서 뛰어내리다가 상처를 입거나 목숨마저 위태로워질 수도 있다. 그러나 나는 결심했다. 내 길을 가기로.

10년 가까이 동고동락한 우 서방에게는 동업자적 관계를 깨뜨리는 배반이었고 한 가정의 아내로서 한심해 보이는 일이었을 것이다. 남편에게는 미안했지만 나는 결별을 작심하고 나만의 길을 걷기로 작정했다. 다시금 시작하는 이 길이 맨발로 걷는 고행길이라 해도 후회하지 않으리라 생각했다. 완행버스를 타고 돌아가듯 내가 다시 시작해야 하는 길은 아득하고 멀어 보였지만 내가 늘 그리워했던 길이었기에 후회도 망설임도 없었다.

마지막 남은 겨울 잎새마저 떨어지고 봄이 여린 입김을 내뿜던 1996년 초봄, 나는 결국 열차에서 뛰어내렸다. 남편과는 사전에 상의하지 않았다. 회유당하지 않을 정도로 일을 대강 벌여놓고 고백할 생각이었다. 마음을 굳히자 그동안 나를 조여오던 우울증이 일시에 사라졌다. 무엇을 어떻게 다시 시작해야 할지 몰랐지만 새로운 흥분으로 가슴이 벅차올랐다. 길 위에서 길을 잃고 헤매더라도 그 길이 내가 원하고 꿈꾸는 그 무엇을 향하여 열려 있기를 나는 간절히 소망했다.

바람으로 오는 여자

혼자 힘으로 독립해보겠다고 마음은 먹었지만 남편에게 이 사실을 알리기가 쉽지 않았다. 남편 입장에서 보면 잘나가는 열차에 브레이크를 거는 짓이고, 동업자로 충실히 일하던 사람이 하루아침에 배신을 하는 것과 같았다. 함께 일하는 동안 남편은 항상 나를 이렇게 소개했다.

"이 사람은 내 개인 비서인데 잠까지 같이 자니, 이거야말로 일거양득이 아니고 뭐겠어요."

그런 여자가 반란을 일으킨 것이다. 황당해할 게 틀림없었다. 어떻게 내가 변심한 걸 알릴까 연구하다가 와인과 꽃을 준비하고 그사람이 제일 좋아하는 요리를 만들었다. 저녁을 먹으면서 차근차근이해시킬 생각이었다.

"사업해서 돈을 잘 벌지는 모르지만 원래 내가 추구하던 삶이 아니야. 난 예술가 기질을 타고났어. 그걸 잘하든 못하든 말이야. 그 일을 하지 않으면 속빈 강정처럼 외롭고 허전할 것 같아. 그러니 지금부터 내가 하려는 일을 이해해주었으면 좋겠어."

허락받을 생각은 없었지만 예의를 갖춰 동의를 구할 생각이었다. 그리고 남편이 반론을 제기할 경우에 대비해 그것마저 무마시킬 만한 말들을 준비해놓고 있었다.

"지금까지 나는 최선을 다해 당신을 도왔어. 나만큼 당신을 도와준 사람이 어디 있어. 이제 내가 가고 싶은 길을 갈 거야. 그러니까 앞으로 레스토랑 일은 당신이 알아서 해."

이렇게 대들 참이었다. 그런데 남편은 의외의 반응을 보였다. 내 말이 다 끝나지도 않았는데 이렇게 말하는 것이었다.

"당신 하고 싶은 대로 해."

대답이 너무 간단해 어이가 없었다. 뒤통수를 얻어맞은 듯 황당했다.

"정말이야? 그럼 당신 뒷바라지는 누가 하고?"

오히려 내가 더 걱정이 돼서 물었다.

"이가 없으면 잇몸으로 사는 거야. 너무 심각하게 생각하지 말고 밥이나 먹자."

"뭘 할 건지 안 물어? 안 궁금해?"

다시 내가 물었다.

"그냥 알아서 해. 뭘 하든 잘할 테니까."

그렇게 해서 쉽게 독립을 했다. 그렇다고 남편의 사업에서 당장 손을 뗀 것은 아니었다. 주 수입원이 레스토랑 사업이라 돈을 챙기는 일은 남에게 맡길 수가 없었다.

막상 독립을 선포하긴 했지만 학교에서 강의했던 경력을 빼고는 특별한 것이 없었다. 식당업을 하면서 큰돈을 만지는 일에 익숙해져서 대학에서 강의해 번 강사료와 강연료는 푼돈 수준도 안 되었다. 손해를 보든 이익을 남기든 그동안 남편한테 배운 게 사업이니까 그 길로 들어설 수밖에 없었다. 내 통장에는 한국 돈으로 환산하면 3억 남짓한 돈이 들어 있었다. 홀로 열차에서 뛰어내렸으니 죽든 살든 간에 그 돈으로 창업을 하고 앞가림을 해야 했다.

하지만 아무리 둘러보아도 새로 시작할 만한 일이 마땅치 않았다. 그렇다고 '사장의 사장(Boss's Boss)'을 하던 사람이 남 밑에 들어가서 일하는 것도 쉽지 않을 듯싶었다. 때마침 시동생이 대만과 중국 본토를 오가며 책과 고미술품을 수입해서 판매하는 사업을 하고 있었다. 그걸 눈여겨보니 중국 유명 화가의 복사판을 가져와서 미술관이나 화랑에 팔면 되겠다 싶었다.

나는 겁도 없이 18만 7,500개의 복사판을 단번에 수입했다. 물건이 도착할 시간이 되었지만 그 물건을 넣을 창고조차 준비되어 있지 않았다. 그림을 보관해둘 곳을 찾고 있을 때 화랑으로 쓰던 건물이 눈에 들어왔다. 허름하고 낡아 보였으나 위치가 아주 좋아서 부동산으로도 투자 가치가 있어 보였다. 남편에게 동의도 구하지 않고 그 날로 건물을 구입하고 송성엽 담임목사님, 박우공 장로님 부부와 함께 예배를 드렸다. 3억 원 중에 건물 구입 계약금으로 1억 원을 썼다. 이제 2억 원이 남았다.

건물을 마련했지만 어디서 어떻게 시작해야 할지 엄두가 나지 않았다. 그동안 화랑업을 눈여겨 살핀 적도 없었고, 단 하루라도 화랑에 나가 일해본 적도 없었다. 막막하고 답답하기 그지없었다. 가야할 길도 모르겠고 길을 물어볼 곳조차 모르니 암담하기 짝이 없었다. 일단 회사 이름은 우리 식당 체인인 제이드 가든(Jade Garden)에서 따와 '제이드 국제무역회사(Jade International Art Enterprise)'라고 지었다. 그리고 중국 그림을 전시할 화랑은 '제이드 갤러리' 라고 이름 붙였다.

우선 낡은 건물부터 수리하기로 했다. 건물은 약 4백 평쯤 되는데 너무 낡아서 일단 손을 대자 끝도 없이 일이 불어났다. 수리를 시작한 때가 3월 23일이었고 그해 11월 23일에 화랑을 열었으니 8개월 넘게 수리를 한 셈이다. 수리비와 인건비를 아끼느라 인부들 점심은 매일 내가 준비했다. 성격 탓도 있지만, 내 생애 처음으로 나혼자 벌이는 사업이었기 때문에 허술하게 하고 싶지가 않았다. 건물곳곳에 은은한 정취가 배도록 정성을 들여 리모델링을 했다. 수리가끝나갈 무렵엔 남아 있던 2억 원이 다 날아갔고, 화랑을 열 때쯤에는 은행 잔고가 완전히 바닥이 났다. 건물은 완성되었지만 그 안에들여놓을 작품 구입비가 없었다.

식당업을 하면서 배운 투자와 상환 개념을 혼동해서 자금을 충분히 준비하지 않은 탓이었다. 식당은 수리비만 들면 문을 여는 즉시

현금을 손에 쥘 수 있었다. 또 식료품은 매주 주문을 해서 구입하므로 물품 대금이나 재고를 따로 마련할 필요가 없었다. 한데 나는 어리석게도 화랑업을 식당업처럼 생각했던 것이다. 자금 회전 속도를 파악하지도 않고 건물을 꾸미는 데에만 2억 원을 써버렸으니 말이다. 어쨌든 이리저리 남편 통장에서 돈을 빼서 화랑에 전시할 작품을 구입할 수밖에 없었다.

문제는 또 있었다. 경험이 없으니 제대로 된 작품을 어떻게 구입해야 할지 도통 알 수가 없었다. 중국 그림 사이사이에 미국 작가들의 싼 그림도 걸고 빈 상자에다 예쁜 보자기를 덮어 물건이 많은 것처럼 보이려고 애를 썼다. 그렇게 해놓고 보니 웬만큼 화랑 꼴이 갖추어진 듯싶어서 그해 가을에 '제이드 갤러리'를 열었다. 그러나 날개 돋친 듯 팔릴 것으로 예상했던 중국 그림 도매업은 완전히 실패였다. 값싸게 구입한 현대 미술 작가의 그림 몇 점만 팔아서는 화랑 건물을 사기 위해 은행에서 융자받은 돈의 이자도 내지 못할 것 같았다. 다시 남편 통장에서 돈을 꺼냈다. 다행스럽게도 우 서방은 통장에 돈이 있는지도 몰랐다.

"내가 당신 적금 깨서 그림을 샀어. 통장에 돈이 하나도 없을 거야."

그러자 그가 웃으면서 말했다.

"돈이 있는 줄도 몰랐으니까 몽땅 꺼내가도 나한테는 마찬가지야."

이대로 물러서 화랑 문을 닫을 수는 없었다. 시카고 아트쇼에 가서 남편의 적금 깬 돈으로 죽을 각오를 하고 전시회 첫날에 유명 작가의 그림을 몽땅 사들였다. 그 그림들이 데이튼이라는 중소도시에서 팔릴지 안 팔릴지 전혀 감이 잡히지 않았지만, 어쨌든 도전해보는 수밖에 없었다. 그리고 내 눈을 믿기로 했다. 그림 공부도 했으니까 다른 화랑 주인들보다는 좋은 작품을 고를 수 있다는 배짱이었다. 과연, 내 생각이 맞아떨어졌다. 시카고에서 구입한 그림이 날개 돋친 듯 팔려나갔다. 이로써 제이드 갤러리는 동양화를 팔던 작은 화랑에서 단번에 미국 중서부에서 세계적인 유명 작가의 현대 미술품을 취급하는 화랑으로 떠올랐다.

데이튼 데일리 뉴스와 각종 신문에서 제법 큰 규모의 화랑이 데이튼 지역의 문화 발전에 기여하고 있다며 연일 기사화했다. 나는 '동양인, 동양 여자, 동양화를 파는 화랑'이라는 호칭을 떨쳐내고 싶었다. 첫 번째로 구입한 그림들을 성공리에 팔고 나자 용기를 내어 주류에서 당당하게 어깨를 겨루며 세계적인 화랑으로 키우고 싶었다. 작품들은 모두 선불로 구입해서 신용을 쌓고 좋은 작품을 마음대로 구입할 수 있는 통로를 마련했다. 언제라도 전화 한 통이면 세계 최고 수준의 작품이 다음날 도착되었다. 고객도 많아졌다. 그러나 그만큼 자본금도 더 많이 필요했다. 어쩔 수 없이 그동안 품속에 간직한 편지처럼 훔쳐보면서 그리움을 달래던 하이랜드 매도우의 집을 팔기로 마음먹었다. 그 집은 제임스와 내가 어려움 속에서도 꿈과 희망을 안고 살았던 곳이다. 집을 팔기로 하고 부동산 에이전트와 계약하는 날, 나는 하루 종일 차를 몰고 나가 고속도로를 달렸다. 눈물이 쏟아져서 한국에 계신 구활 선생님에게 전화를 드렸다.

"울지 마라. 모든 것은 때가 있는 법이다. 잘했다."

그후 화랑 이름을 '윈드 갤러리(Wind Gallery)'라 고치고 허리띠를 졸라맸다. 이제 아무도 내 속에서 불어오는 바람의 자락을 잡을 수 없게 되었다. 바람처럼 일어나 돌풍이 되는 윈드 갤러리. 점점 구매량이 많아지고 거래량이 늘어나면서 세계 미술시장 딜러들이 경쟁적으로 그림을 보내주기 시작했다. 그동안 데이튼이라는 중소도시, 동양인이라 얕잡아보고 시시콜콜하게 넘겨짚던 윈드 갤러리가 이제 막 떠오르는 샛별처럼 유명 딜러들의 주목을 받기 시작한 것이다.

뿌리는 바람에 흔들리고

　미국에서 큰손으로 불리는 딜러들의 관심을 끌며 윈드 갤러리가 지역사회에서 주목을 받아도, 허전한 마음속에 뚫린 구멍은 여전히 채워지지 않았다. 물질이 주는 풍요로움은 내 영혼의 빈곤을 다스리지 못했다.

　유명 화가의 작품 앞에서 딜러나 에이전트들과 흥정을 하고 이익을 남기며 고객에게 작품을 넘길 때는 짜릿한 흥분을 느끼기도 했다. 시간이 지날수록 그 짜릿한 느낌은 수표가 되어 은행 잔고에 쌓이기 시작해 사업하기가 좀더 수월해졌을 뿐, 내 삶에 희열과 감동을 주지는 못했다. 그때까지 나는 사업을 '돈 버는 일'로만 생각하고 있었기 때문이었다. '돈'을 버는 일은 예술가나 작가가 취해야 할 지상의 목표가 아니라는 순진하기까지 한 생각을 갖고 있었다.

또한 유명 작가의 작품 앞에 서면 내 자신이 조라해 보여 열등감이 고개를 쳐들었다. 언젠가 영혼을 불사르는 그림 한 점 그리고 싶다는 내 욕망은 훌륭한 작품 앞에 서면 나를 끊임없이 괴롭혔다. 내 속에, 아니 내 육신의 세포와 핏 속에 잠재해 있는 무언가 새로운 것을 발굴해내지 못하면 견디지 못하는 작가적 기질은 생활이 조금만 안정되면 그 끼가 발동하여 나를 못살게 했다.

다시 그림을 그리기 시작했다. 그동안 상업 미술 쪽으로 치우쳐서 카드나 편지지 등을 만드는 회사에 내 그림이 팔려 나갔는데 이제 순수 미술 쪽으로 방향을 틀기로 했다. 다시 모진 작업이 시작되었다. 밤 새워 그림을 그리고 새벽녘에 일어나 아이들 학교 보내고 출근해서 화랑 일을 보고, 저녁에는 집으로 돌아가 남편 사업의 경리 직원 노릇을 했다. 다른 것은 몰라도 돈만큼은 꼭 내가 챙겨야 할 것 같았다. 대체로 정직한 미국사람들도 돈에 관해서는 비판적이다. '당신만큼 당신 돈을 잘 지키는 사람도 없다(Nobody watch your money like you).' 라고 농담을 한다.

그동안 미술 시장의 흐름도 파악했고 구매자의 기호도 알았으며, 무엇보다 세계적인 딜러들과 친분을 갖게 된 것도 그림을 그리는 데 도움이 될 것 같았다. 한국은 어떤지 잘 모르지만 미국의 미술 시장은 체계적으로 조직화, 세분화되어 있다. 나중에 기회가 있으면 그동안의 경험을 모아서 책으로 펴낼 생각이다. 화랑업에 종사하는 사람들이나 세계 시장을 주목하는 작가들에게 도움이 될 것이다.

미국은 방대한 미술 시장을 갖고 있고 그 수요 면에서 여전히 세계 미술 시장을 석권하고 있다. 일단 미국에서 이름이 알려지면 동시에 세계적인 화가의 반열에 오른다. 수요가 만만치 않은 만큼 공급도 엄청나다. 인터넷에 들어가 보면 화가라고 이름을 올린 사람들이 수만 명에 이르러 원하는 작가 프로필을 찾기도 힘들다. 그리고 그 많은 작가들 중에서 명성 있는 딜러나 에이전트, 그림을 출판하는 회사와 계약을 맺기란 짚단 속에서 바늘을 찾는 것만큼이나 힘든 일이다. 그래도 에이전트들은 새롭고 창의적이며 상업성 있는 작가를 끊임없이 찾아다닌다. 무명 화가의 입장에서 보면 그들과 연결되는 것이 필생의 꿈이다. 그렇지 않으면 스스로 그림을 차에 싣고 다니며 동네나 이웃 도시에서 여는 '스타빙 아티스트 쇼(Starving Artist Show: 굶어죽는 화가를 위한 전시회)'를 전전해야 한다. 재미있는 것은, 그 전시회에 가면 단 10불로 꽤 괜찮은 지역 출신 무명 화가들의 작품을 구입할 수 있다는 것이다.

미국에서 화가는 그냥 전기 공사를 하는 직원이나 컴퓨터 수리공처럼 일상적인 직업에 속한다. 대부분의 구매자들도 유명세에 관계없이 식료품점에서 자신의 입맛에 맞는 빵을 고르듯 자신이 좋아하는 작품을 고른다. 그래서 미국에서는 무명 화가도, 비록 동네를 전전하지만, '화가'라는 직업을 자랑스럽게 여기며 생계를 꾸려갈 수 있다.

나는 다행스럽게도 그런 밑바닥부터의 절차를 거치지 않고 낙하산을 타고 내려오듯 단번에 주목을 받고 그림들이 세계 시장에 팔려나가는 행운을 얻었다. 내 삶을 돌이켜보면, 신은 내가 차근차근 계단을 밟아 올라가도록 단련시켰지만 가끔 낙하산을 타고 푸른 하늘에서 내려올 수 있는 은혜도 베푸셨다. 자전소설인 《찔레꽃》 두 권을 집필하기 전에도 나는 석 달이 넘도록 글을 쓸까 말까 고민했다. 30년이 넘도록 손 한번 대보지 않은 장편소설을 모국어로 쓴다는 것은 내게 기적이 아니면 일어날 수 없는 일이었다. 수많은 작가 지망생들 틈바구니에서 책으로 나올 수 있다는 보장도 없었다. 그때 고민하던 내 등을 떠밀며 내게 용기를 주시던 구활 선생님의 말씀이 떠오른다.

"평생을 작가되기를 꿈꾸며 젊었을 때부터 신춘문예나 갖은 통로를 통해 죽을 고생을 하며 계단을 밟아 작가가 되어도 홈런 한번 치지 못하는 사람도 있다. 그런데 느닷없이 시작해도 어느 날 낙하산을 타고 내리듯 멋지게 끝장을 보는 사람도 있더라. 왜 그런지는 나도 모른다. 사실 너무 불공평한 거라. 하지만 세상살이가 어디 공평하기만 한가. 어쨌든 이기희 씨는 그 후자에 속할 거란 예감이 든다. 한번 해봐라."

오십이 다 되어서 작품을 다시 쓰겠다는 철없는 누이 같은 내게 큰 용기를 준 말씀이었다. 결국 나는 낙하산을 타고 내리지는 않았어도 그런대로 책은 펴낼 수 있었다.

작품을 다시 시작하기로 했지만 서양화로는 도저히 살아남을 수 있을 것 같지 않았다. 조각이나 도예를 해볼까도 했는데 그것이 전체 미술 시장 규모의 3퍼센트에도 채 미치지 못한다는 것을 알았다. 조각은 몸을 많이 움직여야 하는 중노동에 가까워서 체력 면에서 서양사람과 경쟁이 되지 않을 것 같았다. 스카이라이트(천장에 낸 채광창)가 있는 화랑 이층에 화실을 차리고 그림을 그리기 시작했다. 화랑은 아침 시간에 손님이 없어서 점심때까지는 작품에 몰두할 수 있었다.

화랑은 점차 자리를 잡아갔지만 중국에서 들여온 억대의 고미술 복사판이 잘 팔리지 않으면서 경영 부진을 면치 못했다. 화랑 소매업과 동양 고미술 도매업을 병행하느라 부지런히 국제 전시회를 다니며 중국 그림을 팔려고 노력했지만 판매량이 늘어나도 부스 임대료가 워낙 비싸서 경비를 빼고 나면 번번이 적자를 면치 못했다. 중국 고미술품을 수입해서 미국 미술 시장의 흐름을 바꾸고 미국의 중산층 가정에 동양화 한 점씩을 걸겠다는 내 꿈은 산산조각이 나고 말았다. 덕분에 광고비, 프로모션비로 3년 동안 5억 원이 날아가고 창고에는 수만 점의 그림이 쌓이게 되었다.

그렇게 적자를 보면서도 뉴욕 아트 엑스포나 시카고, 애틀랜타 국제 전시회에 꾸준히 부스를 마련했다. 도매업은 계란으로 바위를 치는 것처럼 어렵지만 일단 구멍을 뚫기만 하면 황금 알을 낳는 거위였다. 하지만 도매업의 큰 벽을 허물기에는 여러모로 부족한 점이 많았다. 경험도 없었고 자금도 부족했다. 그렇다고 도매업 딜러가 되겠다는 꿈까지 접은 것은 아니다. 소매업을 정리하면 반드시 다시 한번 도전해볼 생각이다. 10년 넘게 쌓은 노하우를 밑천삼아 한국 작가들을 세계 시장에 소개하는 날이 오길 그려본다.

도매업을 하면서 돈은 많이 날렸지만 세계 미술 시상을 주름잡는 전시 기획자나 미술 출판사 사장들과 친분을 쌓을 수 있었다. 그리고 내가 그토록 원하던 일을 이루어낼 수 있는 기회도 잡게 되었다. 시카고 아트 페어 때 내 그림 두 점을 중국 유명 화가 장대천, 제백서의 복사판 사이에 슬쩍 끼워 넣어 전시를 했는데, 공교롭게도 그 그림들이 뉴욕 아트 엑스포 전시 기획을 담당하던 데코어 회사 사장의 눈에 띄게 된 것이다.

행운은 거기서 멈추지 않았다. 세계에서도 알아주는 뉴욕 아트 엑스포에서 내 그림을 전시하고 싶다며 공식 초청장을 보내왔다. 그때가 1999년 가을이었다. 그리고 다음해 3월, 나는 꿈조차 꿀 수 없었던 뉴욕 아트 엑스포에 '이기희'라는 이름을 걸고 내 그림을 전시할 수 있었다. 나는 6천 개의 부스 중에서 유일한 동양화가였다. 까만 머리를 뒤로 쪽찌고 그동안 화랑업을 하면서 익힌 노하우를 마음껏 펼쳤다. 나의 이국적인 모습과 당당한 태도가 서양인들에겐 꽤나 인상적이었던 모양이다. 세계적인 딜러와 출판사들로부터 시선을 받기 시작했다. 대형 동양화 다섯 점이 팔려나갔고 부스비와 호텔비 등을 빼고도 7천 달러나 남았다. 그림을 팔아서 번 돈 중에서 가장 큰 액수였고, 그것은 남편과 함께 식당업을 해서 번 수십억보다 훨씬 소중했다.

감격에 겨워하는 나를 보며 남편은 그 수표를 은행에 넣지 말고 액자에 끼워 영원히 간직하라며 놀려댔다. 전시회가 성공하게 된 절반의 요인은 남편의 끊임없는 관심과 협조 때문이라 해도 과언이 아니다. 우 서방은 그림을 거는 일부터 내 점심—나는 밥을 안 먹으면 일을 못하는 식충이다.—을 챙기고 쓰레기를 버리는 일까지 도맡아 하며 전시 기간 내내 나를 도와주었다.

전시회는 대성공이었고 드디어 내 그림이 세계 시장으로 팔려나가는 계기가 되었다. 하지만 성공이라는 화려한 단어 뒤에는 냉엄한 자기비판이 따랐다. 정말 내가 화가로 일생을 마칠 수 있을까? 남은 인생에서 한 점 후회 없이 추구해야 할 목표가, 그리고 이루어야 할 꿈이 바로 이것이었던가? 흥분과 떨림 속에 샴페인을 터뜨리면서도 나는 해답을 얻지 못했다. 내 삶에 영원히 뿌리내릴 그 무엇은 존재하지 않는 것일까?

그곳에 나는 없었다

전시회가 끝나자 세계적인 미술 출판사들로부터 계약 요청이 쇄도했다. 미국에서는 작품 소비량, 즉 구매량도 엄청나고 미술품 소비자의 취향도 천차만별이다. 그래서 작품은 원화부터 복사판에 이르기까지 다양한 형태로 제작되어 팔린다. 서양 사람들의 경제관념은 합리적이라 그림을 살 때도 자기 능력에 맞춰서 구매하기 때문에 어느 쪽을 판매 대상으로 잡을지 확정해놓은 다음에 에이전트와 계약한다.

전시회가 끝난 직후 나는 세계에서 가장 크고 유명한 그림 제작회사로부터 계약 요청을 받는 영광을 누렸다. 그것도 무려 여섯 군데에서나. 몇만 명 화가 중에 한번 있을까 말까 한 행운이 내 손에 쥐어진 것이다. 내 그림이 특별히 뛰어난 건 아니었지만, 전통적인 동양화의 화법에다 상업 미술에서 익힌 단순하고 그래픽적인 선들이 들어 있어서 상업성이 엿보였기 때문일 것이다.

나는 일단 명성이 있는 세 군데 회사와 계약을 맺었다. 전속 계약을 하면 계약 기간 동안 다른 회사에 그림을 팔 수 없으므로 화가 전속 시스템이 아니라 작품별로 전매특허를 하는 방식이었다. 계약을 맺은 뉴욕 그래픽 출판사는 세계에서 제일 유명하고 콧대가 높기로 이름나 있는 회사인데, 사장이 직접 내가 그린 대나무 그림 두 점(작품명 〈영원 I〉, 〈영원 II〉)을 골랐다. 무한정 복사판으로 제작해서 장기간 사용하는 카탈로그에 넣기로 계약을 하고 나니 꿈만 같았다.

이렇게 계약을 체결하고 나면 소요 경비는 모두 출판사가 부담한다. 작가는 그림만 보내주면 되고 작업을 한 후에는 작가에게 원화를 돌려준다. 작가는 그림이 팔리는 대로 도매가의 10퍼센트를 받게 되는데, 돈도 돈이지만 더 중요한 건 여러 딜러들의 관심의 대상이 될 수 있다는 것이다. 일단 뉴욕 그래픽의 눈에 들면 자동적으로 딜러들이 관심을 갖기 때문이다. 아니나 다를까, 얼마 안 있어 영국·프랑스·이탈리아의 회사들이 내게 접촉을 해왔다. 나는 그중에서 뉴욕 그래픽과 어깨를 겨루는 에디션 리미티드(Edition Limited)와 작품 여덟 점을 계약했고, 벤틀리 하우스(Bentley House)와는 더 좋은 조건으로 장기 계약을 맺었다. 한꺼번에 이기희(Kee Hee Lee)라는 이름이 박힌 스물다섯 점의 작품이 세계적인 회사의 카탈로그에 수록된 것이다. 〈영원 I〉, 〈영원 II〉, 〈고독〉, 〈청초〉, 〈담백〉, 〈독백〉, 〈고혹 I〉, 〈고혹 II〉, 〈벼랑 끝에 핀 난초〉 등은 아직도 세계 시장에서 잘 팔리고 있는 작품으로, 매달 로열티를 지급받는다. 한순간에 세계적인 작가들의 작품이 수록된 카탈로그에 내 이름과 작품이 실리게 된 것이다.

이제 각종 전시회나 미술 행사에 가면 나는 동양 미술품과 가구를 전문으로 수입해서 판매하는 도매업자이자, 세계적인 작가의 작품을 취급하는 딜러요 화랑 주인이며, 잘나가는 '화가'라는 타이틀도 달게 되었다.

우 서방은 나보다 더 열심히 내 이름을 소개하기에 바빴다. 레스토랑 일을 제쳐놓고 도매업에 투자한 원금이라도 찾을 생각으로 아트쇼에 부스를 열고 부지런히 미국 전역을 돌아다녔다. 내 그림이 생각보다 좋은 반응을 얻은 데 비해 중국에서 수입한 고미술품은 도무지 팔릴 기미가 보이지 않았다.

그즈음 우 서방이 경영하던 제이드 가든의 수입이 줄기 시작했다. 내가 경영 일선에서 빠져나온 탓도 있지만 중국식당업이 이미 사양길로 접어들고 있는 것이 주된 이유였다. 그동안 중국식당들이 블록마다 난립하여 빽빽이 들어섰고, 미국인들의 외식 기호도 변해 기름진 중국음식보다는 담백한 건강식을 더 찾았다. 게다가 우리는 남편이 부엌에서 요리를 하고 아내가 웨이트리스를 하거나 카운터를 보면서 인건비를 절약하는 다른 식당에 비해 경쟁력이 떨어졌다. 우리 레스토랑에서 일하던 주방장이나 직원들이 자본을 모아 하나둘씩 주변에 식당을 차리기 시작한 것도 그 무렵이었다.

우 서방은 남편이라서 칭찬하려는 게 아니라 인심 좋기로는 둘째 가라면 서러워할 사람이다. 우 서방 밑에서 한번 일한 사람은 20년이 넘도록 충성을 다하며 우리 집 일을 도와주었다. 지금도 우 서방을 만난 그 다음날 소개받은 직원들이 화랑 일과 디자이너스 마켓 플레이스(Designer's Market Place)와 캐전 그릴(Cajun Grill: 뉴올리언스 스타일 요리) 일을 도와주고 있다.

모든 일에는 시작과 끝이 있다. 사업도 마찬가지다. 금고가 넘칠 만큼 돈이 불어날 때도 있지만 또 썰물처럼 빠져나가기도 한다. 데이튼에 있던 제이드 가든이 비싼 임대료와 인건비 때문에 적자를 면치 못하고 끝내 문을 닫았다. 제이드 가든은 가장 위치 좋은 데이튼 몰 앞에 있었는데, 장사는 잘 돼도 비싼 임대료를 도저히 감당하기 어려웠다. 목이 좋아서 그동안 건물을 사려고도 했지만 수익률 높은 쇼핑센터를 팔려는 건물주는 없었다. 게다가 직원들의 임금도 문제였다. 우 서방의 후한 인심 덕분에 직원들이 모두 10년 넘게 일해왔기 때문에 높은 임금을 감당하기가 힘들었다. 한집안 식구처럼 지내면서 일한 직원들을 내보내고 레스토랑 문을 닫는 것은 무척 고통스런 일이었다.

경영이 어렵기는 신시내티 레스토랑도 마찬가지였다. 워낙 대형 식당이라 다른 집보다 장사가 잘 되는데도 경비를 제하고 나면 투자한 것에 비해 수익이 그리 많지 않았다. 켄터키 루이빌에 있는 레스토랑은 전세로 넘기고 새로운 개념의 레스토랑을 열기로 했다.

그나마 내가 경영하는 화랑이 잘돼서 다행이었지만 고미술품과 가구 도매업을 한다고 국제 전시회에 쫓아다니느라 제대로 레스토랑을 살필 시간이 없었다. 동시에 세 가지를 모두 지키기는 힘들었다. 식당 일곱 곳, 화랑 두 곳, 도매업까지 합하면 우리 두 사람 몸을 열두 개로 쪼개도 감당할 수 없었다. 의논 끝에 우리는 도매업을 포기하고 화랑 소매업에 매달리기로 했다. 투자금을 모두 날리는 게 억울해서 밤잠까지 설쳤다. 하지만 생각해보면 우 서방의 위로대로 고미술품 수입에 손을 대지 않았더라면 지금의 화랑도 없었을 것이다.

엎친 데 덮친 격으로 신시내티 건물 주인과 임대 문제로 법정에서는 불상사까지 일어났다. 신시내티 레스토랑은 유대계 투자자들이 세운 쇼핑센터 안에 있었는데, 건물주가 투자자들에게 우리 자리를 넘겨주려고 책략을 꾸몄던 것이다. 2년 가까이 법정 투쟁을 해서 결국은 우리가 승소했다. 7만 달러를 보상금으로 받아냈지만 변호사 비용으로 3만5천 달러를 주고 밀린 임대료 두 달 치를 내고 나니 한 푼도 남지 않았다. 2년 동안 밤새워 서류와 자료 들여다보고 흰머리가 나도록 고생한 것이 분하고 억울했다. 그러나 잃는 것이 있으면 얻는 것도 있는 법이다. 변호사 비용을 한 푼이라도 줄이려고 이리저리 뛰어다니며 직접 자료를 모으고 정리하면서 미국 법에 대한 지식도 넓혔고 웬만한 사건이나 공문서는 변호사 없이도 처리하고 작성할 수 있게 되었다.

재판에서 승소했지만 우리는 신시내티 레스토랑을 넘기기로 작정했다. 2년 동안 너무 힘이 들었고 지금이라도 손을 떼는 게 수익 면에서 훨씬 낫겠다는 판단이었다. 좋은 일이 있어도 호들갑 떨지 않고 싶은 일이 있어도 도통 내색하지 않는 우 서방도 무척 섭섭해 하는 눈치였다. 우 서방에게는 레스토랑 문을 닫는 것보다 그동안 함께 일했던 수십 명의 직원들을 내보내야 하는 게 훨씬 가슴 아프고 힘든 일이었을 것이다. 나 또한 감회가 깊었다. 신시내티 레스토랑은 신혼을 함께 불태웠던 곳이고 우리의 꿈이 열매 맺은 곳이며 아름다운 집과 따뜻한 공간을 선물로 준 곳이었다.

신시내티 레스토랑을 정리하자 비장한 기분마저 들어 본격적으로 미술 시장을 파고들기 시작했다. 가구와 고미술품 도매업에서 소매업으로 바꾼 다음 우 서방이 직접 경영하기로 했다. 그가 중국사람이라는 게 도움이 되었다. 중국에서 물건을 사오는 일부터 소비자들에게 파는 일까지 우 서방이 도맡고 나머지 식당은 전세를 주었다. 그렇게 하고 나니 화랑업을 하기가 한결 쉬워졌다. 그 사이에 오빠가 미국으로 이민 와서 제이드 가든 일을 도와준 것도 큰 보탬이 되었다.

모든 정력을 화랑업에 쏟아 부으니 또다시 불꽃같은 욕망이 발동했다. 어차피 시작했으니 끝까지 가보자, 하는 오기가 생겼다. 동양인은 손대기 어렵다는 이 바닥에 이미 발을 들여놓았고, 또 어느 정도 승산도 보이니 꼭대기까지 한번 올라가보자 싶었다. 그토록 열심이던 그림에도 흥미를 잃었고 대나무 잎들이 여기저기 산만하게 흩어지기 시작했다. 화가로서 정열을 불태우던 나는 이미 그곳에 없었다. 오로지 세계 미술 시장에서 어깨를 겨루며 그 치열한 경쟁 속에서 성공한 사업가로 남고 싶은 한 여자가 있을 뿐이었다.

세계를 내 가슴속에

남편에게 양해를 구해 신시내티 레스토랑을 처분한 돈으로 윈드 갤러리 옆에 부지를 구입했다. 그 땅은 나무가 우거진 데다 화랑 바로 옆에 붙어 있었기 때문에 48번가의 노른자위 땅이었는데도 투자자들이 눈치를 못 채고 있었다. 그 땅이 당연히 우리 화랑의 일부인 줄 알았던 것이다. 나는 지금의 화랑 건물을 구입할 때부터 매일 그 땅을 바라보며 하느님께 기도하곤 했다. '나중에 돈이 생기면 꼭 저 땅을 사고 싶어요. 그러니 절대 남들 눈에 띄지 않게 해주세요.'라고 말이다. 하느님이 내 기도에 응답을 주신 것인지 그 땅은 6년이 넘도록 그대로 있어주었고, 2000년 가을에 드디어 나는 그 땅의 주인이 되었다.

그동안 윈드 갤러리는 미술품 판매뿐만 아니라 미술에 관한 종합

서비스를 함께 제공했는데, 4백 평 건물로는 수요를 충당할 만한 다양한 그림을 전시할 수가 없었다. 또한 화랑업을 하는 첫 달부터 아이들을 가르치기 시작한 '기희 미술학교(KeeHee's School of Fine Art)'는 학생 수가 백여 명 이상으로 불어나서 더 이상은 감당해내기가 힘들었다.

일단 부지가 확정되자 욕심이 생겼다. 그냥 그림만 파는 기존의 화랑이 아니라 새로운 비전으로 보다 창의적으로 사업을 이끌어가고 싶었다. 우선 건물 이름부터 예술 전반에 관한 서비스를 하기 위해 '창작예술센터'라 정하고 세부적인 계획을 세워나갔다. 기존의 소매업을 계속 유지할 수 있는 화랑과 국제 규모의 초대전을 열 수 있는 상설 전시장, 종합적인 예술 교육을 겸할 수 있는 '센터빌 창작예술센터(Centerville Creative Arts Center)'를 만들기로 했다. 건물 설계는 미국 건축업계에서도 유명한 최용완 선생님이 맡아주셨다. 최 선생님은 오하이오 주 한국전쟁 참전용사 기념비 건립을 무보수로 해주셨고, 지금도 한인문화센터를 무료로 설계하시는 등 지역사회 발전을 위해 애쓰시는 분이다.

이렇게 도와주는 분들도 많았지만 예술센터를 짓는 일은 생각처럼 쉽지 않았다. 원래 나는 수학을 잘 못했다. 겨우 낙제만 면하는 수준이었다. 덧셈은 못해도 돈만 잘 번다고 주위 사람들이 놀리면 "더하기가 돈 되는 줄 알았다면 수학 공부를 열심히 했을 텐데."라고 대답한다. 그런 무딘 숫자 감각 때문에 공사비는 날이 가고 달이 갈수록 눈덩이처럼 불어나서 도저히 감당할 수 없는 지경에까지 다다녔다. 은행 잔고가 바닥나고 건축비로 은행에서 융자받은 돈으로는 건물의 반도 짓지 못할 형편이었다. 또 까다로운 시 조례도 따라야 했다. 거기엔 무분별하게 평수를 늘리려는 나의 욕심 탓도 있었다. 처음으로 돈 걱정을 해야 했다. 고등학교 때 어머니가 사기를 당해 잠시 금전적인 어려움이 있은 뒤로 나는 한 번도 돈 걱정을 해본 적이 없었다. 필요한 만큼 늘 재물운이 따라주었고, 큰 부자는 아니더라도 내가 꼭 갖고 싶은 것은 손에 넣을 수가 있었다.

더 답답한 노릇은 은행에서 더 이상 돈을 빌릴 수 없다는 것이었다. 나한테 돈이 있을 때는 서로 빌려주지 못해 안달이던 은행들이 통장의 잔고가 떨어지자 언제 그랬냐는 듯 냉담한 태도를 보였다. 미국 은행에서는 신용도와 채무상환 능력을 보고 융자 여부를 결정하는데 나는 그동안 쌓은 신용만으로도 융자를 받는 데 아무 문제가 없었다. 그런데도 은행 측은 건축 중인 건물이 얼마나 수익을 올릴지 알 수 없기 때문에 융자금을 늘릴 수 없다며 나를 궁지에 몰아넣었다.

그렇다고 그쯤에서 공사를 중단할 수는 없었다. 여태껏 들인 땀과 노력을 물거품으로 만들고 싶지 않았다. 우리는 20년 넘게 거래하던 은행과 손을 끊고 동네에 있는 작은 은행으로 계좌를 옮기며 융자를 늘려가기로 했다. 지성이면 감천이라고, 그동안 사업을 하면서 터득한 방법을 총동원하여 창작예술센터의 '미래 수입원'을 미리 책정하는 방식으로 은행장을 설득해서 융자를 받아내는 데 성공했다. 규모가 작은 은행이라 약간의 위험을 감수하고라도 투자 대상을 찾아낼 거라는 내 생각이 맞아떨어진 것이다. 나중에 창작예술센터가 성공을 거두면서 우리는 그 은행의 VIP 고객이 되었다. 기회란 그냥 주어지는 게 아니라 단숨에 낚아채야 하는 것임을 새삼 깨닫게 해준 일이었다. 은행 측의 처분만 기다리고 있었더라면 지금의 예술센터는 세워지지 못했을 것이다.

천신만고 끝에 도시개발위원회의 승인을 받아 2001년 6월 6일에 첫 삽질을 시작했다. 데이튼 데일리 뉴스와 각종 언론들이, 동양 여자가 겁도 없이 대규모로 신축하는 창작예술센터에 대해 대서특필했다. 반생을 되돌아보면 나는 늘 언론의 도움을 받은 편이다. 내가 하는 크고 작은 일들은 자주 신문에 활자화되어 나가거나 화면으로 방영되었다. 어머니 말씀에 따르면, 내 팔자에 천문(天文)이 두 개나 있고 천복(天福)이 하나 있어서 그렇다고 하시는데, 남들이 믿거나 말거나 내게는 좋은 말이니 나는 그 말을 믿는다. 어머니는 지금도 내가 팔자 액땜을 하려면 문(文), 그러니까 글을 써야 한다고 생각하시는 분이다. 밤새워 원고를 쓰는 딸이 안쓰러워 새벽녘에 간식을 준비해주시는 어머니가 이 책이 나오면 가장 기뻐해주실 것이다.

2002년 6월, 드디어 건물이 완성되었다. 센터빌 도시개발위원회에 도면이 통과된 날로부터 꼬박 1년 반 만에 창작예술센터는 감격의 테이프를 끊었다. 세계적인 영국 작가 사이먼 불(Simon Bull)을 선두로 개관 기념행사가 3주 동안 계속되었다. 화랑과 실내 장식, 미술학교를 겸한 창작예술센터는 언론의 조명을 받으면서 지역사회뿐만 아니라 미국 전역에서 조명을 받았다. 하지만 그러기까지 어려운 일도 수없이 많았다.

개관을 앞두고 예전에 쓰던 화랑의 작품을 정리하니, 8백 평 건물의 3분의 1도 채우지 못할 것 같았다. 우리 화랑에서는 기획전을 빼고는 모든 작품을 현금으로 구입한다. 컨사인먼트(Consignment)란 작품을 얼마간 대여해 판매한 후에 수익금을 나눠 갖는 방식인데, 이런 방식을 취하게 되면 좋은 작품을 구하기가 힘들다. 윈드 갤러리에서 거래하는 작가들은 세계적인 수준의 작가들이다. 이들 작품은 선금을 받고 팔아도 불티나게 팔리기 때문에 컨사인먼트 방식으로 하게 되면 구매 자금은 적게 들겠지만 지명도가 낮은 작가의 작품이나 유명 작가의 작품 중에 잘 팔리지 않는 작품을 취급해야 한다.

미국에서 유명 작가는 에이전트나 딜러가 있기 때문에 절대로 자기 그림을 직접 팔지 않는다. 자기 그림을 들고 다니면서 파는 사람들은 무명 작가이거나 화가라고 스스로 이름을 붙인 사람들이다. 뉴욕 아트 엑스포나 국제 쇼에서는 딜러나 에이전트들이 부스를 열고 이미 계약된 화가의 작품을 전시하고 그 작품을 화랑주에게 넘긴다. 이때 작가가 자기 그림을 프로모션하기 위해 나올 수도 있지만, 거래는 꼭 에이전트나 딜러와 해야 한다. 이 규칙을 깨고 직접 작가와 거래하면 작가도 화랑주도 미술 시장에서 완전히 신용을 잃고 거래선마저 막혀버린다.

미국에서 신용은 생명이요 돈줄이다. 한번 신용을 잃고 나면 다시 소생할 기회마저 주어지지 않는다. 모두들 규칙을 지키며 정당하게 상거래를 하기 때문이다. 그동안 10년 가까이 화랑을 하면서 수많

은 작가와 친분을 갖고 서로 허물없이 지내는 사이가 되었지만 지금
도 작품을 구입할 때는 반드시 그 작가가 속해 있는 소속 회사의 딜
러나 에이전트와 거래한다. 쉽게 말해 한국 연예인들이 소속사와 계
약을 하고 스케줄과 계약에 관한 제반 사항을 소속사에 위임하는 것
과 같다. 작가는 계약이 끝나야 다른 회사나 에이전트로 옮겨갈 수
있고, 스스로 회사를 차려 에이전트와 작가를 병행할 수도 있다. 자
신이 직접 에이전트로 활약할 경우, 내 경험에 비추어보면 거의 대
부분 미술 시장에서 도태되거나 인기가 떨어진다. 따라서 작가는 작
가로서 끊임없이 새로운 작품을 '생산'(생산이라는 말이 좀 지나치다
싶기도 하겠지만 어마어마한 세계 미술 시장의 구매력을 감안하면 유명 작
가는 끊임없이 작품을 만들어 공급에 대응해야 한다.)하는 데 총력을 기
울이는 것이 훨씬 현명한 일이다. 잘 훈련되고 기업식으로 운영되는
에이전트나 딜러들은 작가의 전시 스케줄을 잡고 작품을 판매하고
프로모션하는 일체의 업무를 도맡기 때문에 이들에게 소속되어 있
을 때 작가는 그 진가를 발휘할 수 있다.

　내가 화랑업에 전념하는 동안 남편은 새로운 개념의 레스토랑 업
을 부지런히 연구하였다. 국제적인 감각을 갖춘 인터내셔널 쿠진
(international cusine)도 연구 중이고, 젊은 세대를 위한 노마딕
(nomadic) 풍의 카페를 세울 부지도 마련해두었다. 센터빌 시와 쌓
은 친분과 신용을 바탕으로 작년에 내가 구입한 부지에 독특한 형태
의 쇼핑센터 건축을 함께 추진 중이다. 그동안 남의 건물을 빌려 레

스토랑을 경영하면서 건물 임대 계약 때문에 두 번이나 법정에 서게 되면서 남의 땅에서는 절대로 사업을 시작하지 않겠다는 게 우리의 신조가 되었다.

우 서방은 2년 전부터 준비해온 '캐전 그릴'을 2004년 8월에 오픈해서 밤낮으로 신시내티와 데이튼을 왔다 갔다 하며 사업에 정열을 불태운다. 또 2004년에 신시내티 밀스 몰(쇼핑과 오락을 병행할 수 있는 대형 쇼핑센터)에 새로 개장한 '윈드 갤러리'와 가구 및 디자인 소품을 판매하는 '디자이너스 마켓 플레이스'의 운영도 열심히 도와준다.

구멍가게를 차리듯 경험도 자본금도 없이 시작한 화랑업이 가속이 붙은 열차처럼 달리고 있다. 남편과 함께 타고 가던 열차에서 뛰어내려 맨발로 헤집기를 9년. 이제 미국 중서부에서 가장 큰 딜러로, 세계적인 화가의 초대전을 정기적으로 유치하는 성공적인 화랑으로 세계 미술 시장의 주목을 받는다. 가끔 멈출 수 없어 어지럽기까지 하지만 열차가 종착역에 닿을 때까지, 열차의 키를 넘겨주는 시간까지 최선을 다해 달릴 생각이다.

오늘도 우 서방과 나는 내일의 꿈을 향해 부지런히 달려가고 있다. 우리 둘만의 행복을 위해서가 아니라 우리가 사랑하는 사람들과 함께 그 행복을 나누기 위해서다. 그들의 믿음과 격려 없이는 도저히 불가능한 일이기 때문이다.

아름다운 전쟁

새로운 마음으로 시작한다는 것은 즐거운 일이다. 하루의 시작을 알리는 새벽 종소리, 달력을 넘겼을 때 눈에 띄는 빈 공간, 새해 아침에 함께 보는 태양은 언제나 나를 들뜨게 한다.

미국의 9월은 한국의 1월처럼 중요한 달이다. 1월이 시간의 분리를 의미하는 상징적인 출발이라면, 9월은 다음 회기의 업무를 계획하고 실행하는 실질적인 시작을 의미한다. 연방정부, 주정부, 학교, 대기업을 비롯해 미술관이나 각종 단체에 이르기까지 9월이 되면 1년 행사를 기획하고 다음해 9월까지의 일정을 꼼꼼히 챙긴다. 아이들이 다니는 학교도 대개 8월 말이나 9월 첫 주에 새 학기가 시작된다. 같은 도시에 살면서도 지역에 따라 개학일이 다르긴 하지만 대체로 다음해 5월 말이나 6월 초까지 학기가 계속된다.

미국은 사치 제도가 잘 발달해 있어 주정부에서 해결할 수 있는 일은 연방정부가 간섭하지 않는다. 각 도시의 학군은 나름대로 특성을 살려 커리큘럼을 짜고 학교 일정을 자율적으로 조정한다. 그래서 같은 도시에 살면서도 학교마다 개학일이 달라질 수 있다. 첫딸 리사를 키울 때 친구 아이가 내일 등교한다기에 학교 일정표도 확인하지 않고 갔다가 헛걸음을 한 적도 있다. 획일적인 교육 환경에서 자란 나는 처음 미국에 왔을 때 이런 문화적 차이로 고생을 많이 했다.

우리 화랑과 아트센터도 매년 9월이면 다음해 9월까지의 행사 스케줄이 대강 정해진다. 2004년 여름에 한국으로 가족여행을 다녀오고 신시내티에 화랑과 가구점, 캐전 그릴 세 곳을 동시에 오픈해서 분주했던 관계로 몇 가지 행사 내역이 정리되진 않았지만 국제 작가 초대전, 지역 작가전, 창작예술센터에서 공부하는 학생들의 전시회 일정 등이 잡혀 있다. 그밖에 내가 참석해야 하는 아트 엑스포와 국제 미술전, 그리고 작품을 구입해야 할 유명 화가들의 개인전 일정이 사무실 달력에 꼼꼼히 기록되어 있다. 미국에서는 2년이나 3년 전에 미리미리 기획해놓지 않으면 유명 작가의 초대전을 유치하기가 힘들다.

나의 일정은 하루하루 빡빡하게 돌아간다. 오늘도 나는 2004년 11월 12일과 13일 양일간에 열릴 이스라엘 출신의 세계적인 작가 데이빗 슐러스의 기획전 준비로 마케팅 디렉터와 언론에 보낼 보도자료를 점검해야 한다. 그리고 곧장 컨벤션센터로 달려가 건축설계사, 도시계획위원, 인테리어 디자이너와 함께 수리중인 센터의 내부 설계와 장식에 관한 브리핑을 들어야 한다. 물론 내가 관여하는 분야는 아트 컨설팅이다. 내가 운영하는 윈드 갤러리와 아트센터 및 디자이너 마켓 플레이스는 미술 작품만 파는 것이 아니라 예술 전반에 관해 자문해주고 디자인 컨설팅을 하는 등 토털 서비스를 제공한다.

일정이 빡빡한 만큼 준비도 철저히 한다. 시간은 내게 다이아몬드보다 소중하다. 나는 보통 다음날 업무에 적당한 복장을 저녁에 골라서 눈에 띄는 옷장 입구에 걸어둔다. 다음날 아침 금쪽같은 나만의 새벽 시간을 아끼고 싶은 생각에서다. 미리 골라두면 다음날 서두르지 않아도 되고, 이리저리 왔다 갔다 하며 옷장 앞에 걸린 옷을 관찰하다 보면 보다 독창적으로 옷을 코디할 수 있기 때문이다. 같은 정장일지라도 다른 색깔의 티셔츠나 블라우스 혹은 스카프를 걸쳐서 색다른 분위기를 연출할 수 있다. 손에 닿는 대로 허둥지둥 아무 옷이나 꺼내 입으면 세련된 옷차림을 유지할 수가 없다.

옷을 정성스럽게 입고 몸가짐을 단정히 하는 것은 다른 사람에 대한 존중을 의미한다. 자기 몸을 성의 있게 가꾸지 않는 것은 상대방에게 대한 결례이자 자신에 대한 기만이고 나태함을 드러내는 일이다. 아름답고 단정하게 자신의 모습을 가꾸는 것은 좀더 나은 삶을 추구하고자 하는 자신과의 약속이기도 하다. 건강하고 아름다운 정신은 단정하고 올바른 몸가짐을 가질 때 더욱 빛난다.

나는 매일 정성들여 그날 일정에 알맞은 옷을 골라 입는다. 몸을 많이 움직여야 하고 작업량이 많은 날이면 신축성 있고 통기성이 좋은 자연 섬유의 정장을 입는다. 내가 어떤 옷을 얼마나 단정하고 개성 있게 입는가 하는 것은 화랑에 걸린 그림만큼이나 손님에게 커다란 영향을 미친다. 상상해보라. 세계적인 작가의 그림 앞에서 헝클어진 머리로 구겨진 바지를 입고 색깔과 디자인 감각이 뒤떨어진 채 수억 원대의 그림을 추천하는 큐레이터를. 화랑 고객들은 큐레이터를 믿지 않으면 절대로 작품을 구입하지 않는다.

불행하게도 사람들은 눈에 보이지 않는 것보다 보이는 것을 믿는다. 시각적으로 들어온 첫 느낌은 오랫동안 그 사람에 대한 품위를 짐작하게 하고 손님과의 유대관계를 형성하는 데 크게 기여한다. 손님에게 신뢰감을 주고 구매욕을 일으키는 것은 작품 자체뿐만이 아니다. 작품을 권하는 큐레이터의 모습과 그 속에 담긴 진심 어린 태도가 결정적인 역할을 한다.

처음 화랑을 시작했을 때 나는 여러 가지 어려움을 겪었다. 그중에서 가장 힘들었던 건 내가 동양인이라는 점이었다. 지금은 매스컴을 통해 많이 알려진 데다, 아트센터가 중서부에서는 최대 규모이고 개인이 경영하는 화랑으로는 미국 내에서도 손꼽힐 정도가 되어 동양 여자인 '이기희'가 주인이라는 데 별반 이의를 제기하지 않는다. 그렇지만 처음 화랑을 시작했을 때는 지금과 사뭇 달랐다.

전남편 제임스와 함께 1978년 데이튼에 도착했을 때 나는 성대하게 환영을 받았다. 매스컴에서도 나를 주목했다. 물론 남편의 직책 때문이기도 했지만 상당 부분은 동양 여자가 미국 상류사회에 들어와 어떤 모습으로 살아가는지에 대한 관심과 호기심 때문이었다. 사람들은 나를 '스위트 리틀 씽(Sweet little thing: 사랑스럽고 작은 여자)'이라고 불렀다. 사실 나는 체구가 그리 작지 않다. 늘씬하게 쭉쭉 뻗은 것은 아니지만 학교 다닐 때는 늘 뒤쪽에 앉았고 포동포동한 편이었다. 키 순으로 서면 60명 중에 50번 이상이었으니까 그 당시에는 큰 편에 속했다. 하지만 미국에 오니 상대적으로 작은 여자로 둔갑했다. 그들 눈에는 내가 조그마하고 귀여워 보였던 모양이다.

이웃들은 동양에서 온 작고 귀여운 여자에게 친절했으며 내가 새로운 문화에 정착할 수 있도록 인내심을 가지고 성심껏 도와주었다. 미국인들은 여러 민족의 다양성을 받아들이는 너그러움을 자랑으로 여긴다. 그들은 '동양인을 사랑하고 동양 문화를 존경한다.'고 말한다. 세계 각 나라의 문화를 받아들여 용광로처럼 관대하게 수용하는 복합적인 미국 문화의 우월함을 과시하는 것이다. 그러나 관용과 수용이란 대등한 입장이 아니라는 것을 전제로 했을 때 가능한 말이다. 즉 동양 문화를 서양 문화의 종속적 의미로 이해할 뿐 대등한 입장에 놓이기를 원치 않는다. 우리가 너희 나라 문화를 받아들이는 만큼 너희는 우리의 일부분이 되어야 한다는 정도일 뿐이다. 작은 연못의 물이 호수로 빨려 들어가면 당연히 그 호수가 되어야 한다고 그들은 믿고 있는 것이다. 용광로에서 일단 녹아버린 물질은 새로운 것이 되는 데 기여해야 하고 원래의 상태를 고집해서는 안 된다. 그들이 베푸는 관대함이나 타민족에 대한 문화적 이해도 그 수준 이상을 넘지 못한다.

봉사와 박애는 베푸는 자의 입장에서는 너그럽고 교양 있는 몸짓이다. 그러나 그것은 수혜자가 그들과 대등한 입장에 있지 않을 때에만 가능하다. 미국 시민들, 특히 상류층 사람들은 미국이 세계를 이끌고 있다는 선민의식에 젖어 있고 그런 우월감을 도전받기를 원치 않는다.

제임스와 사는 동안 이웃들에게 각별한 사랑과 도움을 받은 것을 냉정히 따져보면 내가 미 육군 대령인 제임스의 아내였기 때문이다. 나란 존재는 백인 남편의 후광이 있었기에 존중받을 수 있었던 셈이다.

두 번째로 결혼한 중국인 남편과 레스토랑을 경영해서 사업이 번창할 때도 나는 다시 한번 매스컴의 주목을 받았다. 신시내티 《인콰이어》지에 우리가 경영하는 제이드 가든 레스토랑과 우리 부부에 대한 기사가 여러 번 소개되었다. 오하이오 《비즈니스 매거진》에서는 '이스트 미트 웨스트(East meet West: 동양이 서양을 만나다)'라는 제목으로 커버스토리의 주인공이 되었다. 그 덕에 우리는 졸지에 레스토랑 업계의 대부로 떠오를 수 있었다. 데이튼 데일리 뉴스와 지역 타임지에 특종으로 보도되었고 텔레비전 프로그램에 우 서방과 내 얼굴이 자주 등장하기도 했다. 사업을 확장해서 다섯 개 도시에 일곱 개의 레스토랑을 차릴 때까지도 우리는 주변의 찬사와 격려를 받으며 번창할 수 있었다. 적어도 우리가 경영하는 '중국식당'은 동양인밖에는 할 수 없는 일이었으므로 그들의 자존심을 위협하지 않았기 때문이다.

그러나 내가 윈드 갤러리를 열자 사정은 많이 달라졌다. 그때까지 보여주었던 다정하고 호기심 어린 눈길을 일시에 거두고 질시의 눈길로 내가 하는 사업을 바라보기 시작했다. 물론 그 눈초리에는 선망의 마음도 있었을 것이다. 그래서 1996년 처음 화랑을 열 때는 무척이나 힘들었다. 우리도 못하는 화랑을 어떻게 동양 여자인 네가 할 수 있겠어? 얼마나 오랫동안 이 시장에서 버틸 수 있는지 한번 두고 보자. 그런 눈초리로 나를 대했다. 발끝부터 머리끝까지 훑어보며 경계의 빛을 감추지 않았다.

그들은 피부색이 다른 인종이 자신들보다 우월하다는 걸 인정하지 못한다. 백인만이 누릴 수 있는 상류사회의 기득권에 동양인이 뛰어드는 것을 불쾌해하고 거부하는 듯했다. 미국인들은 자신들의 절대적 권위를 거부하는 민족과는 절대 타협하지 않는다. 그건 어쩌면 가진 자만이 누릴 수 있는 힘의 속성일 것이다. 동양 여자인 내가 미국 상류층을 상대로 한 화랑과 국제적인 규모의 아트센터에서 큐레이터로 인정을 받고 사업가로 성공하기까지는 수없이 많은 전쟁을 치러야 한다. 매일같이 그들의 권력과 질서에 도전하며 싸워야 한다.

나는 날마다 전쟁에 임하는 장수처럼 하루 업무를 시작한다. 그래서 내가 그날 만날 고객이나 일정에 따라 적당한 옷을 고르는 것은 치장 이상의 의미를 갖고 있다. 전쟁에 나가는 장수에게는 목숨을 보호할 수 있는 갑옷과 방패가 필요하다. 나에게 옷을 입는 행위는 장수의 갑옷처럼 '이기회' 라는 장수가 적장의 눈에 호락호락하게 보이지 않도록 만반의 준비를 갖추는 일이다. 간혹 손님들 중에 내 손에 낀 반지, 내가 걸치고 있는 장신구, 그리고 내가 뿌린 향수의 이름까지도 예리하게 관찰하는 이가 있다는 것을 눈치 챌 때도 있다.

나의 하루는 그렇게 아름다운 전쟁을 치르는 '전사의 일기'와도 같다. 다만 나의 무기는 칼이나 총이 아니라 펜과 아름답게 디자인된 작가 프로필일 뿐이다. 우리의 싸움은 훨씬 지능적이고 교묘하다. 절대 체통을 잃어서는 안 된다. 교양 있는 언어와 몸가짐으로 상대방보다 유리한 고지를 점령해야 한다. 나의 싸움은 일단 상대방의 기(氣)를 누르는 것에서부터 시작된다. 기는 센 곳에서 약한 곳으로 흐르게 마련이다. 그래서 기가 약한 사람은 센 사람에게 먹히고 만다. 전쟁은 힘의 싸움이다. 힘있는 쪽이 힘없는 쪽을 누른다. 눌린 쪽은 정복당하고 패자가 된다. 때로 우리는 전쟁을 하듯 끊임없이 고객과 치열한 협상을 벌인다. 싸움은 치열하지만 중요한 것은 줄다리기가 끝났을 때 고객도 나도 승리해야 한다는 것이다.

실제 전쟁에서는 한쪽이 다른 쪽을 눌러야 승자가 된다. 그러나 사업을 할 때는 두 쪽이 모두 이겨야 한다. 장기적인 안목으로 어떤 사업에서 지속적으로 살아남기 위해서는 '윈윈 전략'이 절대적으로 필요하다. 고객도 주인도 원칙적으로 승리해야 관계가 오래 지속될 수 있다. 양쪽 다 '이익'을 얻어야 하는 것이다. 비록 내 신분에 대한 편견과 오해로 서로 부딪친다 해도 결국 양쪽이 다 승리하게 될 때 진정한 의미에서의 거래가 이루어졌다고 할 수 있다. 그래서 내가 고객과 치르는 싸움은 '아름다운 전쟁'이라고 말할 수 있다.

나는 고객에게 그림만 팔지 않는다. 그림 속에 담긴 작가의 영혼을 팔고 그 영혼의 메시지를 성실하게 전달하는 '이기희'라는 인간

자체를 고객에게 제공한다. 나는 손님들을 다정하게 대하지만 그들의 칭찬에 호들갑 떨지 않는다. 정중하지만 머리 조아리지 않고 친절하지만 비굴하게 아부하며 웃음 짓지 않는다. 그들은 미국적인 언어와 문화에 익숙하지 못한 소수민족이 자신을 낮추고 비굴하게 굴며 아양을 떠는 데 익숙하다. 자신들보다 미개하고 문화 수준이 낮다고 생각하는 사람들에게 동정심을 발휘하고 아량을 베푸는 것을 자랑스럽게 생각한다. 나는 그들에게 동정이나 이해의 대상이 되고 싶지 않다.

고객을 대하는 나의 태도는 부드럽고 정중하지만 때로는 차돌처럼 매끄럽고 단단해서 그들의 손아귀에 쉽게 잡히지 않는다. 자신들이 익숙해져 있는 권위와 아량에 과감하게 도전하고 차이점만 지적할 뿐 어떠한 조건에도 문화적 종속 관계를 인정하지 않는다. 나의 이런 태도는 그들을 당혹스럽게 했지만 한편으로는 신선한 충격으로 다가갔다.

자신을 얕보고 깔아뭉개려는 사람 앞에서 비굴해지는 것은 스스로 자살골을 넣는 것과 같다. 참을성 있게 손님이 내 쪽으로 다가오기를 기다려야 한다. 그들이 미처 알지 못하는 일상의 정보에서부터 세계 미술 시장의 흐름에 이르기까지 서두르지 않고 차근차근 풀어가면서 고객의 기를 눌러야 한다. 그러려면 기 싸움에서 이길 수 있도록 평소 자료를 충분히 연구하고 정보를 축적해두어야 한다. 동양 문화와 서양 문화에 대한 지식과 성찰이 있어야 상대방의 기를 누를 수 있음은 물론이다. 하지만 사람과의 관계에서 무엇보다 중요한 근

본은 친절이고 성성이다. 내 집에 온 귀한 손님을 맞이하듯 나는 정성스레 고객을 대한다.

인생을 살아가는 데는 진정한 의미에서 승자도 패자도 없다. 다만 우리가 성공했다고 우쭐거리거나 실패했다고 좌절할 뿐이다. 나는 어떤 거래에서든 고객과 함께 승리해야 한다는 나의 사업 철학을 심어주려고 노력한다. 고객은 우리 화랑을 통해 자신의 삶을 보다 아름답고 성숙한 단계로 이끌어줄 작품을 구입하게 되었고, 나는 큐레이터의 전문성을 인정받고 그에 대한 대가로 정당한 이익을 얻을 수 있으니까 말이다.

그래도 가끔은 나의 인내심과 정중함과 교양(?)까지 한꺼번에 시험하는 고객이 나타나 속을 뒤집어놓을 때가 있다. 그러면 인내심이 바닥을 치기 전에 얼른 화장실로 달려가서 거울 속에 비친 나에게 묻는다.

"이기희, 잘할 수 있겠지? 오늘 싸움에서 이겨낼 수 있겠지? 상대가 너무 비참하게 구니까 더욱 열심히 사랑하며 싸워보자!"

그러고 나서 거울 속 내 모습을 보며 여유 있게 미소 짓는다.

삶이란 어차피 크고 작은 문제들과 직면하고, 그 문제들을 해결하면서 전쟁을 치르듯 헤쳐 나가는 것이다. 그러다가 어느 날 문득 '땡' 하는 종소리도 듣지 못한 채 자신의 뜻과 상관없이 사라질지 모른다. 하지만 목숨이 붙어 있는 한 사람은 사람들 사이에서 이리저리 부대끼며 긴장을 멈추지 않고 살아가게 마련이다. 나는 안다. 내가 치르는 삶의 전쟁도, 내가 만나는 누구와의 투쟁도, '나' 와의 전쟁보다 치열하지 않다는 것을. 내 자신과의 싸움에서 승리하지 못하면 누구에게도 자신만만하게 대응할 수 없다는 것을. 남을 아프게 하고 상처 나게 하고 칼날을 세우는 피나는 전쟁이 아니라 서로에게 용기를 주고 기쁨을 나누는 행복한 투쟁이 되기를 바란다. 그런 싸움은 전쟁이 아니라 화해에 가깝다. 정당한 대결은 편견과 교만을 무너뜨리고 인종과 성별, 계급과 이데올로기가 만들어놓은 경계의 벽을 허물어버린다.

나는 나의 피부색, 눈동자, 언어, 몸가짐, 검은 머리 때문에 내게 쏟아지는 의혹의 눈초리와 타협하지 않는다. 동양인이며 소수민족이고 여자 경영인이기 때문에 감당해야 할 사회적 불이익에도 굴복하지 않는다. 나의 전쟁은 내가 이 땅에 존재하는 한 결코 멈추지 않을 것이다.

그러나 나는 안다. 전쟁에 나가는 장수처럼 하루를 맞더라도 나의 전쟁은 늘 아름다워야 한다는 것을. 풋풋한 날갯짓으로 끊임없이 비상하며 아름다운 빛으로 그들의 가슴속으로 다가가야 한다는 것을. 용기 있는 자만이 생의 아름다움을 한 올도 빠짐없이 건져 올릴 수 있을 것이다.

내가 당기는 화살이 비록 치열한 경쟁과 투쟁을 거쳐 획득해야 할 목적이 분명하다 할지라도 내 눈은 한시도 화살이 날아가는 푸르른 하늘을 잊은 적이 없다. 내 눈 속에 늘 푸른 하늘을 담고 있기 때문에 나의 전쟁은 내가 살아 있는 한 언제나 아름답게 지속될 것이다.

푸른 눈의 너를 위하여

화랑에 대한 이야기나 내 인생의 기쁨과 슬픔, 실패와 성공이 뒤바뀌는 이야기는 이 정도에서 끝을 맺는다. 되돌아보면 그것이 성공이었든 실패였든 작정한다고 되는 일도 아니었고 차분히 준비한다고 해서 이루어지는 일도 아니었다. 만약 계획을 하고 이루려 했다면 계획서가 너무 황당해서 처음부터 포기하라고 말렸을 것이다. 두 번의 결혼이 그랬고 아이를 갖고 유산을 할 때도 그랬고 레스토랑을 겁 없이 일곱 개로 늘릴 때도 그랬다. 자본금 없이 수십억대의 화랑을 신축하고 수백억의 그림을 구입할 때도 나는 계산하지 않고 일을 저질렀다.

나는 돌다리를 두드려보고 건넌 적이 없다. 건너고 싶으면 그냥 건넜다. 돌다리든 외나무다리든, 일단 강 건너에 내가 원하는 무언가가 보이면 그대로 가야 한다는 생각만 했다. 때로는 다리가 끊어지기도 하고 벼랑 아래로 굴러 떨어지기도 했다. 설령 다리를 건너다가 죽는 한이 있더라도 다리 저편의 풍경을 그리워하고 있는 것보다는 낫다는 생각만 했다. 그래도 나는 나의 성공 ― 사실 이게 성공인지는 아직까지도 모르겠다. ― 이 나 혼자만의 힘으로 거둔 것이라고는 생각하지 않는다. 내가 있기까지, 이기희라는 한 인간이 길고도 험난한 인생의 절반 이상을 살아올 때까지, 나의 철없고 무모한 도전을 인내심 있게 지켜봐준 사람들이 있었기에 가능했다. 그들은 내 가족과 친지일 수도 있고, 우정을 나눈 이웃과 선배일 수도 있다. 또 은사님들과 내가 늘 그리워하는 나의 조국일 수도 있다. 그 그리움의 실체들이 내 가슴속에 믿음의 증표를 심어주지 않았다면 나는 몇 번이고 좌절하며 포기했을 것이다. 그들은 내가 영원히 사랑하고 그리움에 목이 멜 대상이며, 돌아가 지친 몸을 누이고 싶은 고향이다.

이 자리를 빌려 푸른 눈의 다정한 내 이웃들에게도 감사하다는 말을 전하고 싶다. 그들은 푸른 눈과 다른 피부색을 가졌지만 미국 생활에 서툰 나를 다정한 눈길로 맞아주었다. 소수민족이 흔히 겪게 되는 차별과 냉대가 전혀 없지는 않았지만, 대부분 내 모습 그대로 나를 받아들여주었다. 나를 믿고 내 사업을 지켜주는 고객이 되어주었다. 부족하고 모자라는 나를 끊임없이 지원해주었다. 상류층에게만 허용된 내 사업을 경쟁과 질시의 눈으로 바라보기도 했지만 찬사도 아끼지 않았다. 내가 포기하지 않도록 따뜻한 용기를 불어넣어주는 것도 잊지 않았다. 말더듬이 같은 나를 미소로 대해주었고 앞뒤가 바뀐 명사와 동사를 제자리에 찾아주며 참을성 있게 내 말을 들어주었다. 〈마이 페어 레이디〉의 여주인공처럼 제멋대로 행동하는 나를 자애로운 눈길로 지켜보았으며 내가 속했던 문화를 이해하려고 노력했다.

장애아인 내 딸 리사를 특별하게도, 그렇다고 지나치게 동정적으로 보지도 않았으며 우리와 똑같은 한 인간으로 받아들였다. 내게 요리를 가르쳐주었고, 빵 굽는 법과 아름다운 케이크를 구워 이웃에게 나눠주는 사랑을 일깨워주었다. 한국에서는 삼류 작가에도 못 낄 나를 화가라 불러주었고, 작품이라 하기에도 민망한 내 그림을 기쁘게 사주었다. 팝콘을 튀겨 리사의 손을 잡고 호수로 가는 제임스의 등뒤로 햇살 같은 미소를 보내주었으며, 이국 여자인 나를 낯설지 않은 이웃으로 남게 해주었다. 나의 성공을 축하해주고 내 얼굴이 나온 신문기사를 오려 축하 메시지와 함께 우체통에 넣어주는 배려도 잊지 않았다. 리사가 잃어버리고 온 장난감과 자전거를 우리 집 차고 앞에 갖다 주곤 했다.

제임스가 죽음과 힘겨운 싸움을 벌이는 동안 잔디를 깎아주고 쓰레기를 비워주었으며 시장을 봐주고 내가 쓰러질까봐 번갈아가며 리사를 돌봐주었다. 두려움에 떠는 나와 함께 제임스의 죽음을 지켜주었고 장례식에 입을 옷의 소매단도 고쳐주었다. 나의 상처를 조금이라도 덜어주기 위해 눈물을 감추며 제임스를 보내주었고, 우 서방을 만났을 때도 새로 맞은 내 삶을 제일 먼저 축하해주었다. 그들이 아니었다면 나는 결코 이곳에 뿌리를 내릴 수 없었을 것이다.

물론 즐겁고 기쁜 추억만 있는 것은 아니다. 나는 그들과 사투를 벌이며 경쟁을 해야 했다. 백인들 특유의 우월의식과 상류사회의 높은 벽을 허물기 위해 전쟁터에 나가는 장수처럼 항상 긴장했다. 하지만 그들은 공정했다. 경쟁을 하되 게임의 룰은 지켰으며 자신의 판단에 오류가 있을 때는 자기 생각을 바꾸는 데 인색하지 않았다. 플래카드를 흔들며 열렬하게 환영사를 해주지는 않았지만 조금씩 마음의 문을 열어주었다. 하나의 문을 지나면 다음 문으로 들어갈 수 있는 기회도 주었다. 서양 문화가 우월하다는 생각에 젖어 동양 문화를 정확히 알지는 못했지만 성의를 갖고 이해하려고 노력했다. 작은 스쳐감, 작은 눈길, 흩날리는 잎새에도 마음 붙이지 못하고 바람처럼 나부끼는 내 삶으로 들어와 박애와 사랑의 참뜻을 일깨워주었다.

뿌리 없이 몸뚱이만 잘려와 보낸 28년. 마음은 항상 내 고향, 나에게 익숙한 그 하늘로 돌아가기를 꿈꾸었다. 하지만 푸른 눈의 이웃이여, 그대들이 없었더라면 나는 결코 지금의 나를 이루지 못했을 것이다. 피부색은 다르지만 미소를 잃지 않고 바라보는 다정한 눈망울이 없었더라면 지금 내가 밟고 있는 이 땅에 새롭게 뿌리 내릴 수 없었을 것이다. 푸른 눈의 이웃들에게 조금 늦은 감은 있지만 감사의 말을 전하고 싶다.

당신께 갑니다

이국땅에서 보낸 28년은 고향으로 돌아가야 한다는 귀향의 꿈과 돌아갈 수 없는 현실 사이에서 헤매며 살아온 괴롭고 긴 여정이었다. 돌아가야 한다는 바람이 커질수록 돌아갈 수 없는 삶의 벽들이 나를 에워쌌다. 돌아가야 하는데 길이 보이지 않는 절망의 순간들을 극복하기 위해 내 앞에 닥친 현실에 온 마음과 정성을 다해야 했다.

나는 성공하기 위해서, 유명해지기 위해서, 돈을 벌기 위해서만 미친 듯이 일하고 작품에 몰두하고 사업에 골몰했던 것은 아니다. 매일매일 다가오는 일상의 삶을 피할 수 없어 성실히 살다 보니 어느 날부터인가 사람들이 성공이란 잣대로 나를 평가하기 시작했다. 유명해지기 위해, 그림을 그리고 돈을 벌기 위해 그토록 모질게 살았다면 나는 물질이 던져주는 축복의 고깃덩어리에 감격했을 것이다. 하지만 나는 물질이 주는 풍요 속에서도 늘 가난했고 칭찬과 격려를 받을 때도 쓸쓸하고 외롭기는 마찬가지였다. 그건 아마도 뿌리 없이 잘려온 자의 가슴속에 맺힌 처절한 한 때문이었을 것이다. 돌아가고 싶은데, 꼭 돌아가야만 할 것 같은데 어떻게 돌아가야 할지 막막하니까 그 길을 찾으려고 더 열심히 살아온 것 같다. 무엇인가 이곳에서 이루지 못하면 영원히 돌아갈 길을 잃어버릴 것 같았고, 나중에 돌아갔을 때 사람들에게 보여줘야 할 무엇인가를 이뤄내야 한다는 생각으로 부대끼며 살아온 것 같다.

하지만 나는 깨달았다. 창작예술센터를 세울 때 땅 속 깊이 철근을 심는 인부들의 모습을 바라보면서, 뿌리는 지구의 어디에나 내릴 수 있다는 생각이 들었다. 그리고 이제 몸은 돌아가지 못해도 그리운 내 땅과 내 고향의 그리운 사람들 곁으로 돌아가는 법을 알게 되었다.

다음에 소개하는 두 편의 글로 귀향의 꿈을 접는 내 가슴속에 응어리진 아픔을 적어보려 한다. 첫 번째 것은 대구에서 열렸던 자전소설《찔레꽃》출간기념식 때 참석해주셨던 분들에게 드린 작가의 말이다. 두 번째 것은 나의 일기에서 발췌한 것이다. 내용으로 보면 두 번째 것은 언젠가 내가 다시 소설가로 거듭날 수 있을 때 독자들에게 드리려고 적어본 글인 것 같다. 다소 감상적이긴 하지만 아직도 작가의 꿈을 접지 못한 나의 심정이 잘 드러나 있다.

아주 먼 옛날 '동지미' 라는 작은 마을에 고집 세고 욕심 많은 계

집아이가 있었습니다. 머루알처럼 어미 등에 붙어 눈물 믹고 자란 아이는 한국이 낳은 세계적인 시인이 되기를 꿈꾸었지요. 시간이 시간의 허리를 밟고 세월의 강을 따라 흐르는 동안 아이는 그 꿈을 접을 수밖에 없게 되었습니다. 꿈을 버리는 대신 아이는 그 대가로 많은 아름다운 것들을 얻을 수 있었습니다. 아이가 어른이 되고, 그 아이는 아이를 낳았습니다. 하지만 결코 유년의 기억이 새겨진 다정한 얼굴들을 지울 수가 없었습니다. 어른이 된 아이는 낮에도 끊임없이 꿈꾸며 살았습니다. 언젠가는 다시 돌아가서 유년의 약속을 지키고, 그 약속을 지켜봐줄 그리운 얼굴들이 아직도 그곳에 남아 있으리라는 기대 때문이었지요.

의논할 사람 하나 없이 국어대사전 한 권을 앞에 두고 힘들게 이 글을 썼습니다. 행여 침대에서 잠들면 깨어나지 못할 것 같아 새우 잠을 자며 아홉 달을 지냈습니다. 부족한 부분은 사랑으로 덮어주시고 너그러운 마음으로 읽어주시기 바랍니다.

어젯밤에는 왠지 가슴 설레어 새벽녘에야 잠깐 잠이 들었습니다. 꿈속에서 소풍을 갔는데 한 아이가 울면서 말했습니다. 멀리멀리 이사를 가는데 다시는 선생님과 놀 수 없을 것 같아 슬프다고 했습니다. 영원히 그 아이를 못 만날 것만 같아 제 이름 석 자를 적어 아이의 바구니에 넣어주며 흐느끼다가 잠에서 깨어났습니다. 호텔 창밖으로 동촌의 강물이 망우산을 끼고 안개 속에 누워 있었습니다.

오늘 이 행사가 끝나면 저는 서울로 갑니다. 그리고 모레 아침이면 서둘러 미국으로 돌아가야 합니다. 피부색과 말이 다르지만 이제

246

는 제 땅이라고 믿어야 하는 그곳, 제가 헤엄치기에 익숙한 나라로 돌아갑니다.

내 땅, 내 나라에 묻히겠다는 애빌레의 꿈을 접는다면 힘겹게 벗어놓은 껍질 속에서 아름다운 꽃무늬의 나비 한 마리가 힘차게 날아오르지 않겠습니까? 어디서 무엇이 되어 어떻게 살든 기러기 편에 다시 안부 전하겠습니다.

저를 잊지 말아주세요. Forget me not. 물망초의 꽃말을 아시나요? 정말 감사드립니다.

2002년 7월 20일, 새벽 5시 45분

결국은 이렇게 되짚어올 수밖에 없는 길을 왜 그리 오랫동안 헤매었는지요? 하나의 길이 끝날 때마다 또 하나의 길이 펼쳐졌지만 얼마나 두려움에 떨며 아득히 먼 길을 바라다보았는지요? 당신이 그 길의 끝에 계신다고 믿었기에 그곳은 꼭 가야 할 목표였고, 그 길의 끝에 도착할 때마다 당신은 또 다른 길로 옮겨가셨기에 어쩌면 당신은 제게 영원히 이를 수 없는 길의 마지막 모습이 아니었는지요?

아니, 당신은 애초에 그 길의 시작이었는지도 모릅니다. 처음이고 출발이었던 그곳에 당신은 묵묵히 나무로 서 계셨는데 떨어져 나온 잎새 되어 바람결에 하릴없이 떠돌아다닌 거겠지요. 한번 길을 떠나면 되돌아오기 쉽지 않다고, 가지에서 떨어져나간 잎들은 마른 낙엽이 되어 잊혀진다고 당신이 그토록 말리셨는데도 시간을 거슬러 언제든 당신 품으로 돌아갈 수 있다고 믿었던 건 제 어리석음이겠지요. 그때는 목이 쉬도록 함께 불렀넌 청춘의 노래들이 그렇게 빨리 사라질 줄은 몰랐으니까요. 보이지 않는 흔적을 찾으며 돌아오는 자의 늦은 귀향을 노란 민들레 꽃송이나 금잔화 잎새들 사이에서 다정한 눈길로 당신이 지켜봐주실 거라는 기대가 늘 남아 있었기 때문이지요. 물망초 가슴에 꽂아주며 상처 난 무릎을 닦아줄 당신의 부드러운 손길이 언제든 길의 곳곳에 따스하게 남아 있으리라는 작은 바람 때문이겠지요.

길 위에서 쓰러져도 다시 일어나며, 보이지 않는 길의 마지막 순간에도 또 다른 길을 찾아 포기할 수 없었던 것은, 길이 끝나는 어디쯤에서 단 한 번만이라도 당신의 목소리를 듣게 되리라는 기대를 떨쳐버릴 수 없었기 때문이겠지요. 그것이 찰나의 순간에 잡히는 환영이거나, 빈 어장에서 빈손으로 돌아오는 바람의 몸짓이나 풀벌레의 날갯짓에 불과하더라도 이제는 부끄러운 허물 벗어버리고 당신께 돌아가고자 합니다. 제 귀향이 설령 영원히 닿을 수 없는 애벌레의 꿈이거나 형체도 없이 부서지는 언어들의 뼛가루가 된다 해도 이제는 사랑하는 당신 품으로 돌아가고자 합니다.

애당초 우리의 만남은 꽃잎 속에서도 머물지 못하고 목덜미를 스쳐 지나가는 휘파람 소리가 아니었나요? 새벽부터 밤늦게까지 당신 무릎에 기대어 수없이 들어도 지칠 줄 모르던 오르페우스의 아름다운 거문고 소리가 아니었나요?

보이지도 잡을 수도 없어 더욱 목말랐던 첫 키스의 갈증처럼 빛도 소리도 형체도 없이 저문 들녘에 작은 목소리로 남은 당신. 처음이

자 마지막이었던 그 만남의 황홀했던 떨림으로 단 한순간이라도 돌아갈 수 있다면 다나이드(그리스 신화의 인물. 첫날밤 남편을 살해한 죄로 지옥에 끌려가 밑 빠진 독에 영원히 물을 채워야 하는 형벌을 받는다.)의 딸이 되어 밑 빠진 항아리일지언정 영원히 물을 길어 붓겠습니다. 당신 발아래 엎드려 당신의 목을 축일 깨끗한 물 한 그릇 바칠 수만 있다면.

아, 그래도 당신께 돌아가지 않으려 무진 애를 쓰기도 했습니다. 다시는 돌아갈 수 없다고, 한번 흐른 강물은 되돌릴 수 없다고, 초라한 뒷모습을 당신께 보이지 않으려고 젖은 손수건 감추며 종이학을 수없이 날려보기도 했습니다. 떠나올 때보다 돌아가는 길이 훨씬 힘들고 어렵다는 것을 알고 있었기에 천만 가지 이유를 대며 돌아가지 않으리라 입술을 깨물기도 했습니다. 깨어 있으려고, 혹시 잠들면 영원히 당신께 돌아갈 수 없을지 모르기에 꿈결에도 당신이 계시는 마을 어귀를 서성이곤 했습니다. 살점 하나하나마다 바늘을 꽂으며 옷자락에 물드는 핏물을 감추느라 밤새 붉은 대나무를 치기도 했습니다. 당신이 곤히 잠든 시간에도 잠들지 못하는 지축의 반대편에서 어쩌면 당신이 풀포기 속에서 제 이름 석 자를 기억하실지도 모른다는 설렘으로 꿀 먹은 벙어리마냥 끝없이 수화를 보내고 있었지요.

단 한 번의 미소, 스쳐 지나가는 손길, 눈썹만 까닥하셔도 뭉게구름처럼 피어오르거나 천길 만길 낭떠러지로 굴러 떨어지던 그 천진난만했던 시작의 순간으로 돌아갈 수 있다면, 제 그리움의 끝을 접고 당신의 넉넉한 그늘 속으로 돌아가 지친 몸을 누이고 싶습니다.

이제 새삼 무엇이 두려워 사랑을 사랑이라 부르지 못할 것이며, 그리움을 그리움이라 말하지 못할까요? 다시 돌아가 천만 번 백만 번 당신의 이름을 부르며 고삐 풀린 망아지처럼 자유롭게 당신 앞에서 뛰놀고 싶습니다. 겹겹이 쌓인 세월의 빗장을 풀고 당신의 뜰에 피어 있는 이름 없는 들꽃으로 남고 싶습니다.

너무 늦은 귀향을 혹여 제가 부끄러워할까 걱정하셔서 당신은 가문비나무, 전나무 뒤에 숨어 계실지도 모르겠습니다. 아니, 때늦은 귀향을 꾸짖으실지도 모르겠습니다. 그래도 눈물 보이지 않고 이제는 영원히 당신 곁으로 돌아갑니다. 다시는 당신 곁을 떠나지 않으렵니다.

이제 당신이 제게 주신 이름 석 자를 들고 당신 품으로 돌아갑니다. 어쩌면 당신은 너무 멀리 어렵게 돌아오는 제가 안쓰러워, 제 안으로 들어와서 저와 함께 귀향길에 오르시는 건 아닐는지요?

길 위에서 길이 되시고, 길의 시작이며 길의 끝이 되시는 당신. 지금 당신께 돌아갑니다. 받아주소서. 등불을 비추시며 헤매는 자의 눈을 밝히시는 당신이여, 만남과 이별이시며 사랑과 죽음이신 당신이시여, 지금 제가 당신께 갑니다.

여왕이 아니면 집시처럼

사람들이 내게 직업이 뭐냐고 물어볼 때면 곤혹스러워지곤 한다. 교수, 사장, 사업가, 예술교육자, 화가, 작가, 화랑주, 딜러, 에이전트, 실내장식가, 무역업자, 레스토랑 주인, 아내, 엄마… 나에게 붙는 이름이 너무 많다. 하지만 명함은 깨끗하고 단조로울수록 돋보이는 법. 'Kee Hee Lee' 란 내 이름자 아래엔 'President/CEO' 라고 적혀 있다. 그러고 보면 나는 사업가임에 분명하다. 그래도 나는 그냥 사장이라고 불리기보다는 예술 사업가로, 사업가보다는 작가나 화가로 불리는 것을 더 좋아한다. 사업가는 내가 성취한 꿈이고 작가나 화가는 앞으로 남은 인생에서 내가 이루어내야 할 필생의 꿈이기 때문이다.

미국에서 나는 화가 인명록에 등록된 제법 알려진 화가다. 그렇지만 나는 '그림을 좋아하는 사람', '그림을 잘 그리는 사람'이라고 말하지 자신 있게 '화가'라고는 대답하지 못한다. 온몸을 던져 피와 살을 저미는 노력으로 창조의 불꽃을 피우는 작가들이 있는 한, 지금의 내 삶을 '화가'라고 이름붙일 수 없을 것 같다. 그건 기만이 되는 까닭이다. 지금 나는 내 삶의 많은 시간을 사업에 바친다. 돈을 더 벌기 위해서가 아니라 그동안 내가 계획하고 이루고자 했던 일들이 당분간은 내 손에서 떠나지 않을 것이기 때문이다. 지금 경영하고 있는 윈드 갤러리는 미술 판매에서부터 가구와 인테리어 소품 판매, 건축 디자인, 종합병원 리모델링과 미술품 걸기 프로젝트, 쇼핑센터 건립 등 다양한 사업을 펼치고 있다. 세포분열을 하듯 내 몸을 잘라 여기저기 놓아두고 관리하지 않으면 도저히 감당할 수 없을 정도로 복잡하다.

어떤 사람들은 이제 그만 욕심내고 이 정도에서 멈추라고 한다. 돈도 벌었고 사업도 그만하면 성공했으니 좀 편하게 살라는 얘기다. 골프도 치고 운동도 하면서 여유 있게 살라는 충고이다. 생일날 친구들의 강압에 가까운 권유로 18년 전에 골프채를 샀다. 하지만 레슨만 두 번 받고 접어버렸다. 미국에 사는 한국 교포들은 대부분 골프를 좋아하고 나와 친분이 있는 분들도 거의 다 골프를 즐긴다. 골프 얘기만 나오면 나는 왕따 취급을 받는다.

나는 더 갖기 위하여, 더 성공하기 위하여 사업을 확장하지 않았다. 한 가지 일을 열심히 하다 보니 그 일을 좀더 효율적으로 하기 위해 또 다른 장치가 필요했고 그것을 보완하기 위해 또 다른 분야를 개발해야 했다. 그러면서 사업 분야가 점점 늘어났다. 사업가에게는 끈질긴 노력과 고객에 대한 성실함, 그리고 부단한 자기 계발과 창의력이 필요하다. 남들이 하는 식으로 똑같이 사업을 한다면 실패할 확률이 높다.

창작예술센터를 운영하면서 어린 학생들에게 가장 많이 받는 질문은 "미세스 기희, 뭘 그려야 할지 잘 모르겠어요. 내가 뭘 그리면 될까요?"이다. 매주 레슨을 받으며 1, 2년씩 그림을 그리다 보면 소재를 잡는 일도 쉽지 않다. 우리 미술학교의 교사들은 학생들에게 무엇을 그리라고 말해주지 않기 때문에 학생들이 자기 마음대로 작품 소재를 고른다. 그러면 나는 그 학생의 손을 잡고 화랑에 전시되어 있는 유명 작가들의 작품을 돌아본다. 창작예술센터에 있는 윈드 갤러리의 전시 공간이 8백 평인데 전시실을 반쯤 돌다보면 아이들은 어떤 작가의 작품 앞에서 영감을 받은 듯 눈을 반짝이며 묻는다.

"미세스 기희, 임마누엘 그림을 보고 그대로 그려도 될까요?"

"물론이지. 그런데 한 가지만 약속해. 임마누엘 작품보다 네가 더 잘 그리는 거야."

대나무는 물론이고 대나무를 그린 그림조차 본 적이 없는 학생들에게 대나무를 가르치는 것은 무척 힘든 일이다. 이럴 때는 모방을 통해 창조를 이끌어내는 것이 최선의 방법이다. 모방도 창조의 일종이기 때문이다. 창조는 무에서 생겨나지 않는다. 창조는 모방에서 시작된다. 끊임없는 모방과 훈련 속에서 창조는 완성된다.

내 인생과 사업도 모방과 창조를 통해 한 단계씩 높여갈 수 있었다고 생각한다. 물론 의식적으로 그렇게 한 건 아니겠지만 내 삶도 모방에서 출발했을 것이다. 젖을 빠는 것이 그랬을 것이고 걸음을 걷는 것이 그랬을 것이다. 내 주변에서 아무도 걸어 다니는 사람이 없었다면 과연 걷는다는 것이 가능했을까? 만약 내가 타잔으로 태어났다면 걷는 것보다 내 어미 타잔처럼 줄을 타는 것을 더 즐겼을 것이다. 나는 어머니의 인생을 통해, 그리고 사랑하는 많은 사람과 함께 생활하면서 그들의 삶을 모방하고 반복하며 여기까지 왔을 것이다. 그러나 삶이 모방에서 그친다면 단순한 반복에 불과할 뿐이다. 역사는 더 이상의 기록을 필요로 하지도 않았을 것이다. 처음에는 감이 잡히지 않는 일들을 모방하며 화랑을 시작했지만 창의력을 동원해 새로운 영역을 개척해나갔다. 황무지에서는 꽃이 피지 않는다. 꽃은 꽃밭에서 잘 피어난다. 나는 인간들이 만들어내는 인생이라는 꽃밭에서 열심히 배우려 했고 그 배움을 적극적이고 창조적으로 활용하려 노력했다.

모든 것에는 때가 있다. 시작할 때가 있고 마침표를 찍어야 할 때가 있다. 나는 아직은 끝맺을 시간이 아니기 때문에 그때까지는 내게 주어진 기회를 최대한 활용하려 애쓸 것이다. 남편과 함께 타고 왔던 열차에서 뛰어내려 혼자 맨발로 걸어왔다. 한때는 어디서 작품을 구입해야 할지 그 통로조차 몰라 동서남북을 헤매기도 했다. 작품을 잘못 구입해서 완행버스를 타듯 밀린 재고에 불안해하기도 했고 중간에 버스를 놓쳐 처음부터 다시 시작하기도 했다. 막차마저 떠나버린 정류장에서 발을 동동 구르며 안타까워했던 적도 있다. 그러나 어떠한 어려움 속에서도 내 꿈을 꼭 이룰 수 있다는 희망을 버리지 않았다. 그 꿈은 나 혼자 꾸는 꿈이 아니었다. 어머니의 아픈 과거였으며 떠나간 제임스의 못다 한 소망이었고 나를 아끼고 사랑하는 사람들에게 드리는 신뢰의 약속이었다. 어떤 사람들은 그만큼 일구었으니 이제 대강 꿈을 접고 쉽게 살라고 한다. 하지만 나는 그럴 생각이 조금도 없다. 왜냐하면 내 꿈은 지금부터 시작될 것이기 때문이다.

미국에서 지금 내가 밟고 있는 꿈의 발판을 만드는 데 28년이 필요했다. '이기희'라는 이름 석 자만 내밀면 신용 하나로 그 어떤 일도 가능하다. 세계 미술 시장을 돌면서 흐름을 짚어내는 안목도 높아졌다. 어느 나라 사람을 만나더라도 기죽지 않고 당당하게 겨룰 수 있는 경험도 쌓았다. 이제 돌다리를 두드려보지 않아도 한눈에 그 강도를 알아볼 만큼 연륜도 늘었다. 이제 내가 쌓은 연륜과 경험으로 뒤에 오는 사람들이 안전하게 건널 수 있도록 돌다리가 되어줄 때가 곧 다가올 것이다. 그때까지는 지금보다 더 빠르게, 더 열심히 달려갈 것이다. 끝맺어야 할 경주의 마지막 깃발들이 내 앞에 펄럭이고 있다. 그것은 꿈의 도약일 수도 있고 꿈이 거둔 알찬 곡식이 될 수도 있다. 한 가지 분명한 건 앞으로 내가 이룰 꿈이나 알곡들은 지금까지 이룩한 것보다 더욱 구체적이고 튼실할 것이다.

그날이 오면 나는 모든 삶의 사슬에서 풀려나와 진정한 자유인이 되려고 한다. 아직은 10년 가까운 세월이 남아 있다. 10년 후면 아이들도 대학을 마치고 배우자를 만날 것이다. 그때가 되면 화랑과 학교, 디자이너 마켓을 세계적인 규모로 키운 다음 후임자에게 물려줄 계획이다. 그리고 내게 남아 있는 정열을 다 쏟아 작품 활동에 몰두할 생각이다. 그림이든 글이든 상관하지 않는다. 내 속에 숨어 있는 한 맺힌 창작의 혼을 이승에서 푸는 것만으로도 충분하다.

가장 늦었다고 생각될 때가 제일 적합한 출발의 시간임을 나는 믿는다. 그리니치빌리지에서 헐렁한 바지에 밀빵을 먹으며 피부색이 다른 사람들과 어울려 소호 거리를 배회하며 밤새워 작품에 열중할 생각을 하면 벌써부터 가슴이 뛴다. 그리고 지중해가 보이는 다락방에서 새벽까지 끝이 나지 않을 편지를 쓸 작정이다. 그러다 보면 꿈속에서라도 그리워하던 파랑새 한 마리가 내 품으로 날아와 아름다운 눈물 한 방울 떨어뜨릴 작품 하나를, 그것이 글이든 그림이든 건질 수 있을지 모르겠다. 이루지 못할 꿈일지도 모르지만, 또 설사 끝끝내 이루어지지 않는다고 해도 꿈은 우리가 품고 살아야 할 아름다운 생의 목표이므로.

나는 지금 그 목표를 향해 계속 항해하고 있다. 내가 움직이고 있는 배에는 짐도 많이 실리고 사람도 많이 타고 있다. 만약 그 배를 멈춰 세우면 짐과 사람들이 모두 바다에 빠질지도 모른다. 그래도 신은 필요할 때 고장 난 버스에 기름을 채워주셨고 밧줄을 주셨으며 다른 배로 갈아탈 수 있는 관용도 허락하셨다. 앞으로도 그렇게 해주시리라 믿고 나는 살아 있는 한 계속 새로운 것을 향해 항해할 것이다. 물론 나는 안다. 그 배가 부두에 닿을 시간이 곧 오리라는 것을. 무거운 짐을 내려놓고 비상의 날개로 다시 떠오르는 날이 있다는 것을. 그날이 올 때까지 내가 탄 배는 항해를 멈추지 않을 것이다.

　예순 번째 생일날, 나는 퍼레이드를 할 작정이다. 그날은 운명이 내게 지워준 모든 짐들을 내려놓고 내가 진정으로 자유로워져 다시 시작하는 날이므로. 퍼레이드 내용도 제법 그럴싸하게 꾸며놓았다. 데이튼 몰 쇼핑센터에서부터 우리 화랑까지 그동안 나를 사랑하고 아껴주었던 사람들과 '고별 행진'을 벌일 작정이다. 딸아이는 벌써부터 우리 식구만 퍼레이드에 참석하면 어떡하느냐고 놀려댄다. 그러면 나도 지지 않고 농담을 한다.
　"미리 돈을 주거나 꼬여서 인원을 확보해둘 거야."
　정말 딸아이 말처럼 아무도 내 고별 행진에 오지 않을지도 모른다. 하지만 그러면 또 어떠리. 무거운 짐 내려놓고 내 꿈을 따라 떠나가는 행진에 누가 내 뒤를 따르지 않으면 어떠리. 나는 혼자서라도 여왕처럼 당당하게 행진할 것이다. 그날은 아파도 울지 못하고 상처 껴안으며 속으로 흐느끼던 여왕이 무거운 책무의 가시 왕관을 벗는 날이므로. 집시처럼 자유로운 영혼으로 다시 태어나는 날이 될 것이므로.
　여왕은 슬퍼도 울지 않는다. 여왕이 눈물을 보이면 모든 사람이 슬픔에 잠긴다. 나는 내 운명의 여왕이었고 나를 사랑하는 사람들을 덜 슬프게, 그리고 더 행복하게 하려고 노력했다. 여왕은 아니었지만 여왕처럼 당당하게 살아왔다. 여왕은 고통 속에서도 활짝 웃고, 슬픔 속에서도 우아하게 미소 지어야 한다. 때로는 어깨에 얹힌 짐들이 버겁고 무서워 밤잠을 설치더라도 아침이 되면 또다시 가시 왕관을 써야 한다.

나는 내 운명의 여왕이었다. 그 소명을 다하는 날까지 빛나는 왕관, 찬란한 치장을 거부하지 않을 것이다. 여왕이 왕관을 벗듯 무거운 사슬에서 벗어나 오로지 나를 위해 살아갈 수 있는 그 시간이 될 때까지 슬퍼도 울지 않고 묵묵히 여왕의 길을 걸어갈 것이다.

그날이 오면, 여왕이 왕관을 벗고 인간으로 돌아오는 그날이 오면, 마릴린 먼로처럼 치맛자락 휘날리며 퍼레이드를 벌일 것이다. 그날은 여왕이 집시처럼 자유로운 영혼으로 다시 태어나는 날이 될 것이므로.

여왕이 아니면 집시처럼

이기희 지음

1판 1쇄 발행 / 2004. 11. 20.
1판 2쇄 발행 / 2005. 1. 5.

발행처 / Human & Books
발행인 / 하응백

등록번호 / 제2002-113호
등록일자 / 2003. 3. 27.

서울특별시 종로구 경운동 88 수운회관 1009호 우편번호 110-310
마케팅부 6327-3537, 편집부 6327-3535, 팩시밀리 6327-5353
이메일 / hbooks@empal.com

값은 표지에 있습니다.

ISBN 89-90287-53-7 03810